江南古城的温润岁月

梁天仲 著

国文出版社
·北京·

图书在版编目（CIP）数据

江南古城的温润岁月 / 梁天许著. -- 北京：国文
出版社，2025. -- ISBN 978-7-5125-1932-9

Ⅰ. I267

中国国家版本馆 CIP 数据核字第 20255X3L54 号

江南古城的温润岁月

作　　者	梁天许
责任编辑	李　璞
责任校对	孙雪华
出版发行	国文出版社
经　　销	全国新华书店
印　　刷	三河市中晟雅豪印务有限公司
开　　本	880 毫米 ×1230 毫米　　　32 开
	9.5 印张　　　　　　　　200 千字
版　　次	2025 年 5 月第 1 版
	2025 年 5 月第 1 次印刷
书　　号	ISBN 978-7-5125-1932-9
定　　价	69.80 元

国文出版社
北京市朝阳区东土城路乙 9 号　　邮编：100013
总编室：（010）64270995　　传真：（010）64270995
销售热线：（010）64271187
传真：（010）64271187-800
E-mail：icpc@95777.sina.net

自序

临海，一座气韵生动的江南古城。

山水相依的自然景观，源远流长的吴越文化，2100 多年的置县设郡历史，奠定了她的气质。

国家历史文化名城、全国文明城市、国家卫生城市、国家园林城市、中国宜居城市、中国优秀旅游城市、国家 5A 级旅游景区、全国县域经济百强县……是这座江南古城外在的亮丽名片。"千年台州府，满街文化人""左手书卷气，右手烟火味"则是这座千年府郡长期历史文化积淀所涵养的内在精神。

1986 年秋，我就读于巾子山南麓的临海师范学校。初到一个地方，寄情山水是获得内心平静的最好方法，于是，巾子山成了我最好的去处。那时，山上的树木远没有现在茂盛，还有大片的草地。春夏时，芳草萋萋，秋冬时，枯黄的茅草堆是晒太阳的好地方。我时常站在文峰塔、天宁寺、三元宫、不浪舟前，远眺灵江潮涨潮落、船帆过往、鹭鸟翻飞。

巾子山与灵江之间，是挨挨挤挤的民居。鳞次栉比的房子从江滨绵延到山坡上，残破的古城墙与屋顶齐高，上面种满了各种蔬菜。建于20世纪60年代的灵江大桥，是一道亮丽景观，很多人专门来看望它。

沿大桥路往北走，几分钟就到街心公园。一个小小的喷水池，池中一座梅花鹿的雕塑，就是城市地标性的建筑。向西折，沿巾山路行300米，便可看到一棵树龄400余年的银杏。它站立在街道上，挺拔的枝干伸展到空中，遮挡了街边房子的光线，行人、车辆都得绕道。人们津津乐道的是，新中国成立初，某景区愿意出两辆解放牌大货车的钱买这棵树，可政府和百姓都不同意。

大桥路止于街心公园，北边就叫东湖路。巾山路与回浦路平行，东西走向，东湖路和赤城路平行，南北走向。新华书店、百货商店、电影院、饭店……几乎都集中在这几条主街道上。

紫阳街，那时叫解放街，也是南北走向，已经是古城的寻常巷道。石板街，木板门，住户密集，上了年岁的老人成天坐在廊檐下。炎热的夏日，很多人在石板街上泼几勺凉水，置一把竹躺椅，手摇一把蒲扇，就可度过一夜。

除了住户，街道两旁的店铺也不少：食品店、收购站、理发店、旧书摊……最热闹的是"大书场"——一家老式的茶馆，一天到晚热气腾腾，说书的、唱戏的、打牌的，全都汇聚在这里。老茶客们沏上一壶茶，天南海北地神聊，一脸的享受。附近的居民，天天提着热水壶到茶馆买开水，几分钱一壶，便宜。灌好开水，借机会感受一下"大书场"的热闹气氛，才慢慢走回家。

翻越校园背后的小固岭，几分钟就可到达天宁路。小固岭脚下有防空洞的出口，夏天是对市民开放的。炎炎夏日，里面凉飕飕的。防空洞四通八达，靠出口的顶上装有几盏电灯，可暗淡的光线无法照亮布满湿气的空间，走一段路就赶紧往回走，生怕迷了路。

赤城路与天宁路交叉口有一个露天面摊，三张方桌，两张是给客人坐的，中间摆放着酱油壶和醋壶，另一张是擀面用的。摊主是一位寡言少语的青年，没有顾客时就不停地擀面。滚圆的擀面杖在他的手中显得那么轻巧，擀面的速度不快，可效率很高，桌子上的面团在他有劲的手底下很快变大、变薄。煤球炉上的铁锅里，开水哗哗啵啵地沸腾着。烧的面很简单，除了青菜面，就是咸菜面，价格也实惠。

巾子山上的茶馆，茶客不多，主人就买来一张台球桌，当时这是一项时髦的活动，玩的人倒不少。那一年，我们的同乡会放在茶馆里开，会员都是在临海的大中专院校读书的大石老乡，大家一边喝茶，一边聊天。

精致典雅的东湖，水光潋滟，十分迷人。清代大学者俞樾题联曰：好山好水出东郭不半里而至；宜晴宜雨比西湖第一楼何如？东湖公园的北侧是儿童公园，那里的秋千架有五六米高，小孩子是荡不了的，最多是在大人的帮助下，荡几下过过瘾。那些有经验的青年就不一样了，他们可以与秋千架荡平，潇洒的姿势让人羡慕。

师范毕业后，我在乡村工作十余年，但对于古城仍是心心念念。有一年，我作了一次粗略的统计，到古城的次数竟30趟有余。培训、考试之间隙，我穿行在古城的大街小巷，每次都有心跳加速的感觉。

1995年，台州府古城墙修缮一新，她把奔流不息的灵江、"鸟道亦无"的北固山、"一郡游玩之胜"的巾子山和有"浙江第一古街"之称的紫阳街巧妙地联结成一体，形成了一种浑然天成的美感。

2002年，我调入哲商小学工作，台州地区行署已搬至椒江，北固山麓的地级单位也相继搬迁，好多宿舍楼成了出租房。喧闹的山麓一下子变清静了。

我租住在武警支队宿舍的一套小房子里，六楼，只需爬四层，房后的马路已高到两层楼了。

站立阳台，白天，可远眺巾子山上的大、小文峰塔，夜晚，可俯瞰古城的万家灯火。立于后窗前，满目苍翠，路旁那棵大树的枝叶似乎想伸进窗子来。清晨，催醒我的不是鸟儿清脆的鸣声，就是林间人们晨练时发出的长啸声。天气渐凉，树叶的色彩变得斑斓，叶子上的露珠也越来越重。我正在赞叹大自然的神奇魔力时，叶片开始随风飘零。又过一段时日，各种形状和颜色的树干显露了，山顶上的古城墙在林子后若隐若现，看看日历，早已到了隆冬时节。

春姑娘迈着轻盈的脚步走来，树木的枝头绽满嫩绿的新芽，山间吹来了清爽的风，风里散逸着醉人的花香。

阳台底下是台州中学的体育馆，体育馆西面的大草坪已经泛青。每天傍晚，很多学生坐在草坪上入神地看书。铁栅栏外，是通往山上的水泥路，坡度较大，自行车下坡时，紧握刹车还是让人心惊。上坡时，只能推车上去。

宿舍后边分布着几排民居，其中两间二层楼房里住着兄弟俩，他们先天性残疾，身体羸弱，面容清瘦。曲着膝盖，踮着脚尖才能站稳，走起路来踉踉跄跄，上街全凭一辆手摇残疾车。他们没有劳动能力，生活全靠民政部门救济。两人每天轮流上街买菜，手摇车下坡容易，上坡却成了问题。

他们只好招呼路人帮忙推一把。时间久了，上坡的人们不等开口，推上车就走。放学时，穿着白色与淡蓝相间校服的台中学生如同涌向山上的"云朵"，托着残疾车，极其轻快地飘上了斜坡。

兄弟俩在门前栽了一棵小枣树，还在马路边的空地上栽了好些青葱。

几年之后的一天，我从他们门前经过，只看到其中的一位，那辆手摇残疾车停在一边，想必没有上街去吧。一打听，一位兄弟已在一年前离开人世。

我一时无语。

门前的那棵枣树长高了，上面结满了半大的枣子……

我说不清多少次登临台州府古城墙了。

近看，满山苍翠，古色古香的寺院与道观隐藏其间。远观，群峰竞秀，白云悠悠，灵江如带。东湖绿如翡翠，三二小艇，点缀其上。揽胜门、顾景楼、白云楼、望天台、烟霞阁、望江门……一路前行，收获的不仅仅是视觉的享受。

春日，城墙两旁满眼新绿，空气里弥漫着醉人的芬芳。阴雨绵绵的梅雨时节，古老的城砖上的藓类植物绿得逼人的眼睛，古城墙因此多了几分幽静。深秋的古城墙是最为绚丽的，满山斑斓的树叶层叠着，城墙上爬山虎的叶子红得如血。北风呼啸的冬日，落光了叶子的山林疏疏朗朗，松鼠在枝头跳跃，北固门对面"至真妙道"几个大红的摩崖特别醒目。

行走古城墙，一股悠远的情思就伴着古城砖、青石板独有的气息扑面而来，渗入五脏六腑，让人产生曼妙的穿越感。是的，当想到脚下的城墙始建于晋，扩建于唐，经宋、元、明、清修筑增扩而成时，脑海里就会冒出一行清晰的名字：辛景、尉迟恭、谢灵运、屈坦、骆宾王、郑虔、戚继光、方国珍、张伯端、罗哲文……这些照亮府城史册的名字，有的为城墙的修筑、改善、保护呕心沥血，有的为丰厚府城的文化不遗余力。

自唐郑虔建书院开启台州教育先河以来，北固山一直

江南古城的温润岁月

书声琅琅。规模不一的寺庙、道观更是星罗棋布。佛学、道学、儒学文化在这里传承、发展、融合，逐渐形成了独具特色的府城文化，滋养了一代又一代人。

如果把丰厚的台州府城文化稍加梳理，就可以提炼出如下的关键词：开放包容、圆融和合、崇尚自然、坚毅刚强……不管对哪一个关键词进行溯源，这些核心文化形成的根源都离不开绵延千年的古城墙。

寒来暑往，季节更替，古城都不乏放逐心灵的方式。正月初八的"走八寺"，正月十四闹元宵，灵湖端午的龙舟竞渡，元旦的捕鱼盛宴，柴古唐斯括苍山地越野赛，都是满满的仪式感。春天，古城墙外樱花烂漫，括苍山下桃红似霞。夏天，街道两旁的樟树清香四溢。秋天，小芝的水杉林，茶寮的枫叶，燃烧着似火的热情。冬天，北固山的梅园冷香飘逸，大片的红色、粉色、白色交织成绚丽的云锦。

紫阳街，这条宋韵古街的气质在府城人们的精心打磨下开始彰显烟火气、商业味、书卷气相融的独特韵味，吸引了无数人的目光。白天，她恬淡幽雅；夜晚，她祥和宁静。

中央广播电视总台跨年晚会《启航2022》，是台州府古城的高光时刻。灵江之滨的兴善门广场，是旧时中津古渡的渡口，也是巾子山、古城墙、紫阳街的交汇点。中央广播电视总台跨年晚会的舞台背景可谓得天独厚——灯火装饰的巨龙般的古城墙、玲珑剔透的巾子山、流光溢彩的紫阳街……

这样的画面效果不仅感动了古城的人们，也让所有的观众动容，"山海万里只为你"，道出了无数人的心声。

2023年5月16日，府城民众用传统的方式欢迎荣获高中篮球联赛全国总冠军的回浦中学男子篮球队凯旋。满街的人群，醒目的横幅，挥舞的旗帜，填满了古老的街道。

"小城追梦，百折不回！"响亮的口号声不绝于耳。威武的"戚家军"挥舞鼓棒，鼓声震天，节拍明晰，让人仿佛听到了千年府城激动的心跳。"黄沙狮子"开道，载着英雄的花车缓缓前行……

择临海这座江南古城而居，我的内心丰盈而美好。

目 录
Contents

夜登巾子山

　　走完悠长的紫阳古街，心绪还是烦乱着，于是萌发了夜登巾子山的念头。

　　巾子山坡度大，砌筑在山上的那一段古城墙很陡。沿着紧挨城墙的石级走了几步，大腿就感到酸疼。

　　几位年老妇女，肩背香袋，手扶城墙，匆匆下山。

　　俯瞰千年古刹龙兴寺，古色古香的建筑沐浴在柔和的灯光里。夜色中的千佛塔，轮廓清晰，庄严凝重。

　　陡峭的石级止于天宁寺。

　　路灯高悬，清丽的光芒洒在天宁寺紧闭的山门上、门前的古塔上。塔前的空地上，置放着两把小板凳，故作高深的相师也早已回家。

　　横贯山腰的石径在夜色中显得特别幽静，没有风声，也没有鸟鸣。

　　拐了一个小弯，眼前出现了三尊汉白玉雕像。路灯的光线虽然昏暗，但不必近看就知右边那位是毅然放弃仕途，寄情山水，矢志考察中华山川之奥秘，终成"千古奇人"的徐霞客；站立中间的是晚明殉节名臣，《徐霞客墓志铭》的撰写者陈函辉；左边是足迹遍天下，著有《吏隐堂集》《五岳游草》《广游记》和《广志绎》的王士性。

三位先贤均为中国古代最为伟大的地理学家，他们相聚于此，让脚下这座文化名山增色不少，但我坚信，巾子山对于他们人生价值的建构而言，同样是不可或缺的。

先贤的塑像反射着淡淡的清光，把我的神思带到了400年前的那个夜晚。徐霞客和族兄仲昭第二次考察雁荡山回来，在巾子山麓的"小寒山"（陈函辉住所）"烧灯夜话"。

席上，陈函辉问："君曾一造雁山绝顶否？"

霞客听而色动。

次日，天色未明，徐霞客来到陈函辉门外作别："予且再往，归当语卿。"

过十日，徐霞客再宿"小寒山"，惊喜道："吾已取间道，扪萝上。上龙湫三十里，有宕焉，雁所家也。再攀磴往，上十数里，正德间白云、云外两僧团瓢尚在。又复二十里许而立其巅，罡风逼人，有麋鹿数百群，夜绕予宿。予三宿而始下山……"

这段文字描述了徐霞客登临雁荡山绝顶后的情景，十分令人神往，但我更要由衷赞叹的是徐霞客对华夏大好河山的挚爱和探索精神。说起自然情怀，陈函辉可谓知音，他年轻时在高耸入云的云峰证道寺闭门读书十年，后游历各地山水，正是大山成就了他坚韧的品格。

徐霞客三游天台、雁荡，均在陈函辉"小寒山"下榻，性情相近的两人终成"石友"。

我一直对"小寒山"心怀景仰之情，正是在这里，徐霞客做出了一个惊人之举——立志撰写《徐霞客游记》。这是两位山水知音思维碰撞闪烁出的思想火花，正是这智慧的光芒，照亮了巾子山，照亮了中华的名山大川，照亮了后人研究中国地理学的道路。

据考证，陈函辉当年的住所"小寒山"就在距塑像几十米的山坡平坦处。

我多么想早生 400 年，多么想站在烛光如炬的木屋旁，聆听两位地理学家赞叹华夏山水的雄奇，聆听他们畅谈中华各地的风土人情，聆听他们交流人生、抱负与友情……然而，短短的几个夜晚怎能说得尽他们的真知灼见？别后的几十首诗歌又怎能诉得尽他们的思念之情？

王士性可谓我国人文地理学的"开山鼻祖"，人们把他与徐霞客并称为中国古代地理学家中的双子星座。他们的研究相辅相成，共同构建了中国古代地理学的框架。

如今，三位先贤日夜相聚在秀丽的巾子山上，再也不必担心误了行程，再也不必担心人生苦短……

沿着石径继续东行，路灯渐稀，夜色渐浓，满山的树木正是绽放新叶的时节，它们旺盛的机能把山间的空气过滤得清清爽爽。

三元宫前的长明灯幽幽地散发着寒光，山林显得更为静谧。

巾山茶馆，处在几条上山石径的路口，曾是个热闹场所，喝茶的，休憩的，打牌的，济济一堂。如今，街面上的娱乐场所林立，多数好玩者竟不愿爬几十米山路光临此处。修建一新的建筑颇具民族特色，十分气派，但还是黑灯瞎火的，不知是否继续开设茶馆。

我就读于巾子山南麓的临海师范学校时，整座山都是我们的大课堂。体育老师带领我们在茶馆前细沙铺就的操场上锻炼，美术老师让我们到山上选景写生。教文选的郭建利老师说巾子山乃"一郡游玩之胜"，山上的人文景观值得细细品味。他给我们解读巾子山：从皇华真人华胥洞炼丹修道驾鹤升天遗巾子山上到读画阁、不浪舟、中斗宫等名字的来历；从巾山群塔、古刹道观到名人结庐遗址；从戴复古"双峰直上与天参，僧共白云栖一庵。今古诗人吟不尽，好山无数在江南"到齐召南"灵江绕郭碧潺潺，双塔高悬霄汉间。欸乃一声惊雁起，斜排人字过巾山"。足足两个星期的时间，他引领我们走进了这座高程不足百米但却浸润着释道儒文化精华的名山。

一个秋高气爽的下午，我坐在三元宫后面一块高耸的巨岩上，想画一幅三元宫建筑的俯瞰图，试了几张都画不出理想的透视效果，陈虹老师不知什么时候也攀上了巨岩，拿过我手上的炭精条，刷刷刷几下就勾出了轮廓。接下来的细节描绘就是一种享受了，干爽的秋风吹得头顶上的黄叶沙沙作响，我悠闲地勾画着鳞次栉比的瓦片和古樟浓密的枝叶，没想到那幅画还上了期终的作业展。

课之余，同学们或坐在林间的石凳上，或躺在南坡的草坪上，无忧无虑地看书、聊天。枝头忽飞忽落的小鸟，跳跃自如的松鼠，是不招自来的玩伴；春天的野草莓，秋天的野柿子，是伸手可得的美味……

三年的时光一晃而过，大家各奔东西几十年后，有人发达，有人潦倒，更多的是平平常常。昔日的师范学校已经合并到了台州学院，今夜，校园里漆黑一片，回忆往日单纯快乐的时光只能徒增心头的烦躁。

沿着茶馆后的石级登攀，不经意间，就到了两座小山峰之间的皇华阁。此处一直是我的最爱，它的东边是"曲径通幽处"的石径，西边是悬崖，站在石栏边可一览千年府城的老房子、古城墙以及绕城而过的灵江。我常想抽一个周末，带几本书、一瓶水在这里静静地消遣半天，无奈至今尚未如愿。还好，今夜的皇华阁定然没有第二个人光顾了，就让我在此消受一段春夜的寂静时光吧。

短短几十年里，城市面积已经扩张了十余倍，巾子山周围的老城区成了偏安一隅的角落。城市扩展中生发一些矛盾是无法避免的，结果总会让一些人无端地尝到苦果，或许，我今夜烦恼的根源就源于此……

顶峰的大小文峰塔被雪白的灯光照射着，几只飞蛾用力地扇动着翅膀。大塔的南面就是唐代与张籍、司空图齐名的诗人任翻借宿过的巾峰寺遗址，白天，还依稀可见残垣。任翻聪颖好学，青年时便享有诗名，去长安参加进士试时却名落孙山，他不愿再次落魄而归，决定寄情山水，过"弹琴自娱，学道自乐"的逍遥生活。任翻第一次登上巾子山就被独特的魅力所折服，游到天黑还不能尽兴，借宿在巾峰寺，当夜写下著名的《宿帢帻山绝句》，此诗被称为几百年间描绘巾子山诗词中的绝响。第三次游历巾子山后，诗人在山上结庐长住十年。

传说中皇华真人修成正果的华胥洞，就在大塔的北面。洞前的悬崖上建有一座石亭，人们可以脚踩铁梯，手抓铁链攀援而至，今夜却无法摸黑上去了。

坐在石凳上久了，一阵凉意袭满全身，忽然想起明代大儒方孝孺偕友人夜登巾子山绝顶"饮酒望月，纵谈千古，竟夕不眠"的情景。他们聚会的地点应该就在高塔之下吧。可是今晚的巾峰上没有明月，没有酒，只有我一人独坐。或许，此刻我需要的便是这份寂静，在寂静的巾子山上梳理自己纷繁杂乱的心绪。

皇华真人、任翻、徐霞客、陈函辉等一位位先贤在我的脑海中浮现，他们面临人生困境时的言行依然那么洒脱，那么豪迈，是因为心怀万千丘壑。想到这里，我似乎明白了什么是必须坚守的，什么是该放弃的……

　　街市上的灯火越来越稀疏，文峰塔四周的灯光显得更加明亮了，可以清晰地看到塔顶裸露的砖块和生长在砖缝里的小草。灯光下的高塔、树木都笼罩着一层轻纱，空气中充满了湿意。虽然不会再现"鹤翻松露""僧推竹房"的情景，但能在文峰塔下享受这份春夜的宁静已经足够了。

　　今夜的巾子山注定是属于我的。

守望北固山

一

北固山又名龙顾山，屹立于台州府城之北。

宋陈耆卿《嘉定赤城志》载："晋隆安（公元397～401年）末，孙恩为寇，刺史辛景凿堑守之。恩不能犯。"北固山的雄险由此可见一斑。

明代人文地理学鼻祖王士性云："两浙十一郡城池，惟吾台最据险，西、南二面临大江，西北巉岩篸箾插天，虽鸟道亦无。"如此看来，没有北固山，临海就不会理所当然地成为台州的千年府城。

落日的余晖穿透苍茫的暮色，大地上的一切都显得悠远而神秘。古老的灵江奔流不息，浑黄的江面流淌着梦幻般的色彩。江边，与山体同色的石块和城砖堆砌出一座古老的城墙，一直延伸到北固山上。野草和一些灌木从墙缝里伸展着躯体和脑袋，城墙俨然成了它们的家。齐整的城砖，错落的石块，组合成一个个优美的象形文字，记载着古城墙的历史。是的，台州府古城墙凭借北固山的雄奇而增其险，同时，蜿蜒的长城也让北固山更加浑厚凝重。

我喜欢慢慢走下揽胜门前陡峭的 197 级石级，体验那份胆战心惊；喜欢白云楼上迎着习习凉风，俯瞰古城的万家灯火；喜欢偎在城头堡上古朴的火炮旁，小憩片刻的那份舒坦……

台州府古城墙最险处莫过于百步峻一带，这段城墙修筑在峭壁上，素有"江南八达岭"之称。民间流传着这样的故事：唐代大将军尉迟恭指挥军民修筑城墙，由于百步峻过于陡峭，修好的城墙数次倒塌。修筑城墙是一项大工程，历经数年未果必定会劳民伤财，尉迟将军愁眉不展，夜不能寐。一个大雪纷飞的清晨，他来到百步峻，忽见一只受惊的梅花鹿沿着山脊奔上北固山，留下了一长串足印。尉迟将军深受启发，指挥军民按照梅花鹿奔跑的足迹修筑城墙，果然获得了成功。

此后，台州府城便有了"鹿城"的美称。

美丽的传说让巍然屹立的古城墙披上了神奇的色彩。晴朗的夜晚登临百步峻，确实带给人梦幻的感觉，夜空是那么深邃，眨着眼睛的星星似乎就悬在头顶，沿江的酒肆、茶楼里闪烁着绚丽的灯火，江中宛如铺着一匹五彩的绸缎。

二

古诗云："深山藏古寺。"揽胜门旁的普贤寺，是台州府城古八寺之一，寺前几簇幽篁，林间一棵数丈高的银杏。春天，竹林里竖满竹笋，秋天，林间落满银杏的果子。进了寺门，两棵古老的桂花树枝繁叶茂，金秋八月，老远就能闻到馨香。绛红色的寺庙掩映在翠绿的树林间，幽静中透着一股端庄。清晨，寺里的尼姑在大殿里做早课，诵经声、"笃笃"的木鱼声，传出寺墙，飘荡在林间。

普贤寺往西 300 米是白云寺，白云寺也是台州府城古八寺之一。寺旁有一眼井，井水清澈，雨天不溢，久旱不涸。我经常站在井旁，静静地注视着水中浮游的几尾金鱼。井里天地固然不大，却是一个安静平和的世界，没有惊涛骇浪，没有尔虞我诈，没有刀光剑影……

北固山的中部又称城隍山。

城隍山台门古色古香，高大而不失雅致。走进大门，但见古柏森森，翠竹成荫。

一条宽阔的石级直通山顶的台州城隍庙，石级旁宏伟的钟楼和鼓楼互相呼应。庙里供着的城隍爷屈坦是三国时的台州太守。

民间流传着这样的话：城隍山的钟，后岭垮的风。

城隍山所处位置极佳，大钟敲响后整个府城都能听到。后岭垮在北固山与白云山交接处，山势低，受到两座大山拦截的北风从那儿鱼贯而入，冬天，那里的风大得惊人。

提起城隍山，人们自然就会想到方国珍。元朝末期，时政大乱，江浙一带连年发生水灾旱灾，民不聊生。元至正八年（1348年），方国珍聚众揭竿而起，不久便发展到10万余人。元至正十四年（1354年），方国珍攻陷台州府城，一面整修城池，一面在城隍山上建造天坛，自立为王。然而，好景不长，没多久他就投降了朱元璋，不过，却为后人留下了一座望天台。

近年来，随着旅游业的发展，城隍庙得到了整修，这里是上下古城墙的一个出入口，人来人往，非常热闹。新修的望天台全部由花岗石雕砌而成，美观坚固，四周古木环绕，山花遍野。

城隍山往西100米处是"八仙岩"，这里供奉着"八仙"的塑像。

北宋著名道士张伯端的故里就在北固山脚下。张伯端号紫阳真人，命运多舛，年轻时虽博学多才，但屡试不中，历尽坎坷，最后在一位得道高人的指点下皈依道教，潜心修炼，终有所成，被尊为道教南宗的祖师。清时，雍正皇帝封张伯端为"大慈圆通禅仙紫阳真人"，古韵犹存的明清古街紫阳街就是以他的名号命名的。被世人视为"仙风道骨"的紫阳真人著的《悟真篇》流传千古，雍正皇帝御书"至真妙道"四字是对他一生成就的高度赞扬，北固山北坡的巨岩上有此四字摩崖石刻。

城隍山东侧是戚公祠和中国冷兵器博物馆。戚公祠是为了纪念明代民族英雄戚继光所建。明嘉靖年间，倭寇大肆骚扰我国东南沿海，戚继光带领的戚家军英勇善战，屡破倭寇。明嘉靖四十年（1561年）4月16日，倭寇进攻台州府城，戚继光率兵在花街一带迎战，大败倭寇。5月5日，戚家军又在白水洋常风岭杀倭寇800余人。至此，台州倭患基本消除，百姓无不称颂。

戚继光在台州人民的心中修筑了一道坚不可摧的钢铁长城。

北固山上建有郑虔祠。唐至德二年（757年），广文馆博士郑虔被贬为台州司户参军，负责登记户籍等工作。时"台州地阔海冥冥"，地处荒僻，文风未开。郑虔遂担负起教化之责，一边推行礼节，一边创办学馆，选民间子弟教之。不过，郑虔的心情一直是郁闷的。那一年，他组织弟子去郊外春游，当他看到一块大石旁压着一株竹笋时，触景生情，脱口吟道："石压笋斜出。"拥有诗、书、画三绝之称的广文馆博士被贬为"台州司户"，本身就是一件类似于"石压笋"的事情。一个叫林元籍的弟子，马上对出了下句："谷阴花后开"。郑虔一听，无比欢喜，不仅因为这句话对仗工整，而且生动地表达了自己被贬台州的处境，抚慰了一颗孤寂的心灵。郑虔下定决心，心无旁骛地投身台州的文教事业。

仰读先贤，崇敬之情油然而生，修缮后的郑虔祠正殿立有郑虔铜像以及名人题词。后院的那泓清泉，活像一把勺子，故名"勺泉"。北边岩壁上有"紫府""华池""止境""漱石"等石刻，可见文人们对"勺泉"是不啻赞美之词的。大殿右侧是碑林，走过碑林就到了郑广文书院，书院的建筑富有特色，尤其是上楼的 25 级石阶，陡且窄，让人联想到求学的道路是何等艰辛，历代文人"知其不可而为之"的精神是何等可贵。

三

除却古迹，北固山上还有好多去处。

白云寺下的白云中学遗址附近有三个操场：一个水泥球场，是篮球爱好者的好去处；一个砂石操场，是人们舞剑练拳的好场所；另一个操场上长满柔柔的青草，适合小孩游戏，大人聊天。

北固山上随处都有古旧的建筑，吸引了无数人来此观光。

望天台脚下两幢深红色的西式洋房，是恩泽医院的旧址，属国家级重点文物保护单位。恩泽医院始建于 1901 年。1942 年，美国杜立特尔特别行动队一机组在完成轰炸东京任务后迫降台州，恩泽医局医务人员紧急救援收治，并护送伤员安全转移。

北固山上小径纵横，上面铺满石子与落叶，踩上去沙沙作响。小径两旁长满各种姿态的花木，边走边看，确实是一种享受。普贤寺下面有一条细沙铺的林荫路，对我而言，确有"最爱湖东行不足"之感。脚下是柔和的沙沙声，头上是悦耳的鸟鸣声，不时可见松鼠在树上觅食、跳跃，动作之轻捷，令人叹服，姿态之有趣，令人忍俊不禁。

北固山南坡长满阔叶树，以榛子树居多，其间也夹杂着高大的枫树和虬屈的松树。秋冬时节的北固山是多彩的，大概要到初冬吧，满树的黄叶才开始不断地飘零，不久就给大山铺上了一层厚厚的地毯。南坡的冬天没有萧瑟严寒的感觉，这里没有北风的肆虐，在林间一些向阳的空地上甚至能被冬日的暖阳晒得微微冒汗。

北固山的春天是充满生机的，积蓄了一冬能量的树木花草忙不迭地长芽、开花。晨练的人们在山间空地上嗷啸，鸟儿们不停地在枝头跳跃。

山花烂漫的五月到了，山上到处绿得发亮，到处山花盛开，最吸引人的当属芬芳扑鼻的栀子花。白云寺背后的坡地，望天台的周围，是栀子花的天地，满山的雪白，馥郁的芬芳，着实让进入山野的人们陶醉了……

北固山的北坡别有一番天地，出北固门后不管朝东还是朝西走，都是幽寂的山林，树种以松树居多。坡上有个荒村遗址，已经变成了一片茶林，由于乏人打理，茶树越长越高，与野生无异了。林间有山泉，沿着沟涧潺潺流淌，注入山脚下的水库。水库不大，一年到头满盈盈的，绿得如同翡翠。

清明前后，这里是踏青的好地方，采上几撮嫩茶叶带回家，简单的烘炒之后直接放入茶杯，那股沁人心脾的清香是让人难以忘怀的。

秋天，松涛阵阵，穿行林间，你会获得一份"静听松风寒"的闲适。跟南坡相比，北坡的严冬是寒风刺骨、天寒地冻的。隆冬时穿越北固门，仿佛穿越一条时空隧道，令人感慨万千。

四

城隍庙右侧有一棵植于隋代的古樟，距今已有 1400 年了，由于遭雷击，偌大的一棵樟树只剩下四分之一，然而却顽强地活着。站在古樟跟前，我只有感动的份儿。它的那份执着，那份顽强，让我感觉站在眼前的就是一位饱经沧桑的老人，他悟透了生命的真谛，深深地把自己的痛楚埋藏在心底，始终微笑地俯视着人间的风云变幻，悲欢离合。每一次虔诚地仰望古樟，我的心灵都是经受清泉的沐浴。每一次专心地品读古樟，我都会真诚地叩问自己的灵魂：古樟是在为自己活，还是为这座城市以及世上的芸芸众生而活？

与古樟的千年守望相比，我或许根本算不上北固山的守望者。或者可以说，我能读懂的只是北固山的形，而古樟深

谙的却是北固山的神。即便是这样，我也满足万分，因为在
与北固山相处的年月里，我拥有了一份闲适的心情，获得了
一份平和的心境。

北固山琐记

一

台州中学的前身是浙江省立第六中学，1922年，朱自清先生曾来校任教，在这里创作了著名的散文名篇《匆匆》和中国现代文学史上第一首抒情长诗《毁灭》等作品。

朱先生在台州中学任教的时间虽然不长，但北固山麓的松涛还是给他留下了深刻的印象。

台中校园里的紫藤花，更让他极尽赞美之词。他在给朋友的信中写道："那花真好看：一缕缕垂垂的细丝，将她们悬在那皲裂的臂上，临风婀娜，真像嘻嘻哈哈的小姑娘，真像凝妆的少妇，像两颊又像双臂，像胭脂又像粉……我在他们下课的时候，又曾几度在楼头眺望，那风姿更是撩人：云哟，霞哟，仙女哟！我离开台州以后，永远没有见过那样好的紫藤花……"

暮春时节，我慕名来到台中校园的紫藤花下，那紫藤已近碗口般粗了，一大片烂漫的花儿真让我如朱先生一样"浮在茫茫的春之海里，不知怎么是好"！

二

那年，我租住在一家单位的员工宿舍。房子建在半山腰，我住的六楼就更高了，北固山上几棵古老的银杏树是后窗最美的风景，只是每天上下楼梯非常吃力。对门的阿婆每天买的菜成了沉重的负担，她在楼梯口安装了一个滑轮，上街时先把一根长绳垂到一楼，回来时就把篮子系牢，爬到六楼时再吃力地拉上来。我有时帮上一把，她就连声道谢。出行虽然不便，但北固山幽美的环境却令我沉醉。整天沐浴在柔和的光线里，呼吸着淡淡的散发着草木清香的空气，便是我莫大的享受。

房子边是刚刚修缮一新的城隍山，那年五月的一天，是城隍爷开光的黄道吉日。头天下午，"城隍爷"全身披着大红的绸缎，道士们穿着簇新的靛青色道袍，上上下下忙个不停。城隍山高大的台门边放着两盆清水，分别写着"金盆洗手""银盆洗脚"几个字。通往城隍庙的石级上，坐满了来自各地的香客，他们带着厚厚的衣服和毯子，做好了露宿的准备。

夜幕降临，城隍山烛火通明，香烟袅袅，人声鼎沸。台门前的水泥公路上，摆满了来自台州各地的特色小吃，诱人的香味在空气里飘逸。

第二天晚上，城隍山台门边的空地上搭起了戏台，唱起了大戏，城隍爷屈坦的塑像被抬到了戏场上。市越剧团演出的戏很精彩，演员们优美的唱腔被高音喇叭放大了数倍，回荡在草木葱茏的北固山麓，在初夏清凉湿润的空气里显得特别悠扬。

如此热闹了三天，城隍山又恢复了往日的宁静。

三

绕过广文祠，一幢大红色的建筑特别显眼，这是改建的八仙宫。

走进气宇轩昂的大门，便是整饬的大理石铺就的院子。石栏外的墙上，长着一棵桑树，墨绿色的桑叶在微风中翩翩起舞，透过叶间的空隙，老城区鳞次栉比的建筑一览无余。八仙宫真是一个好地方！

我的到来惊动了院子边上的一条大黄狗。它对着我狂吠，要不是脖子被一根锃亮的铁链拴着，一定会朝我猛扑过来。

徐道长从高大的天王殿里出来，喝住了黄狗。我和50多岁的徐道长虽然不是很熟悉，却也有过数面之缘。七八年前，他的养女在我们学校上学，算起来今年该高中毕业了。

徐道长邀我进大殿就座，简短的几句交谈，彼此的距离就近了。

八仙宫的规模不小，除了高大的正殿，还有宽敞的生活用房，楼上楼下共有建筑面积 300 多平方米。

看着这么敞亮的房子，我说，徐道长该收徒弟了。

他叹了一口气说，难啊，道教学院毕业的年轻人都不愿意来这样的小道观，不说别的，每个月的生活费用也很难保障。社会上的年轻人也不愿意来，说到底是没有一个人能耐得住寂寞。曾经有几个向他表达过愿望，都是一些文化程度不高的残疾人，他们基本的书籍都读不下来，更别说繁体字记载的道教典籍。不久的将来，像这样的小庙堂就没有出家人常住了，道教文化在民间的传承令人担忧。

是的，北固山上的庙宇和道观到处都是，除了两三处，其他的都大门紧闭，没有常住僧人和道士。

徐道长说，八仙宫边上的尼姑庵，老尼姑过世后，无人继承她的衣钵，至今还空着，房子也快要倒塌了。

我不无担忧地说，没有继承人，小寺庙小道观的出家人养老就成问题了。

他说自己早就估计到了这一点，因此早早收养了一个女儿。为了培养孩子，他花尽了所有积蓄，女儿刚领养时不满周岁，就保姆也换了 6 人。孩子的户口在福建，为了让孩子读中学，他两地不停奔波。

我问女儿跟他的感情如何。

徐道长说，现在的年轻人，凡事都有自己的想法，顺其自然吧。

老街与老人

　　宁静悠长的紫阳街，经历了千年的风风雨雨。无数次踩在被磨损得凹凸不平的青石板上，目睹挨挨挤挤的古宅民居，呼吸着散发秦砖、汉瓦、木头、桐油杂糅的古建筑气息，我仿佛进入了明清时代的民俗画卷。

　　街确实古老，在宋代，她的格局就已经形成。从古代到新中国成立初期，老街一直处于府城商贸中心的地位。随着社会的变迁，老街逐渐失却了昔日的繁华，成了府城的寻常巷陌，两旁的古朴房子也成了居民的"老房子"。今日的老街显出几分冷清，几分颓败。由于城市的扩张，现代化的街道不断涌入人们的生活，留住在老房子里的大多是白发苍苍的年迈老人。

　　第一次看到老街里的老人，我内心不由得一惊，一下子冒出"韶华易逝，光阴荏苒"的感慨。再看这些老人安详的举止与神态，内心又释然了，因为他们的宁静是经历了人生风雨沧桑后的从容与淡定，正如老店古朴的招牌，随风招展的幡旗和高高耸立的防火墙，虽然斑驳不堪，但却蕴含着曾经辉煌的厚实与凝重。

是的，老人是老街变迁的见证人，他们对养育自己的老街充满了留恋。老街店铺里陈列着老人们喜爱的价廉物美的物品：从家常小菜到名点小吃，从玉器古玩到茶楼酒肆，从花圈冷被到寿衣蒲鞋，从被絮加工到修鞋换拉链，从看相算命到测字拣日子等，应有尽有。老人们曾是老店里的店员，曾经在自己的门前卖过自己的手工制品，在走廊上摆过小摊……

生活的变迁总不会悄无声息的，她把沧桑深深地镌刻在石板上，镌刻在风雨剥蚀的木雕、石雕上，镌刻在老人们的脸庞上。

清晨，柔柔的阳光洒在老街古朴的建筑上，在青石板上画下了檐角厚重的影子。"巷陌交通"的老街穿梭着无数流动的小摊，嘹亮的叫卖声穿透重重墙壁，响彻千家万户。

"油条、糖糕、麻团——"

"煤气灌喂煤气——"

"杂交米要喂杂交米——"

"老酒哦老酒！"

"十四日、茶叶蛋、小肠卷要喂——"

……

街道两旁一扇扇木板门"吱呀、吱呀"地次第打开，晨光里的老人身着素朴的衣衫，沟壑纵横的脸上写满淡定与宁静。他们招一招手，摊点就流到了门口，随意地挑上几样东西，摊点又流走了。

早餐后，他们或聚在古朴的台门下，随意地说着闲话，或坐在窄窄的走廊上，一把竹椅，一杯清茶，便可消受几个时辰。旧邻老友，一个棋盘，足以指点江山半日。

不管是阴雨连绵的雨季，还是阳光烂漫的晴日；不管是赤日炎炎的三伏盛夏，还是北风呼啸的数九寒天，老街的生活节奏总是那么舒缓，你在这里感受不到步履匆匆的忙碌身影，有的只是闲庭信步般的惬意。或许，每天从他们面前走过的不乏仁人智者、商贾达人，老人们总是波澜不惊。

"燕子还来寻旧垒"，老街是燕子的家园。它们在街道两旁的廊檐下垒起泥窝，在街道深巷里不停地穿梭，一边捕捉蚊蝇，一边"唧唧"地叫着，给生活在老街的老人们增添了许多情趣。是的，家燕是住不惯高楼大厦的，它们喜欢寻找简朴的木制民居垒窝，繁殖后代，灰褐色的木房才能与它们精心营造的泥窝相融合。老人们是不会嫌弃这些燕子的，即使燕窝的下边不几天就会堆起一个小粪堆。他们看到这些嗷嗷待哺的鲜活生命，就会露出慈爱的微笑。他们时常谈论关于燕子的话题，并计算着这是第几窝燕子，该有几天就会出窝。有时，老人们的脸上也会蒙上几丝忧虑，因为寒冬将至，第三窝燕子的翅膀还稚嫩着，和一些年老燕子一样，是飞越不了汪洋大海的。可是有什么办法呢？这就是大自然的规律。

傍晚的老街是温馨的，数千盏大红灯笼亮起在廊檐下，古老的街道蒙上了几许幽深与宁静。柔和的灯光下，一些年轻人回到老人身边，一起用餐，话家常，看电视，享受着天伦之乐。

夜深了，卖馄饨的三轮车慢悠悠地穿行在古老的街道上，"笃笃"的竹梆声清晰地传入耳际，装点着老人们祥和平静的梦。

老街，因为有了老人的守候而灵动；老人，因为有了老街的庇护而澄净。

烟雨古城

一

　　淅淅沥沥的雨，持续飘洒了三五天。迷迷蒙蒙的云烟，缠绵着古朴、凝重、温婉的江南古城。

　　城隍山钟楼和鼓楼的回廊上，是观赏雨景的好地方。那些高大古老的树木，早已喝足了雨水，翠绿的枝叶似乎不堪重负，无奈地下垂着。雨点丝毫没有顾及它们的感受，还是不停地洒落，经过叶片的汇聚，变成了滚圆的水滴，迅速地滑落，震得低处的叶子微微颤动。山间泥土吸收的水分已经饱和，到处都是汩汩的水流，没到山脚就流量可观。

　　裸露地表的石块被冲洗得干干净净。

　　忽浓忽淡的雾气在林间缭绕，树丛里不见了飞鸟和松鼠的影子，不知它们躲到哪里避雨去了。

　　古城墙的色调灰暗了好多，攀爬在墙上的藤萝透着一股深沉。

缠绵在古城的雨，喜煞了藓类植物，它们的生命活力空前高涨，继续发扬见缝插针的精神，在短短几天里铺遍了每一块裸露的城砖和石块。人们喜欢采用文字记载历史，弊端是不够形象生动，甚至有失偏颇。相比之下，古城墙记载历史的方式虽然不那么直观，却形象准确。不然怎么会有这么多人从遥远的外地赶来品读她呢？静静地行走在烟雨迷蒙的古城墙上，一股历史的沧桑感和厚重感便涌上心头，久久挥之不去。

　　望天台上，花岗岩地面隐隐可以照出人影，雨点落下，溅起密集的水花，交叉成蒙蒙的一片水雾。设计者可谓匠心独具，他们把每一层的流水口设计成龙头状，雨天的"龙喷水"就成了一道景观。

　　站在"江南八达岭"这一段城墙上远眺，浑黄的灵江如同一条翻滚着的黄龙，绵延在江边的古城墙则如一条矫健的青龙，两龙并驾齐驱，一直向东奔腾……

二

　　秀丽的东湖如同一块碧玉，镶嵌在崇和门广场和揽胜门之间，长堤纵横，楼阁遍布，长廊回旋，堪称一方名胜。

　　晴天的东湖水光潋滟，但略显娇小。只有在雨天，白云山流下的水量增加了数十倍，东湖才显得水色空蒙，风姿绰约。石径两旁的花草树木，叶子上积满了雨水，行走其间，一不小心就被沾湿了衣衫。

湖水一片苍茫，水中的游鱼不再一览无余。湖面的波纹明显加粗，听得见它们撞击石壁的声响。树木掩映的湖心亭、半勾亭、樵云阁，此刻云烟缭绕，宛若仙境。静静地漫步在回廊上，只见雨滴不断亲吻湖面，三二垂钓者身披雨具，静坐雨中，潜心等待，这份悠闲让人好生羡慕。

偶尔有一两对情侣，撑一顶大雨伞，慢慢穿行在雨雾间，给雨中的东湖增添了几分情趣。

铺满鹅卵石的石径边上出现了一幢古朴的建筑，"骆临海祠"几个镏金大字特别引人注目。步入祠内，初唐四杰之一骆宾王的铜像高高立于大殿正中。铜像后，悬挂着著名书法家朱关田题写的"亘古一檄"匾额，匾下是著名书法家卢乐群手书的《讨武曌檄》全文。

骆宾王才华出众，7 岁时就因《咏鹅》一诗家喻户晓。享有诗名的骆宾王因反对武则天政权一直生活在阴霾里。唐仪凤三年（678 年）身陷囹圄，唐开耀元年（681 年），被贬任临海县丞，而后参加了李敬业发起的反武战争，写下了名扬千古的《讨武曌檄》。尽管仕途坎坷，但骆宾王始终恪守儒家清规，诚如闻一多先生对他的评价：天生一副侠骨，专喜欢管闲事，打抱不平。从《易水送别》《在狱咏蝉》等诗作中，我们可以感受到骆宾王那颗坚定、高洁的心灵。

走出骆临海祠，后湖的湖面上游来了一群高雅、素洁的白鹅，樵云阁里传出了二胡伴奏的《锦绣江南》歌声。

烟雨中的东湖浸润在骆宾王的诗意里。

三

雨天的紫阳古街，街道两旁无数檐水连缀成一张张透明的珠帘，给潮湿低矮的老房子抹上了些许亮色。燕子挤在廊檐下的泥窝中，时不时"唧唧"地叫上几声。街上的行人不多，彩色的雨伞，慢慢地飘向远处，此情此景，你定会联想到戴望舒《雨巷》里的丁香姑娘。不过，细看人们的神情，更多的是恬淡祥和，不见了那股愁怨，这或许就是不同时代的生活在人们脸上的真实缩影。

夜深了，紫阳街上几乎不见了人影，只有那排列齐整的红灯笼闪烁着柔和的光芒。两旁的店铺，大门早已紧闭，刷着桐油的门面上反射着幽幽的红光，静谧填满了古老的街道。

此时，同你对话的只有淅淅沥沥的雨点。

走完整条街道，跟雨点谈了些什么呢？或许什么也记不起了。没有关系，"欲辩已忘言"本身就是一种境界。

雨中的紫阳街悠长悠长的，一直延伸到紫阳真人的《悟真篇》里。

四

　　深夜，站到阳台上，只有零星的几个窗口还亮着灯，巾子山顶双塔下的氙灯亮得耀眼，强烈的光芒直射云霄。

　　有了雨雾当介质，灯光好像具有了质感。

　　岚雾袅袅上升，远远望去，仿佛是玉宇琼楼。

古城墙根的故事

2014 年的夏日，我已经记不清什么原因会在那个炎热的午后登临北固山了。

拐过揽胜门，只见两个尼姑守候在路口，让一些要上山的汽车暂停，直到一辆满载泥石的大卡车下来。看来，普贤寺在做大工程。

到了山顶，挖掘机的轰鸣非常刺耳，建成不久的大雄宝殿已不见了踪影。地上堆满了乱石。

工地旁的树荫下摆着一张小桌，上面放着茶水。一位师父守候一旁。

我问师父："刚建好的大殿怎么要拆掉呢？"

她说："都怪我们考虑欠周，只想把庙宇建造得高大一点，不料给古城墙上游客的视线造成了一定影响。旅游局建议我们适当降低高度。起初我们不愿意，可后来一想，古城墙是珍贵的历史文化遗产，一切都要以城墙为重，我们就忍痛拆倒重建。"

我追问："这么大的费用谁出呢？"

她说："旅游局负责重新设计，另拨给我们 120 万元，其余的只能慢慢筹集。没想到地基底下全是岩石，特别坚硬，进度比预想的慢多了，成本也大大增加，挖了不到两米就花去了四五十万。原先捐善款的居士们听到刚建成的大殿被拆除，心里有顾忌，不肯再出钱了。我们一时间也找不到愿意捐助的居士，只好干一步，算一步，相信天无绝人之路的。"

站在边上的一位老太太接过话茬说："这些天天气炎热，你们这些出家人太辛苦了，这么大的工程光管理就该花无数的精力。"

师父说："建造寺庙一般由社会上有能力的居士承担，我们出家人只要潜心修行就好。吃点苦我们倒不怕，最大的困难是我们对建房子的方方面面都不熟悉，做起来才格外吃力。世间万事皆因缘，要不是一场大火烧掉原先的大殿，我们也无须花费这么大的心力。虽说出家人四海为家，我们可以换一个地方修行，继续过清静的日子。可是，我们于心不忍，更对不起普贤菩萨，只有把寺院建好了，我们的心才能安下来。"

师父给我们讲起了她跟普贤寺的因缘。

师父法号觉悟，2008 年，她来临海看望一个佛教学院的同学，同学的修行地点是山坳里的一座小庙，非常清静。她也喜欢江南温润的气候，喜欢这样山清水秀的地方，决定逗留一段时日。不久,寺庙边上建造了一个工厂,噪音污染非常严重。她心里开始纠结,回北方吧,心里不舍,用她的话说就是缘分未尽。于是一边游历,一边寻找合适的庙宇。

觉悟师父是在游览古城墙时发现普贤寺的。她站在城墙上俯瞰这个城墙根的小寺庙,觉得环境幽雅,尤其是背倚雄伟壮观的"江南长城"。一了解,才知道普贤寺是千年台州府城的古八寺之一,香火很旺,一直是尼姑修行的场所。从城墙下来,她就直奔普贤寺,准备拜会寺院住持。不料,当时普贤寺没有常住尼姑,只由退休的陈老师负责日常打理。

她决定在普贤寺安顿下来,就约了几个师父一起暂住。经过一段时间交往,陈老师发现她们佛学修为挺深,便一边向宗教局推荐,一边劝说她们在普贤寺长住。就这样,觉悟师父成了普贤寺的监院。

普贤寺的老建筑规模不大,要不是外墙被刷成土黄色,则更像是坐落在山冈上的农家院落。尤其是大火过后,房顶上盖着绿色的铅皮,真的与一般山村民居无异了。我向油漆剥落的老寺门走去,没进大门,就被一阵骇人的犬吠声吓了一跳。

师父连忙把犬喝住。

四条猛犬虎视眈眈地盯着我。

"奇怪,寺里养了这么多狗,安能清净?"

觉悟师父说:"养狗一事是不得已而为之。寺里房子太简陋了,一天深夜,有个小偷爬上了窗口,手摸到了一位小师父的脖子。小师父吓得大叫。小偷跑了，第二天，小师父也被吓走了。后来，我们请人在围墙上插上了碎玻璃，可是，小偷还是可以进来，偷走了一尊小铜像。我们每天夜里都提心吊胆，生怕小偷再次光临。有位居士听到我们的窘况，给我们送来一只小狗，说有了狗，小偷肯定不敢光顾。没想到养了一条狗还不顶用，一天夜里，小偷把我们的煤气罐、煤气灶都搬到了寺外。幸亏我们起床做早课，清脆的钟磬声把小偷吓跑了。这条狗的胆子太小，遇到贼竟不敢叫，我们只好又养了一条凶猛的狼狗。后来，山下一户人家的母狗下了九只狗崽，太多，养不了，有人想抱走炖了当补品吃。主人不舍，到寺里询问我们能否收养。我们于心不忍，就把两只给抱了来。"

为了救两条命，师父们养的狗增加到了四条。不过也好，寺里从此再也没有小偷光顾。

看来，出家人要找到一个清静的适合潜心修行的地方着实不易。从古至今，很多出家人花费大量时间徒步云游四海，除了磨炼意志之外，另一目的就是找寻一个心仪的修炼场所，让自己的身心没有遗憾。在向我述说的过程中，觉悟师父始终面带微笑，没有抱怨，也没有退缩之意。

炎炎烈日下，汗水湿透了师父们的衣衫。她们忙碌的身影在古朴的城墙下显得那么坚毅。

确实，寺院发生火灾后，她们完全可以一走了之。或者，当新建的大殿必须拆除时，她们又完全可以做甩手掌柜。但这样一来，一定违背了她们皈依佛门的初衷，玷污了她们心中虔诚的信念。如此，古城墙边上的一座古寺说不定就会废圮。

2016 年的黄梅雨季，我再次来到普贤寺。

崭新的寺院已经建成，在迷蒙的烟雨里静静地矗立着。师父们的修炼终成正果！可以肯定的是，建寺以来，普贤寺的建筑从来没有像如今这样美观坚固。

寺院里透着一股久违的宁静，再也不见了往日嘈杂的犬吠声。

我绕过大雄宝殿来到侧院，只见四周摆放着一口口水缸。连日的雨水已经把水缸落得满满的，溢出的水在缸沿上流淌出细密而均匀的水纹。睡莲的叶子紧紧地贴在水面上，一朵朵粉色的莲花亭亭立于水中。

屋檐下，两棵白玉兰在雨雾中悄然绽放，浓郁的芳香充盈着整个庭院。

沉郁厚重的古城墙上没有一个游客。

觉悟师父在细心地修理花草。

我感叹："完成这样的工程实属不易。"

她说："功德属于有佛缘的居士们，我们出家人的一点付出算不得什么。"

我说："你们所花的心血，普贤菩萨是看在眼里的。"

她微微一笑说："困难确实不少。也曾经起过放弃的念头，后来，我读了不少关于临海历史的书，尤其是有关古城墙的，能找到的都看过。我是被尉迟恭将军修筑百步峻城墙的精神感动了，于是又坚定了信心。"

仿佛是回味似的，她又讲起了尉迟恭将军修筑百步峻城墙的故事。

她虔诚地说："是尉迟将军一心为百姓的诚心和永不放弃的精神感动了佛祖，梅花鹿是佛祖派来帮助他的。接着，她双手合十，念起了佛。"

这个故事我听过好多遍，可是今天，当我从一个客居在古城墙脚下的出家人口中听到这个故事，心中还是涌起无限感动。

普贤寺自宋代建寺以来，就经历了多次搬迁。宋崇宁元年，从原址状元堂搬到北固山脚下。明嘉靖中，迁址至北固山顶东北角。这两年，又从东往西移动了近百米，而后又向下移动了三四米。

我知道，无数一心向佛的出家人都把修建一座寺庙当作毕生的目标。年轻的觉悟师父显然已经实现这样的愿望。当然，其中的艰难困苦对她来说都是修炼。正如她所言，在实现目标的过程中，她心中的精神力量既来自佛祖，也来自这座浸润了千年府城文化精华的古城墙。

可以肯定地说，选择了古城墙根作为修炼场所的历代出家人，是采取了一种特别的方式潜心研究释家和道家文化，如果古城墙根缺少了这些群体，那千年府城的文化底蕴势必大打折扣。

城隍山台门旁边的巨石上，榜书大家尤福初先生题写了"三学和一"四字，这是对台州府城几千年文化精华的高度概括。

时光悠悠，台州府古城墙厚积了岁月的风雨与沧桑，记录着历史的兴衰与荣辱。千年以来，每一个与古城墙相遇的人抒写了一个又一个精彩纷呈的故事。这些故事大至关乎国家存亡，民族气节，小至个人理想抱负，喜怒哀乐。

夕阳西下的时候，我喜欢用手抚摸一块块微微散发着热气的城砖，感受古城墙的雄奇、博大与精深。雨雾迷蒙的日子，我喜欢轻轻踩在微微泛着青光的石板上，回味那些零零散散的故事。

云峰巍然

那一天，天色阴晦，空中飘着零星的小雨。

我们不想放弃计划了许久的云峰之行。或许，这样的天气攀登云峰会有另一番感受。

山路并不狭窄，坡度较大的石级与平坦的砂子路交替出现，走起来不是特别费力。路旁是参天的古木，茂密的翠竹。耳际不时传来声声鸟鸣，阵阵松涛。穿越林间的山风裹挟着深秋的寒意迎面袭来，掠走了些许疲乏，却无法带走我阴郁的心绪。此时，我的脑海中老是闪现晚明东阁大学士兼礼、兵二部尚书陈函辉抗清失败后，号啕大哭、跌跌撞撞地走向证道寺的情景。

沿途经过一个小村落，居住者已寥寥无几。村民们的房子，大多成了一道道残败的风景。

村头大樟树下拴着两条黄狗，但是一点也不凶，行人走近了也不吠一声，甚至连目光也不与人对视。一群鸡却非常活跃，它们在树下啄食残留在稻草上的谷粒。一只黄色的母鸡大概是刚下完蛋吧，昂着头，翘着尾巴，"咯咯咯"地大声叫唤着。

村子的田地还被留守村庄的几位老人耕种着。金黄色的稻田边，翠绿色的红薯地里，到处飘扬着彩带，站立着各种姿态的稻草人，这是山里人防止野兽糟蹋庄稼的权宜之计。

山涧里，一位大婶正在清洗衣物，涧边的梯田里，一位大爷正在劳作。他们偶尔聊上一两句，趁着歇脚的时间，我大致听清了他们的谈话内容。大爷一个劲儿地称赞大婶的儿子有出息，大婶却不断地说自己儿子靠的是吃苦耐劳。自豪与疼爱之情同时写在这位朴实的母亲脸上。看来，大婶的儿子虽然离开了山里，却传承了山里人坚韧顽强的品格。

雨越来越密，可以听得见淅淅沥沥的声音了，我们加快了脚步。山回路转，证道寺古朴的檐角终于出现在眼前。寺前有方塘一口，称放生池，又名甘露池。雨点洒落在池里，清澈的水面泛起了点点涟漪。

善良的人们用自己特有的方式诠释着"放生"的含义：明朝嘉靖年间，证道寺一位僧人在下山回寺途中看到一位妇女正准备将刮鳞的鲫鱼、剪掉尾的螺丝和切成两截的田蟹下锅。僧人于心不忍，便将它们全部买来，放入寺前的放生池中，没想到它们竟奇迹般活了下来。从此，无鳞鲫鱼、无尾螺丝、两截田蟹就成了证道寺放生池的"三奇"。我没有见识过池中"三奇"，但是陈函辉跃入池中想结束自己生命硬被僧人们拉起的一幕却深深地印在脑海里。

寺门上方镌刻着篆体"证道寺"三字,门旁撰有一联:

山曰云峰钟秀神奇生紫气
寺名证道佛光空远照乾坤

进入寺中,不由得感慨万千,山下的无数寺庙都在近年得到修缮,旧貌换新颜了,而当年名扬四方的证道寺却如此衰败不堪。大雄宝殿和金刚殿前的两棵桂花树绿得深沉。岚雾在桂树的枝丫间,在寺庙简陋的屋檐下穿梭,给古朴的建筑笼上了岁月的无限沧桑。

这就是陈函辉发奋读书立志报国的场所,这就是陈函辉写下荡气回肠的 10 首绝命词的地方!

多么悲壮的一幕呀!矢志殉国的陈函辉为了避开僧人们的眼目,选择深夜跳水自尽,警觉的僧人们还是发现了。被拉上岸后,陈函辉故意向他们要粥喝,因为他已经拒绝进食多日了。当僧人们放松了警戒时,陈函辉用悬梁的方式结束了 57 岁的生命……

又经过了半个多小时的艰苦攀登,我们终于登上了山顶。虽然这里不是云峰的最高山峰,但峰顶的景观足以让我们惊叹了。松涛的轰鸣声时断时续地传来,错落堆砌的巨石被细雨湿润了,像极了海边的礁石。大凡山巅,必定是贫瘠之地,但是,总有一些植物选择这样的地方生根发芽,长叶开花,明知不可能长到参天,但它们毅然选择坚守。

或许，这就是一种精神吧。

岩石间的低洼处堆积着少量砂土和腐叶，绿茵茵的苔藓便在这里安了家。映山红等少量耐寒柴木见缝插针，零星地散落在可以站得住脚的方寸之地。虬曲的松树把根牢牢地插进岩石的缝隙里，坚韧的枝叶在风中瑟瑟抖动着。

眺望远方，古老的灵江绕着古城缓缓流淌。云峰山脉的最高峰望海尖高高屹立在茂密的原始丛林间，怪石嶙峋，云雾缭绕，俨然一幅亘古的山水画。

巍然屹立的云峰，造就了古老的台州府城人们生息的天然屏障。云峰山脉的伟岸与坚韧，成就了府城人们忠贞不渝的性格特征，让我们听一听陈函辉最后的声音：

生为大明之人，
死作大明之鬼。
笑指白云深处，
萧然一无所累。

轻盈的岚雾随着风势自山谷盘旋上升。无边的秋雨不停地飘洒，滋润着山间万物，也沾湿了我们的衣衫。松针上，苔藓上，都挂满了滚圆的水珠。看，映山红的枝头已经缀满了花苞。待到来年春天，这里定是一片烂漫。

渚上红杉伴江潮

一

　　20世纪80年代，站在巾子山上远眺，灵江对岸的东南方，一大片嫣红特别引人注目，那是江下渚的数百亩桃花尽情吐艳了。因为当时人们对电视连续剧《射雕英雄传》的热衷，江下渚被冠以"桃花岛"的美名，一时间游人如织。

　　一个阳光灿烂的午后，我们骑车探访"桃花岛"。过了雄伟的灵江大桥，一望无际的桃花就呈现在眼前。桃树并没有想象中的高大，该是种植者不断修剪的结果。一条笔直的机耕路伸展到桃林深处，一畦畦桃花盛开在田垄之间。路旁的沟渠没有水流，就成了花花草草的世界。阳光下，各种花儿的芬芳和泥土的气息扑鼻而来，成群的蝴蝶和蜜蜂在枝头，在花间不停地飞舞。很多人穿着薄薄的衣衫，在桃花旁摆着各种姿势拍照。

　　清代临海诗人洪凤銮在《大瀛洲口号》中写道："山色

江光四面收，南城门外大瀛洲。传来两岸桃花水，到此真疑破浪游。"看来，江下渚植桃具有悠久的历史。

渚上有一个小村落，唤作"江下渚"，素朴的砖瓦房在桃花的簇拥下，带给人梦幻的感觉，让人仿佛置身于武陵源。

灵江正在涨潮，满载的货船赶潮航行，响亮的马达声久久地回荡在辽阔的江渚上。

不过，其时的江下渚已经是陆地的一部分了。

村民们说，20世纪70年代末开始，每天都有几十条挖沙船在北港作业，采沙船就是河道的疏浚船，北港变得越来越深，以至成为主航道。南港开始出现严重淤积，成了沼泽地。

二

灵江潮涨潮落，沿岸的地理环境和风物也随之发生着变化。

"彭公屿沙涨出宰相，破石湖水穿出状元。"民谣中的"彭公屿"就是江下渚，"宰相"指南宋宁宗庆元六年（1200年）闰二月任右丞相的谢深甫。江下渚从形成到与陆地相连经历了800余年。

清同治九年（1870年），知府刘璈考察灵江，了解到江水淤积而成的江下渚土地肥沃，种植农作物几乎用不着施肥。上千亩面积的江渚上没有任何建筑物，坐渡船前去耕作的农民时常被雷阵雨淋成落汤鸡。要是遇上暴雨，被困渚上的人可就遭了殃。刘知府决定在江下渚建造大瀛洲和文昌阁，既能对振兴台州文教起些作用，又能让辛勤劳作的农民有一个避风躲雨的安全场所。

确实，灵江洪水给府城带来的灾难是骇人听闻的，史料上有记载的就不下百次。比如：

宋庆历五年六月，大水环城，死人万余。

宋嘉定二年七月，大风雨夜作，激海涛，漂圮 2280 家，溺死尤众。

清宣统三年七月初三日，狂风暴雨，山洪骤发，矮屋与檐齐，阅二日始退；又大雨累日，飓风并作，大木斩拔，田禾尽淹，水入城高七八尺，人畜溺死甚众。

……

灵江是温柔的母亲，不遗余力地滋养着两岸的土地和生灵，赋予人们圆融与灵气。灵江又是脾气粗暴的父亲，用自己特有的方式磨炼着人们的坚毅与刚勇。

20 世纪 90 年代，由于桃子滞销，桃林渐渐荒废，出于防洪的需要，渚上沿江边栽下了 400 多亩水杉。

进入 21 世纪，城市的功能建设加快了速度。东至少两山，西至台州府古城墙的防洪大坝建造成功。灵江南岸防洪堤工程、义城港分洪工程等相继建成。连接古城与江南的临海大桥于 2007 年 7 月竣工。

一桥飞架南北，天堑变通途。江下渚变成了城市的一部分！

伟星房产在江下渚打造人居大盘——伟星城。

人文景观大瀛洲和文昌阁得以重建，两水山附近还建造了城市观景台——聚远阁。

三

灵江南岸城防公园的建设从 2010 年一直延伸到现在，渚上的水杉林成了公园不可或缺的重要景观。这些在江边沃土上生长了 30 多年的水杉，胸径小的已有柱子一般粗，大的要两个人才能合抱过来，三四十米高的树上抽出的枝叶层层叠叠，遮蔽了阳光。可是，无论哪个季节走进水杉林，感受到的都是你追我赶、直插云霄的气势，丝毫没有压抑之感。

春天，灰褐色的枝条上缀满了米粒般大小的嫩芽，水杉树的柔韧性就恢复了。林间多鸟，它们悦耳的鸣声在枝叶间回荡，可是却不知道藏在哪里。那些不擅长唱歌的鹭鸟，喜欢在树梢逗留。它们偶尔作一次短暂的飞翔表演，又飞回到原处。由于体形硕大，动作不怎么轻盈，可落脚时在树梢弹动的姿势却堪称完美。春天的杉林是适合仰望的，杉叶还是针形的，弯成十分好看的弧度，这便多了几分妩媚，色调养眼的绿，在星星点点的蓝天映衬下，确实具备过滤心灵杂质之功效了。

夏日，杉叶渐渐分散成羽状，杉林里荫翳蔽日，幽深清凉。那些生性喜阴的草本植物，欣欣然铺遍了林间的角角落落，就连杉木高大的躯干也不放过，空气里因此而添了几分葱茏的绿意。低下头，青草边裸露的泥土上布满孔洞，那是当地人称为蟛蜞蟹（学名蟛蜞）的巢穴。蟛蜞穴居近海地区江河沼泽的泥岸中，以植物的腐殖质为食，是林间的清洁工，一般晚上出来活动，如若雷雨来临，它们也会成群结队从洞穴里出来。

夏夜的杉林别有一番景致，隐藏在树丛中的一个个亭子都亮起了灯光，把别致的造型展现得淋漓尽致。沿着曲折的回廊缓步前行，步履自然就优雅起来，生怕惊扰了在青草丛中觅食的蟛蜞。

秋天，水杉林的色彩渐次变化，黄绿、浅黄、褐黄、橙色、浅红、深红……其实，这无非是秋天的本色，可是人们却兴奋了，激动了。

"江下渚的水杉林红了！"

这句话拥有超强的吸引力，无数人甚至赶了上千公里路前来观赏。"渚上红杉林""渚上红树林"成了人们脑海中挥之不去的一个词语。

秋天的红杉林，是明朗的，是清亮的。红叶轻巧地从枝头飘零，落在亭子上，告诉我们萧瑟的冬天就要来临了；落在木板铺成的回廊上，引发了无数人的诗情；落在青翠的草丛上，遮掩了那些蟛蜞的洞穴，这些小精灵蛰居的日子就要到了。

江边的滩涂在秋日的艳阳下依旧闪烁着金色的光芒。那些生活在滩涂上的望潮，也有叫招潮蟹的，正在舞动着大螯，一副无所畏惧的样子。

宋代洪迈在《容斋四笔临海蟹图》中写道："七曰望潮。壳白色，居则背坎外向，潮欲来，皆出坎举螯如望，不失常期。"

果然，潮涨了！势不可当。灵江的潮水淹没了屹立在滩涂上早已失去生命的如同雕塑般的水杉残桩，掩盖了裸露在滩涂上的水杉密集的根须。

那些做好准备迎接大潮的望潮，该安全撤回自己精心营造的洞穴之中了吧。

渚上的水杉已经发展为一个生态种群。无数个体在抗击狂风与病害中轰然倒下，无数新生者又开始萌发，生长，壮大。

30 年来，渚上的杉林红了又青，青了又红，但不改坚挺之品格。滩涂的望潮，一次又一次被潮水淹没，但不改勇毅之秉性。

江潮滚滚，给人带来了无尽的遐思与憧憬。

松涛如潮

少两山是一座海拔 103 米左右的小山，毗邻大田港和灵江。

由于优越的地理位置，少两山烙上了远古文明发展的印记，考古发现，那里有商代的墓葬，其中出土的文物有凹底云雷纹陶罐等。随着时间的推移，长了又枯，枯了又长的树木湮没了先民残留在地表的一切痕迹，只有那如潮的松涛亘古不变地轰鸣着……

一个冬日的午后，天色阴沉，北风不住地在耳边呼啸。我沿着江滨从南坡步入山中，但见一路石径，落叶堆积。半山腰，修缮一新的蒋安寺绛红色的墙体在冬日的山林中显出一种静穆的亮丽。

大概是"性本爱丘山"的缘故吧，我对山间的一切都感到特别亲切。如果说春、夏、秋三季的少两山吸引我的是那蓬勃的生机，那么冬季的少两山吸引我的便是那斑斓的色彩和曼妙的松涛。

没想到少两山的南坡却没有一丝风，山间静悄悄的。山上生长着密密匝匝的树木和柴火，长得最高的是松树，最多的也是松树。虽然没有阳光，可是松针还是绿得发亮，满山的松针连成了一片绿云。

松林间还长着半大的樟树、杨梅树、枫树和许多叫不出名字的树木，它们的枝头挂着飘落下来的黄褐色的松针，增添了几分柔媚。好多树木的枝头还挂满果实：红的、黄的、黑的……不时可见鸟儿在枝头跳跃，似乎是在为自己充足的越冬食物而兴奋。松针间的松果大都已开裂，好多松子已经奔向了自己的安家之所。金罍似的栀子黄得诱人，我伸手欲摘时，没想到果子已经松软松软的，指尖也被染成了金黄。

地上铺着厚厚的落叶。我一直认为，山间的树木和柴火是和谐相处的典范，它们错落有致地填满有限的空间，既不乏竞争，又相互依存。贫瘠的山土中有限的养料在不同的个体内循环。花开花落、叶长叶枯的过程也是养料越积越多的过程。

冬季是生命孕育的时节，当你静静地端详时，就会发现无论是落叶树还是常绿树，枝头都已经凸鼓起来，有的是新芽，有的是花蕾。

走上山脊，耳畔响起了松涛声，涛声时而急时而缓，时而雄浑时而绵薄。北坡的所有松针都在微微地颤动着，真不敢相信小小的松针的颤动能够汇聚成如此气势恢宏的涛声。一时间，我恍恍惚惚的，说不清涛声是风带来的还是松针发出的。

少两山由一高一低两座山峰组成，两峰之间的山冈上已经铺好石级，石径上建有一道长廊。我索性在长廊边的条凳上坐下来，让松风掠过微汗的身体，尽情地享受松风之寒，松涛之美。

山的北面是新城的中心，高楼林立，新建的灵湖碧绿碧绿的，给城市增添了几分灵气。

山的南面是滚滚东流的灵江。

纵横交错的公路上，汽车穿梭似的奔跑，车子的马达声和喇叭声汇聚成一片"嗡嗡"声，伴随着松涛滚滚而来，仿佛令人置身于刀光剑影、战马嘶鸣的古战场。事实亦如此，少两山战略位置重要，曾是历史上名闻四方的古战场。据传少两山是明代戚家军打败倭寇的地方，那年，倭寇从三门登陆，直扑台州府城。他们企图在少两山脚下略作休整，待体力恢复后进攻府城。没想到戚家军早有防备，趁倭寇不备时点起"大将军""小将军"两门大炮。一时间，少两山沙飞石走，喊声震天，乱石滚落，倭寇被压死数百人。残寇仓皇逃窜，蓄谋已久的偷袭行动以失败告终。

另据《临海县志》记载，反清将领曾养性设计谋诱敌上钩，在少两山设伏，造成清兵死伤 6000 余人。

少两山侧缝上已经砌好了石基，不久的将来定会竖起两座壮观的亭子。我想如果能在某块匾额上镌刻上"听涛"二字，应是不错的选择吧。

我终于登上了主峰。39.88 米高的少两山塔高高矗立于绿树环绕的山顶，在如潮的松涛声中显得特别雄伟壮观。

灵湖的水鸟

几年前，我漫步大田港畔，视线总被空中掠过的白鹭所吸引。遗憾的是它们总是果敢地飞向远处，很少作短暂的逗留。

我曾在大田港闸口看到过网鱼的情景。

其时，港口的闸门刚刚开启，港里的水位较高，巨大的水流奔腾入江，发出震耳的轰鸣，场面颇为壮观。

两位青年在闸门侧的水泥大坝上支起一个三脚架，上面悬着一个辘轳，一丈见方的渔网靠近奔涌的水流便成了一片漂浮的叶子。两位青年娴熟地控制着渔网的角度与高度，每一网拉上来都有好几条活蹦乱跳的鱼。看来，大田港里生活着无数的鱼虾。可是，和这些鱼共同流入灵江的还有一株株漂浮着的水葫芦，看来大田港也没有例外，已经被污染了。

灵湖工程终于动工了。

随着水域面积的逐渐扩大，白鹭开始频频光顾了，它们时而翱翔在空中，时而驻足在水塘边，或许，它们也是在期待。

几年过去了，辽阔的湖面与周边的青山连成了一片，湖心岛上的建筑、北岸的广场、公园相继建成。

不知怎的，我独爱灵湖的南大堤，那里杨柳依依，芦苇成丛，拥有不事雕琢的自然情趣。几座洁白的花岗石拱桥犹如长虹卧波般伏在堤坝上，桥下便是湖港相连的水道。此处不但有"沙鸥翔集，锦鳞游泳，岸芷汀兰，郁郁青青"的宏幅美景，更有"水鸟一双临水立，见人惊起入芦花"的特写镜头。

夕阳西下，万道霞光洒在烟波浩渺的湖面上，洒在展翅飞翔的白鹭上，湖面是那么辽阔，天空是那么高远……

雨后的春晓，湖面上弥漫着蒙蒙的雾气，湖心岛上的建筑依稀可见，堤坝上的柳枝静静地垂着，纤细的嫩芽上沾满了清亮的雾滴，浅水滩里干枯的芦苇吸足了水分，似乎就要垂到水面，没有风，便不见了飘摇之态。靠近根部的苇芽也有尺把高了，让人感觉到了无限的生机。近湖滨的几个若隐若现的小沙渚上，三五成群的白鹭亭亭地立着，它们默然无语，全身酣畅流利的线条与安详的神态让人感到了静穆与崇高，纵然你是万分鲁莽之人，恐怕也不忍心打破这份宁静。看来，小岛边上的沙渚、苇丛已成了它们最好的栖居之所。

忽地，平静的湖面还是划开了几道波痕，原来是几只受惊的灰黑色的水鸟冲出了苇丛，一边"嘎嘎"地叫着，一边扑腾着翅膀向另一处苇丛飞去。定睛一看，原来是野鸭，不禁一阵惊喜。

我曾经在少年时代近距离地观赏过野鸭。由于一座小山的阻挡，始丰溪的流向发生了改变，一个平静的水湾形成了，冲口处耸立着几块高耸的巨岩，水湾旁长满翠绿的细竹子。一群野鸭时而浮游在平静的水面上，时而钻进茂密的竹林，它们的悠闲自在给我留下了无尽的念想。

没想到昔日的情境竟在灵湖重现！

这时，大田港里划过来一条渔船，两位渔民抬着一大桶鱼上了岸。原来，他们是在头天傍晚撒好网，凌晨时再去收网。我看到桶里大的鱼竟有十几斤重，不禁连声赞叹。他们说，灵湖建成后，水质改善了，港里的鱼就多了，十几斤重的鱼都是从湖里游出来的。

雾气逐渐消散，白鹭开始腾空飞翔，野鸭在用它们的双翅欢快地扑打着水面。

天光，云影，浅水，芦花……不禁让我羡慕起这些水鸟来。如果此景能够永恒，我愿是灵湖的一只水鸟。

灵江四题

走进三江口

过了古朴的三江村，铺天盖地的绿就充盈着视野。

三江国家城市湿地公园位于浙江省临海市永丰镇三江村，地处灵江、永安溪、始丰溪三条河流的汇合处，属典型的潮汐湿地公园。三江湿地公园南北长约1300米，东西长约6000米，总面积为7.76平方公里。

石板铺就的小路清清爽爽，一直伸向翠绿的树林。

石径右边是一块块庄稼地，种植着豌豆、马铃薯和油菜。

三三两两的鸡在路边啄食，于是，地的边缘就多了几道篱笆。

石径左边修竹掩映，一簇簇，一丛丛。一根根竹笋箭一般从泥土里冒出来，对人们充满了诱惑，因此，翠竹边上不断出现"请勿攀折竹笋"的木牌。

进入深林，石径消失，竹子的身影变少。在高大的溪椤、白桦、银杏、松树等乔木面前，竹子显然无法满足对阳光的需求。

湿地的植被明显不同于山林。

一眼望去，到处都是稀稀朗朗的乔木、纤纤弱弱的青草。没有密密层层的灌木，林子显得特别空旷。林间回荡着鸟儿清脆的鸣声，但不见它们的身影。初夏亮丽的阳光从长满嫩叶的树枝间洒落下来，给林地增添了一股明丽。草儿不算密集，但绿得逼人的眼睛。雨季未到，潮水涨不到树林，也没有洪水，干爽的林地可以让人随意漫步。

林间有石椅供人小憩。

江水的拍击声从江边密不透风的竹子和芦苇间传来。

终于看到了三江口的真面目。正是退潮的时候，浑黄的江水野马般奔流着，嘶吼着，古铜色的大片滩涂在阳光下闪烁着耀眼的光芒。

灵江最大的两条支流可谓平分秋色。南源永安溪，始于仙居、缙云两县交界的天堂尖和水湖岗之间的石长坑，全长134公里。北源始丰溪，始于东阳县大盘山主峰东麓，全长119公里。两条积聚了巨大能量的溪水隆重会师之后，继续浩浩荡荡向东奔流，再加上潮汐的巨大力量，造就了三江口雄奇的景象。江水触目惊心的撞击，形成了宽广的江面。潮退后，三大块湿地成品字形分布在江面之间。

雨季来临时，洪水复加潮水，三江湿地一片汪洋，如同大海。附近的白马山以前叫临海山，据说"临海"的名字就是由此而来。临海，乃靠近大海之意，这是人们站在山上俯视三江口时的真切感受。

一位戴着红袖章的老人走过来，原来他是负责看护竹笋的。

老人说，夏天树林中特别阴凉爽快，是乘凉的好所在，不过一发大水就不好了。

我问水能涨多高。

他指着旁边一棵高大的银杏树说："这样高的树起码一半被淹没在水中。"

地上到处都是小洞，里面该住着多少可爱的小精灵啊！夜间，这片广阔的树林就是它们的天地。

老人说："这些蟛蜞蟹白天躲在洞里，晚上成群结队出来找吃的。灯光一照，它们就被吓蒙了。捉来捣碎做蟹酱，味道特别鲜美。"

三江湿地堪称动物的乐园，除了蟛蜞蟹，还有各种水生动物、鸟类、兽类等，总数不下 500 种，其中国家二级保护动物就有 7 种。

有人趁着退潮时机在江中撒网。远处有大型货轮停泊。

淡淡的新绿一眼望不到边，深深地吸一口气，感到无比的舒爽。不过我更喜欢在干爽的秋冬时节走进三江湿地。

金色的落叶，飞舞的荻花，浑黄的江水，交融在一起，给人寂寥空旷之感。正如清代僧人善思在《舟发三江》中的描述：

翠竹苍松四望稠，

潮分两水绕沙洲。

几多归艇芦花里，

棹破江天一色秋。

　　几年前，湿地四周竖起了粗壮的木桩，铺上了厚实的木板，游人可绕湿地一周。不过，任凭多么坚固的木料，也禁不起带盐分的江水不断地冲蚀。如今，这些木板铺成的通道时断时续地在林间逶迤，带给人别样的感受。

　　残败，也是一道风景。

　　江边有废弃的船只，锈迹斑斑，吸引了不少艺术家的眼球。

早　春

　　早春，我来到了建成不久的灵江治水公园。

　　站在防洪大坝上，一片绿意充盈视野，柔和，辽阔，仿佛是到了塞外水草丰茂的草原。

　　几个"小丘"的线条非常柔美，"小丘"附近分布着几个小湖泊。湖面碧波微漾，春天的气息扑面而来。

　　早些天还是春寒料峭，可太阳一出，积聚了一冬能量的小草就成了报春的使者。我远远地徘徊着，迟迟不肯走近，生怕破坏心中的那份惊喜。毕竟是早春，会不会"草色遥看近却无"呢?

"小丘"上的人逐渐增多,散步的,放风筝的,我忍不住还是走进了"草原"。

轻轻走过小湖旁的石径,我发现自己的想法错了,小草的葱绿一点儿都没有减弱,它们从蓬松的土疙瘩间冒出来,不染一丝纤尘。针形的叶子,如同一根根芒刺,牢牢地插在泥土中。公园里所有的泥土都是建造临海大桥时从江里挖上的淤泥,怪不得那么肥沃!看来,是灵江造就了这座公园,人们才有幸在江南领略到草原般的美妙风光。

沿着人们踩出的小路走上"小丘",我放眼向南望去,江潮已平,浑黄的江水滚滚奔流。治水公园与灵江之间是宽阔的滩涂,虽满眼都是枯萎的荻花,我却丝毫感觉不到秋天的那股萧瑟、凄凉。踏入芦苇丛中,我发现零星有几棵刚抽出的苇芽,像刚破土而出的细竹笋。

苇丛旁生长着马头兰、荠菜,还有一簇簇野菊花的嫩芽。

三五成群的人们,在蕴藏着生机的芦苇丛中采集着野菜,我的耳边响起了上古时代的那首歌谣:

　　采采芣苢,薄言采之;采采芣苢,薄言有之……

一对老年夫妇,一位提着篮子,一位采着野菜,一弯腰，一伸手，无不让人动容，默契的动作让人想到了"白头偕老""相濡以沫"。

我抬眼向灵江上游望去，在建的临海大桥已初具雄姿，远处群山上空氤氲着一片青黛色的雾霭。

我想起了老家，老家的始丰溪是灵江的一条支流，溪水清清。

也是在这个季节，也是这样晴朗的天气，溪畔沙地上麦子青青，麦地里长满娇嫩的荠菜，麦地边一簇簇马头兰绿得发亮。三二知己，来到麦畦间，一边采集着野菜，一边吟诵着那首古老的歌谣……

夏　夜

古城墙外，灵江之畔，一片绿绒似的草坪，其间零星点缀着一些岩石，这就是江滨公园。有人诙谐地称之"临海外滩"。

夏之薄暮，江滨公园是人们消暑的好去处。潮湿的江风徐徐而来，虽然带着些许咸味，给人的却是丝丝凉意。苍茫辽阔的江面上，船帆点点，有的渐大，有的渐小。远处的天空还漾着缕缕晚霞，几只白鹭披着晚霞的余晖缓缓地滑翔。

置身于这样的环境，身上的燥热更容易被涤荡殆尽。

暮色越来越浓，沿江的茶楼、酒肆、水上游乐厅、各类摊点灯火通明，色彩缤纷，此时的灵江是那么妩媚动人，它把两岸的色彩尽数纳入自己的怀中，织成一件五彩的衣裳。

偶尔也有船只过往，把彩衣撕成了无数条彩带，飘零数分钟又渐渐复原。

草坪上，纳凉的人们越来越多。

空中悬着一轮明月。江边的月儿透着水的光泽、霜的颜色。它柔柔的银光洒在塔上、山上、城墙上、草坪上、人们的身上……

看月赏月，是人与自然的一种交流，一种默契，让人与天地更巧妙地融合在一起，让人的心胸变得空旷、豁达。

时光在不知不觉中流逝，江边的茶楼里，小吃摊上的人多起来了。一家人相聚，享受着天伦之乐。三五好友相约，有一起品茗、谈心的，亦有喝酒、划拳的放浪形骸者。

夜色深深，江滨灯火阑珊。对岸的水上游乐厅传来了渺茫的歌声：

　　天上人间，月儿它飘落人间。天上人间，人逍遥歌起舞翩……

观　"潮"

夜晚，我来到灵江边的绿道散步。

奔流不息的灵江水，流经水云塘时，遭到了少两山的阻挡，来了个华丽的转身，于是，一段宽阔、平缓的江面形成了。

第一次来到水云塘，我感觉眼界特别开阔，天空特别高远。站在江边的防洪大坝上，只见江水平静得像一面铜镜，我感觉不出水的流动。

对面，是空旷的田野，还有几个房屋低矮的村子。

青山，立在很远的地方。

江边树不多，零落着几棵水杉。晴日里，白鹭时而在江边静立，时而在空中滑翔。烟雨迷蒙的日子，江天一体，云雾翻腾。

水云塘一带水深流缓，古代是有名的渡口，现在仍是理想的码头，时常可见巨轮在江边停泊。

冬天来临，水杉树落光了叶子，在萧瑟的寒风中站立着，颇具吴冠中中国画的意境。

不过，我最喜欢的还是夜晚的灵江。空气潮湿，对岸村庄的灯火如豆，微弱的光线几乎没有了穿透力。

如果有一条小船，我愿在船头挂一盏油灯，在江上度过一夜的静谧时光。

清代诗人杨辅廉就曾有过这样的享受，他在《水云塘夜泊》一诗中写道：

> 云净天高月自明，
> 更阑寂寂动幽情。
> 江南江北人无语，
> 数点寒灯一雁横。

少两山和靖江山上的高塔遥相呼应，放射着清丽的光芒，把夜空装扮得更富诗意。

江水在柔和的月光与灯影里，轻轻悄悄地流淌。在这样朦胧的光影里，如果肢体不与江面接触，确实感觉不到江水是在流淌的。

时断时续的蛙鸣，在略带咸味的空气中飘逸。

夜色越来越深沉，江面上仿佛笼着一层轻纱，对面那个叫伏龙的村子灯火逐渐稀疏。伏龙村的南面的那座青山，形如一条潜伏的巨龙。

我手扶冰凉的石栏杆，眺望着远处影影绰绰的山影。

忽然，耳边响起骇人的轰鸣声，似乎是骤雨初起，滚落山林时发出的声响，急促而不失沉稳；又如汽车爬陡坡时发出的吼声，沉闷而不乏力量。

紧接着，一股凉飕飕的气流从江面袭来，江边的青草随之倾斜。

急忙俯视江面，只见斑驳的江面上滚动着一条"巨龙"，眨眼间就到了上游。水位猛然上涨了一米多，水浪开始向江边铺展，潮水与岩石的撞击声一阵高过一阵。

过了一两分钟，江面才渐渐恢复了平静。

环顾江面，附近没有一条大船经过。这只能是灵江的潮水！原来，灵江的潮水也是十分壮观的，平时怎么就未曾发现呢？

我一边散步，一边胡乱猜想，不知不觉来到了大田港闸。此时，宽阔的铁闸门正高悬着，湍急的水流气势磅礴地涌入灵江，发出了震耳欲聋的巨响。

真相终于大白!

大田港有逆溪等几条长达数十公里的支流，水流不菲。近年，水域面积达1200亩的灵湖已经建成，据估算，湖中正常蓄水量超过了300万立方米。这个骄人的数字让人欣喜，因为它有效地改善了附近的生态环境。大田港和灵湖的水通向灵江的关卡就是大田港闸。可以想象，当闸门打开的那一瞬间，水流倾泻而下的景象该是多么的惊心动魄!

灵江在短时间内接纳了这么多的水量，水位急剧上升，水流快速向下游及上游挤压，没想到竟形成了刚才我所见到的壮观的"灵江潮"。

竹海深处

仲春时节，我与友人游盖竹洞。

走在简易的砂石铺就的公路上，迎面不时驶来一辆辆满载碧绿毛竹的车子，竹竿长得惊人，车子驶得很慢。

我们小心翼翼地让道于旁，生怕被不停打战的竹梢扫着身子。

大山满眼葱绿，我们不知盖竹洞的具体所在，就向一位上山挖竹笋的大爷打听。

大爷说，你们去羊岙洞呀，一直往前走，路旁的小村就是羊岙村，沿着小庙右侧的石级上山，就不会错的。

当地人称盖竹洞为羊岙洞。

我们沿着斗折蛇行的石径向山顶登攀，走一程，歇一程，行了好久还是未见道观，便怀疑走错了路，但是越来越密的竹林似乎告诉我们没有走错方向……

随着隐隐飘来的钟磬声，知道盖竹洞离我们不远了，于是加快脚步向上攀去。

险峻的岩石从竹林中冒出来，直插云霄。巨岩底下就是盖竹洞，倚岩而建的道观掩映在竹林中，屋檐、岩石泛着绿光。

袅袅的香烟缭绕在林梢，好像是竹林间升起的雾岚。

道观一半在洞内，一半在洞外，高大宽敞，丝毫不显局促。

洞边立有一块石碑，碑记是由清乾隆时著名学者齐召南所撰："盖竹山，土人呼为竹叶……是道书称第十九长耀宝光洞天，古商丘子所治。"商丘子就是东汉著名道士葛玄，相传他曾在盖竹洞修炼，并开辟了"仙翁茶园"。

道观住着一位八十多岁的老道，很健谈。他说每天都有好多人上山，或朝拜，或游览。他不止一次自豪地跟我们提到盖竹洞"天下第十九洞天第二福地"的名声。当我们向他请教"仙翁茶园"在何处时，他对着茫茫竹海说不出所以然。

看来茶园也早已被竹海淹没了，我们深感遗憾。

福建武夷山的"大红袍"茶树迄今不足 400 年，却因为一个美丽的传说声名远播，皇华真人葛玄在盖竹洞植茶的时间比"大红袍"要早上千年，要是能留下遗迹，哪怕是一点点，也足以成为台州珍贵的历史遗产。

品尝了洞中被誉为"圣狮灵涎"的滴水后，我们准备下山。

道长得知我们喜欢竹林，就建议走蒋山方向下山，沿路可以观赏更多的翠竹。

听从了道长的建议，我们改从蒋山方向下山。

起初，山路也不窄，我们走过几个绿竹掩映的小村落，但是未闻鸡犬之声，看来已经无人居住了。

大概是我们在哪个岔道口走错了路，没想到误入了竹海深处。

低头，清一色的蓬松黄土；抬头，满眼苍翠。在竹海中穿行不久，我们就感到阴凉袭人。

静寂中，耳际忽地响起一丝微鸣，悠远飘忽，恍如天籁。

正当我们惊异时，头顶上的竹叶微微颤动起来。

哦，原来是风！

清风多么高明啊！她把竹海当成了琴键，演奏起抒情的乐章。有清风做伴，深山的竹子是不会寂寞的。然而，大自然也有愤怒的时候，看那林间斜着的无数竿竹子，定是去年刮台风留下的痕迹。

竹海深处的山垄间流淌着清澈的山泉。

我听老农讲过，山泉的品质亦有高下之分，以竹山的泉水品质为高。我们来到山涧边，掬一捧山泉入口，果然甜丝丝的，与盖竹洞后壁的滴水无异。原来盖竹洞的滴水以甜著称，也是地处竹海深处的原因。

竹根的吸水能力强，故竹山的泉水蕴藏量大，万顷竹海就是一座无形的大水库，源源不断地向山下输送着甘泉。

走过几个弯，下了几个坡，还是茫茫的竹海。

日已西斜，正在担心被困时，看见一位大娘正在挖竹笋，我们像遇到救星似的，急忙跑过去问路。

大娘告诉我们，沿着山涧下去，走到两个大水库边，离山脚就不远了。

我们加快脚步急走了半个小时，终于看到了一上一下两个绿如翡翠的水库，水库里的水满满的，盈余的水正从避水坝上哗哗流淌，形成了壮观的瀑布。

一条深褐色石头铺成的小径，连接着竹海、村落和山脚下的公路。

每当在农贸市场上看到沾满黄泥的肥硕竹笋，我的脑海中就浮现出那一片苍茫的竹海。一打听，大多高品质的竹笋都产自我们走过的竹海深处。

穿行在青山绿水之间

汽车从东湖之滨的驾校起步，出望江门，过大桥，奔向通往古镇张家渡的叶下线。教练说："下午练车的路线是直抵括苍山的顶峰米筛浪。"我不禁惊喜交加。

公路边上散布着古朴的村落，这里的村民与小桥流水长相厮守，过着恬静的日子。村子四周的庄稼地里生长着各种诱人的瓜果蔬菜，好一派田园风光。

在古镇的街道上转了几个弯，就到了括苍山脚下。

嵌在大山上的银色水泥公路虽说没有想象的那么窄，可我们几个学员毕竟是半桶水的技术，穿行在浙东第一高峰的括苍山麓，心还是悬得老高。教练不断地指点汽车上山的要领，并让我们放松心情，带着观赏美景的心态上山。

渐渐地，我们的心思开始转到风景上来。

莽莽苍苍的山林充盈我们的视野，公路上时而浓荫蔽日，时而洒满炽烈的阳光。汽车穿行其间，一股清凉泛起在心底。

公路边上不时出现"水果基地"和"农家乐"的牌子。眼下正是括苍山蜜桃成熟的时节，红绿相间的桃林吸引着我们的眼球。果农们采摘下的桃子一筐筐一篮篮的，摆放在路边，令人垂涎欲滴。我们决定下山时要大饱口福。

海拔逐渐升高，山上的树木柴火越来越矮，岩石开始裸露，巍峨的米筛浪现出了应有的雄奇。

车子刚一停稳，我们就迫不及待地下来了。

视野前所未有的辽阔，刚才须仰视的山峰都变得矮小，奔流的灵江似乎是凝固了，城市和村庄轮廓分明地镶嵌在山野之间。

远处是苍茫的云海，头顶是碧蓝的天空。没有风，高耸的风车成了一道道静止的风景，有一两架偶尔转动几圈，又停了下来，似乎是伸了个懒腰。

盛夏的午后，毒辣的阳光毫不留情地直刺下来，曙光碑周围氤氲着一股淡淡的紫气，可是，我们却丝毫没有炎热的感觉，这或许就是高山气候的独特魅力吧。不远处，几头黄牛在蘑菇状的松树间悠闲地吃草，山顶的草是稀疏的，矮小的，这些牛儿能填饱肚子吗？

牛的外形与大山最为协调，在草料不那么充足的山顶，显得尤为健朗。于是，当同伴们欣喜地接近它们时，我却站立着，静静地欣赏魅力独具的生活在括苍山顶的黄牛。

下山时，为了防止车速过快，就得不停地踩刹车。窗外不断传来"咯吱、咯吱"的声响，起初，我们以为是刹车片摩擦发出的。林木越来越茂密，声响越来越密集，渐渐汇聚成了恢宏的交响乐，才知猜测是错的。于是又认为林木间肯定生活着成群的鸟，鸟儿的鸣声婉转，但应有些间隔，不会如此悠长。难道是蝉鸣？可蝉声是时断时续的，并且还要粗犷。忽然，公路上方的树枝上一只体形娇小的蝉儿被汽车一惊，猛地蹿了上去，纤细的鸣声里满是惊恐与不平，难道真的是蝉鸣？好了，不管是哪种可爱的小精灵发出的声响，就让我们尽情地享受大自然的天籁吧。

汽车停在一片桃林边，两位大婶从路旁的简易棚子里迎了出来，热情地向我们推销起桃子来。她们说山上的桃子口感特别好，可以免费品尝。其实，不用她们推荐，看到如此诱人的桃子，我们早就变成孙猴子了。拿起一个桃子，在边上的山泉里洗净，轻轻地咬上一口，一股甘甜的汁水带着清凉滑入了喉管，真是名不虚传的高山蜜露桃！于是，两满篮桃子被我们瓜分一空。

第二天下午，我们去通往牛头山方向的公路上继续练车。

车子一出城，映入眼帘的便是一派沃野千里的田园风光：青青的禾苗忙着拔节；成片的席草又密又高，等待着人们的收割；翠绿的橘子树上缀满了墨绿色的果子；碧绿的西瓜地里，枯草遮盖着的是一个个大西瓜。林荫道边，齐整地摆放着一个个圆滚滚的西瓜，那美丽的条纹让人联想到甘甜爽口的瓤。

那条清凌凌的小溪出现了，那座写着"牛头山水库"的大坝出现了，苍翠浑郁的原始丛林出现了，小溪旁，山坳里，一个个颇具农家建筑风格的"鱼头馆"出现了……

牛头山水库是临海乃至椒江北部人民的大水缸，人们像爱护自己的眼睛一样保护着上游的生态环境。水库与青山相依，上游隐藏在幽深的山谷里，要想一睹全貌只能在飞机上。

穿行在青山绿水之间，微波粼粼的水面上横卧着一两条小船，我仿佛进入了"渔舟唱晚"的优美画卷。

第三天上午，我们的练车方向折向尤溪的江南大峡谷。由于受到"苏力"台风的影响，那天竟是个难得的薄阴天气，这样的天气在炎炎夏日是十分少见的。我们沿着始终与涧水相依相伴的公路主线向峡谷纵深前进，回龙潭、法海寺、情人谷等一个个景点在身边掠过，一直到了"军事漂流"的起点。由于一段公路正在整修，我们只好依依不舍地掉转车头，开始向支路前进。来到蓝得发黑的七折潭上方，我们停车观赏，大概夏日的涧水更为充盈吧，瀑流比春日时看到的要壮观，潭水也显得更为深沉。由于通往梓树坑的公路越来越陡，就由教练亲自驾车，快速地在幽暗的竹林中穿过，直至水泥公路的尽头。我们走下车来，掬起清澈的涧水洗脸……

那天，我们几乎把大峡谷的公路穿遍了，学着古人体会了一番"行到水穷处，坐看云起时"的意趣。

第四天下午，我们到涌泉路段熟悉考试路况，浑黄的灵江气势磅礴地奔向大海，长虹般的高架桥上不时有动车飞驰而过。一山又一山，一弯又一弯，山坡上，平地里，满山遍野都是翠绿的橘子树，橘子只有半大，可枝头却明显下垂，丰收已经在望。

这是一座多么宏大的绿色工厂啊！

大地是厂房，岚雾、甘霖、江水、空气是取之不尽、用之不竭的原料，阳光是洁净无比的能源。不计其数的橘子树夜以继日地工作，生产着"临海一奇，吃橘带皮"的涌泉蜜橘。当然，工厂的管理者就是生活在这片土地上的人们。

三峰冬景图

一

街道两旁，香樟树的枝叶在北风中不停地狂舞，几片墨绿的叶子被卷到了空中，久久无法着地。山坳里，三面鼎立的峰峦阻挡了呼啸的北风，让冬日的三峰成了一轴疏朗、明快的山水画。

我熟悉的那个鱼塘隐藏在树木丛中。走进简易的木板门，一亩大小的长方形鱼塘就出现在眼前，青砖砌成的围墙下，站立着几棵半大的桂花树，树下齐整地摆放着一盆盆兰花。鱼塘西侧，几棵苍松斜倚着，交叉着，让树底下的几间篷房多了几分野趣。简陋的几张木桌，粗糙的柴火灶，厚重的铁锅，在这里品味亲手钓上来的鱼，是否有几分隐逸的意味呢？

大概是天气的原因，塘边竟然没有一个垂钓者。

塘主年逾八旬，身材瘦削而俊朗，不见老态龙钟之感。

他正弯腰侍弄着塘边的兰盆。

鱼塘里清波微漾，游鱼的身影清晰可见。

寒暄几句，我便开始享受这段静谧的时光。大半天过去了，还是没有鱼儿上钩。主人说，一定是水太清了，要不搅点泥浆试试？

古人云，水至清则无鱼，看来，水至清更无法钓鱼。我来这个人工鱼塘钓鱼，并非为了钓到多少鱼，只要面对着一塘绿水静坐，就足以愉悦心情，要是搅上泥浆，岂不祸害了这么好的一塘水？

鱼塘的水质确实好，水源来自塘边那条清浅的水沟，水沟上方有一根水管，清水正汩汩流淌而出。这是真正的自来水，从山涧里直接引过来的。

老人的鱼塘是1981年挖的。那时条件不好，一家人吃饱饭都难，他竟然要把自家最好的田挖成鱼塘，邻居们都替他捏了一把汗。两个多月下来，他凭借自己一人之力，硬是挖成了这么大的鱼塘。最初是养鱼卖，生意不温不火，但养家糊口还是够的。后来，他把养殖塘变成了钓鱼塘，因环境幽雅，进的鱼品质高，来钓鱼的人还真不少。如今，几个在外地工作的孩子都劝老人不用再辛苦了，可他就是喜欢这个鱼塘，喜欢听水管里流水的潺潺声，喜欢坐在竹椅上，静静地看着钓客们专注的神情。他在鱼塘周围植上桂，栽上兰，不仅让钓客身心愉悦，也是为了让自己有一个颐养天年的好地方。

我问老人是否喜欢钓鱼。

他说："无聊时偶尔也会握握钓竿，不过，一般不用诱饵，钓上来吃不完，被钓钩伤了的鱼容易死去。"

我的脑海里马上浮现了一幅钓鱼图：苍翠的青松下，一塘清水倒映着蓝天上浮游的白云，一位老人手持钓竿，神情如云朵般悠闲，鱼儿游过来，偶尔触碰一下钓钩，又游走了。这样的场景，与"寒江独钓"又有什么两样呢？

二

山涧在鱼塘不远处，叮叮咚咚的水声轻快而柔和。

缘涧行几分钟，就到了那条通往三峰寺的林荫道，路面是由粗糙的花岗岩条石铺成，既结实又防滑。路两旁是茂密的杂木混交林，夏季时光线幽暗，阴凉爽快，可没有人敢踏入其间。冬天，那些高大的枫树和粗壮的橡子树，早已脱尽了秋日的残妆，露出了银白色的、黄褐色的树干，夕阳的余晖才得以洒落在干爽的石板路上，洒落在林间堆积的黄叶上。树林边沿摆放着几十个木板做的蜂箱，空地上搭了一所简易的篷房，却不见养蜂人。

三峰冬日图景的色调是明快的。

空气中飘逸着一股淡雅的幽香，这香味有别于寺庙的香烟，应该是花儿的芬芳。

三

曲径与幽涧的交汇处，是古朴的三峰桥，过了桥，绛红色的古寺就出现在眼前。

不管谁来创作三峰冬景图，三峰寺必定是画面"转"的部分。它的古色古香，它的金碧辉煌，它的宏大厚重，都是画家所要描摹的重点。

著名佛教绘画艺术家夏荆山先生撰写的"三峰禅寺"几个镶金大字苍劲有力。门旁有本地书家卢乐群先生撰写的对联：北宋一叶传万世，灵鹫二字印三峰。鹫，又称雕，属鹰科，是一种大型猛禽，毛色深褐，体型雄壮，嘴成钩状，视力很好，常在夜间活动，栖居在人迹罕至的悬崖上。

三峰一带山高林密，山崖陡峭，有鹫生活在这里是不足为奇的。《临海宗教志》有载，三峰寺始建于北宋年间，当时称鹫峰寺，后改为无垢院，明代时改为三峰庵。这座古刹千百年间几经兴圮，可香火却一直延续至今。

高大的石狮旁，摆着一个看相测字摊，一张褪了油漆的长桌上，那张红色的招牌纸特别引人注目，上书：看相、算命、测字、三世图、择日、取名等。桌旁有两条没有上过漆的长板凳。看相的老者毫无表情地端坐椅上，眼睛却不时地瞄着进进出出的游客脸上的神情，就像街道旁理发店的师傅，一有人经过，他们的眼光就盯着头上看。

寺门左边的空地上，有人正在练习鞭技。甩鞭者身体粗壮，蹲着马步，长长的鞭子，灵巧地在他手中舞动着，啪啪的响声干脆利落。

正想进入寺门，忽见围墙根的蜡梅开得正艳，原来，林间的馨香是它们散发出来的！

我从没有见过这么密集的蜡梅花。

以前，在人家的庭院里、屋子边上见到的都是零星的几朵，但在色彩单调的冬日也足以让人赞叹了。两棵蜡梅分列于山门两侧，左边的那棵已经高过了寺庙的围墙，右边的稍小。走近细品，一片片如同凝脂般的圆形花瓣亲密地聚拢在一起，围护着纤细的花蕊，一朵朵蜡梅花如同黄色的粉蝶，牢牢地趴在修长的枝条上，让人赏心悦目。世间的花草树木，在萧瑟的寒冬能保持翠绿已属不易，更何况绽放出芬芳无比的花朵。

如何在画面上表现古刹墙根富有禅趣的蜡梅的芬芳呢？

此时，寺里响起了悠长的晚钟，几位手提香袋的年老妇女从寺门走出，她们来到蜡梅花下，深深地呼吸了几口气，赞叹了几句，骑上停在空地上的电瓶车，带着一脸的满足回家了。

我想起了宋代关于"踏花归去马蹄香"的典故。如果画上"香客闻香"的姿态，画面上定会弥漫着蜡梅花的芳香。

我徘徊在两棵蜡梅之间，尽情地观赏，竟不知天色将晚。

顺着蜡梅枝头仰望，天空如同擦洗过的一色深蓝，寺院后面高耸的大山上挂着两道银白色的瀑布，一大一小，大的如凝固的素玉，小的如飘舞的白练。瀑布的姿态绵长、优雅，从数百米高的峭壁顶端到绿树掩映的山脚，时隐时现，风姿绰约。

四

还是采用"高远"法来表现瀑布吧。三峰寺后是一大片山林，山林上方就是高耸的悬崖，悬崖上方又是茂林，估计附近的村民是不会上去砍树的，只有一些驴友把此处当作探险的地方。几年前，有几位青年学生夜游三峰，结果被困山崖，最后在公安、消防部门联合营救下才得以脱险。

山的坡度渐渐增大，流水在茂林、修竹间轻快地跳跃，似乎还带着从悬崖上跳跃下来的余劲。涧边分布着一块块平坦的砂石场地，这是一些晨练者砌筑的练拳场所。他们维护自己的方寸之地可谓精心，有的还在边上搭一简易凉棚，置一张木桌，安几条木凳，这便集健身、休憩、娱乐于一体了。

瀑流边上那块最大的平地应该是多人一起打造的，平地边上摆放着各种花卉盆景，一年四季鲜花不断，平地东边是一间高大的金属篷房，分两层，一层供锻炼后休息娱乐用，后壁墙上张贴着《吴氏太极拳基本动作路线示意图》，图画明了详尽。边上贴着《武禹襄太极拳论》摘要，练习者随时阅读这些文字，对感悟太极拳的精髓无疑是大有裨益的。

平地错落立着几棵高大树木，粗细不一，造型美观。

站到二楼的观景台上，可俯瞰寺庙全景，仰观瀑布之雄姿，伸手就可触摸林间的树木。深深吸上一口气，湿润，带着草木的清香。

平地北面的坡上有一石头，上面刻有一个红色的隶书——隐。

虽然只有一个字，容量却极大，足以让无数人深究践行一辈子。自古以来，隐逸情怀已经烙上了中国古代人文精神的印记，成为很多人心底的一种情结。

如此看来，《三峰冬景图》当属典型的隐逸主题的山水画了，这幅画的造境元素既有山石、树木、水体、草堂、寺庙等静态元素，又有读书、赏梅、听瀑、健身等动态元素。

山林中的暮色，降临得特别快。不一会儿，林间就只剩我和一位老妇了。她斜靠在一把木椅上，神情呆滞。

即便是陌生的两个人，近距离地待上一定时间，简单的交流是必不可少的。

我问："天这么晚了为什么还不回家？"

她说："心情不畅，待在山林间感觉舒坦一些。"

原来，老伴身体一直很好，早几天却突然离世，对她打击很大。这几天，她每天都到这里坐坐，这是夫妻二人以前经常来的地方。

她说："不过，这几天也想通了好多事情，人生无常，生死有命。走的人走了，活着的还要好好地活。"

老妇直起身子，踏着暮色慢慢走下了山道。

山林一片沉寂，只有山崖上的瀑流在沙沙地奔泻着。

暮霭中，寺墙边的蜡梅散发着淡淡的香味，散发着春天的气息。

乾隆年间名士宋世荦《题三峰寺》云：

> 白云无赖满山飞，一任游人叩板扉。
> 客脚蹋莎新绿软，佛头映树远青稀。
> 涓涓竹笕通泉细，短短松牙出土肥。
> 四大空妆容小憩，浮生何日脱尘靮。

权且把此诗作为《三峰冬景图》的题跋吧。

避雨

一

微微有些坡度的大草坪绿意葱茏，即便弯下腰，也找不出一丝杂色。那个清清浅浅曲曲折折的池塘，已然被浓郁的绿意洇染，要不是池塘边上铺排的几块土黄色的圆石，真看不出这里是生活着无数水生生物的水域。大大小小的螺丝堪称慢生活的践行者，它们在塘底匍匐着，在石壁上攀援着。黑乎乎的蝌蚪甩着大尾巴不停地在边上捣乱，可螺丝们总是不理不睬。几片睡莲叶子悠闲地浮在水面上，几尾身形近乎透明的小鱼，在它们周围游过来游过去。

池塘西边，是一片规模不算小的阔叶混交林。

城市一隅，竟然保存了这样一片原生态的树林，公园设计者肯定是眼前一亮的。有了这片林子，平地与靖江山的衔接便十分自然。有了这片林子，一个个不同造型的亭子，铺着薄沙的健身场，便多了几分乡野的气息。

几十棵树，几十种姿态：笔直的，斜倚的，在空中拐上几个弯的……相比公园里移植来的各种树木，这些树的生长是随性的，没有人给剪枝，没有人给造型。夏天，它们共同抵挡台风，冬天，它们抱团取暖。尽管很多树木之间具有亲缘关系，但在追逐阳光和争夺生存空间时还是充满了竞争。林子里的树是幸福的，因为它们在错综复杂的环境中一起生长了100多年，长成了人们心目中的一件件艺术品。

高枝上，攀爬着密密层层的藤萝和薜类植物。鸟儿的啁啾，蝉儿的长吟，清脆，缠绵。丛生的灌木和青草填满了树木之间的空隙，里面该是蛙们的藏身之所和昆虫的家园吧。

靖江山海拔仅50米，面积也不大。多年以前，为了增加工业用地，这座小山四周被削成了石壁。后来为了建造公园，附近的房子又被尽数拆除，没有缓坡的靖江山就以孤清者的形象出现在人们眼前。所幸山上有树，高矮不一、姿态迥异的树。与别处相比，这些树木的生长显然受到了很多制约，泥土不多，养料有限，还要更多地遭受狂风的摧残，烈日的暴晒。尽管如此，树们硬是把自己的根须深深扎进石缝，把躯干拼命向空中生长，把枝叶竭力向四周拓展。

山，因为树木增加了高度，因为树木扩大了面积。

东坡石级很陡，两旁是厚厚的石栏，给人逼仄之感。石级旁竖着一竿竿毛竹，竹林间有几座古老的坟墓，因此平时很少有人挖笋，于是，竹子就一年密过一年。与边上虬曲的树木不同，这些毛竹始终坚守自己"势凌霄汉"的信念，一个劲地把身子挺直，再挺直。

天色忽然阴暗下来，黄梅时节的雨，总是说来就来。

坡上有一座古色古香的回廊，我不必担心会被雨淋。

刚走到山顶那座 29 米多高的白塔下，稀稀落落的大雨滴就狠狠地砸了下来。几个穿着某酒店工作服的姑娘们尖叫着跑下山去。

我刚跑进回廊，雨就大起来了。雨点噼噼啪啪地落在花岗岩铺成的地面上，溅起了无数雨花，回廊两边瞬时间垂下了珠帘似的檐水。

雨帘，包裹了高耸的白塔，包裹了靖江山。

二

雨点，落在茂密的枝叶上，响声柔和，悦耳。樟树、枫树、桂树的叶子被洗濯得干干净净，在雨雾中闪着柔和的光。那棵梧桐树宽阔的叶子在雨点的敲打下不停摆动着，真让人担心柔嫩的叶子会被雨滴砸穿。

风，裹挟着雨雾在廊柱间穿梭，带来了阵阵清凉，初夏的湿热消失得无影无踪。回廊不长，但有三折。靖江山本就是城市的僻静之处，定不会有人冒着大雨上山。我随意地来回走动，不必如在马路边的人行道步行一般，必须时时提防着来来往往的车子，也不必如在江滨的绿道上行走一般，处处得注意不能妨碍别人的行走。长廊两旁深红色的柱子、顶上做工考究的宫灯，不知在我的眼前掠过了多少遍。时间，伴随着不停洒落的雨点缓缓流逝。

雨，丝毫没有要停止的迹象，江滨路上的车流明显地降低了速度。

江滨路和灵江之间，除了狭长的公园，还有一道坚固的防洪大坝。大坝顶上是市民的健身场所，内侧是宽阔的长廊，有被隔成了店面的，有被作为非物质文化展厅的，还有空着的，就成了路人避雨的场所。大坝被靖江山截断，因为靖江山自身就是洪水的天然屏障。大坝边，停着几辆小型面包车，车窗玻璃上贴着"屋顶补漏"几个红色大字，这些平日在大街小巷穿梭的补漏工们应该聚在防洪大坝下玩起扑克牌了吧。我对这些被称为"坝下人家"的补漏工一直充满着好奇。几天前的一个傍晚，我从大坝边走过，一个可爱的小男孩正趴在一把凳子上认真地做着作业，他的眉头紧蹙，似乎是被什么题目难住了。我弯下身子一看，这是一本二年级的数学作业，他在思考的是一个有关"植树问题"的应用题。简单的交流之后，我给他讲解了"植树问题"的一些基本规律，不一会儿，他把题目做出来了，脸上乐成了一朵花。

我给正在做饭的孩子父亲提了一连串问题：补漏的生意好做吗？既然住在车上，为什么不选择一个安静一点的地方？天冷了怎么办？

这位来自安徽的中年男子一脸坦然：生意谈不上好，就

避
雨
一

是混口饭吃。选择坝下为落脚点是因为孩子在附近的民工子弟学校就读。其实，他们几家人是合租了一间大房子的，只是很多人挤在一起，还不如一家人睡在车子里自由。大人四海为家，怎么过都行，可孩子的读书不能耽误。合伙的都是亲戚或邻居，在一起就图个相互照应。

坦然面对一切境遇，是一种健康积极的生活态度。补漏工们的生活是艰辛的，他们并非天天都能揽到活儿。白天，三五辆车子排成一列，慢悠悠地穿行在城市的大街小巷和乡村宽窄不一的公路上，车上的高音喇叭循环播放着豪迈的《走四方》。傍晚，他们把车子停靠在大坝边上，从车上搬下燃具、炊具和食物，做起了简单的晚餐。夜晚，一家人就在车上铺个床，支起防蚊的帐子，枕着车声入睡。他们中不乏喜欢这种生活的人，但更多的是经历使然。既然学了这门手艺，就得适应这样的生活方式。

经常有人说，活着活着，就活成眼前这种方式了。确实，生活是不可逆转的，就像靖江山上的树，长着长着，就变成了这样的姿态。

三

巍峨的白塔，在大雨的冲刷下色调灰暗了许多。

忽然想到，高塔下的门洞也是可以避雨的。敢不敢以百米冲刺的速度穿过雨帘，到达白塔下呢？

我犹豫着。

此时，小时候一次避雨的经历在我的脑海里清晰起来。那是读小学三、四年级吧，伙伴们除了上学，课余时间就是给家里养的兔子割草。当时，养兔是农家主要的经济来源，家家户户都养有一二十只长毛兔，这样一来，村子附近田地里的草总是被割得光秃秃的。那天，生产队的社员们要到离家较远的山田里干活，我们便跟了去，既为那里的草好，也为回家时大人们能够帮着提草。

也是初夏时节，田里的麦子刚收割完毕，套种的芋头叶子才钻出地面，卷得紧紧的，尖尖的，边上长满了嫩绿的青草。我们抢着割这些兔子最爱吃的嫩草，否则很快会被大人们铲除掉。

不知什么时候，空中堆起了乌云，几阵凉风刮过，雨就淅淅沥沥地落了下来。大家都没带雨具，眼看就要被淋成落汤鸡。不知谁喊了一声："快到岩洞里避一避！"大家便一窝蜂似的拥向岩洞。岩洞不高，必须猫着腰才能进去，但挺宽，四五十个人坐着不显拥挤。说是岩洞，其实就是一块巨岩架在两旁的小岩石上。我真担心它会突然倾压下来（这并非杞人忧天，若干年后，我来到岩洞前，发现巨岩已经坍塌，与泥土之间连一条缝都没留）。起初，大家都很兴奋，天南地北地聊。虽然下着雨，可这么多人挤在一起还是感到闷热，口也渐渐干渴起来。一个多小时过去了，雨丝毫没有要停止的迹象，大家又抱怨起老天爷来。有人提议："要是摘几个杨梅来酸一酸就好了！"一听到杨梅，我的口水就溢了出来。不远处，有一棵高大的杨梅树，树上结满了半红的杨梅。这是隔壁村佃坑村的杨梅，每年杨梅成熟时，他们总是提防着我们村的人，怕在干活的间隙去摘杨梅。可是，这么大的雨，谁愿意去摘呢？这时，堂叔把头探出洞口，说："我去摘几个给你们尝尝。"他不顾队长的劝阻，利索地脱掉上衣和长裤，箭一般冲出洞口，几大步到了杨梅树下。他手攀脚蹬，三两下就上了树。接着，我看到了最为精彩的表演，只见一枝杨梅似乎是被风吹折似的飘落在地，原来堂叔直接从高树上跳了下来。接着，又仿佛是一阵风，这枝杨梅就到了洞里。一滴滴水珠，从翠绿的叶子上，从半青半红的杨梅果上，滑落到每一个人的手掌上。杨梅酸得够呛，但确有解渴的功效。

我开始付诸行动，脱下短袖抱在胸前，以最快的速度冲到石级下，跨上折尺形的已成流水通道的石级，大步跃过十几米雨滴狂舞的平地，扑进了白塔的门洞。短短的十几秒时间，我就改变了避雨的地点，改变了一段生活的状态，心底涌起了一股自豪感。冰凉的雨水，滴落在背上有一种酥酥麻麻的感觉，令人回味。

四

白塔周围是一片开阔的平台，花岗岩铺成的地面，花岗岩雕砌的栏杆。平台上长着几棵有些年头了的老树，枝干遒劲，叶片稀疏。它们站立在雄伟的白塔底下，风雨中似乎多了几分飘摇之态。四个略微有些残损的石头柱墩，分列在平台的一个尖角两侧，这些经过古代匠人用心血和智慧精心打磨雕刻而成的艺术品，因为符合人们心中规范审美的需求，被永久地留存了下来。栏杆外的陡坡上是茂密的竹林和树林，虽然远眺的视线受到了一定的影响，但绿树环抱平台所带来的幽静又给人别样的感受。

一直以来，靖江山上就是宗教活动场所，白塔重建之前，靖江山上有"白塔保寿寺""靖江山""天王殿"等建筑。如今，这些寺庙已经易址靖江山西边的山脚下，规模也扩大了不少。

千百年来，地处灵江之滨的靖江山虽然很小，但一直是台州府城的十大景点之一。清代张联元写道：扁舟不惜泊江干，一点青螺秀可餐。在诗人眼里，靖江山就是江边形如青螺的可爱小山。清代诗人宋世荦在《白塔寺》一诗中写道：古塔截天潮作柱，渔灯隔浦夜如星。这样的景象令人十分向往。江流、修篁、古寺、塔影、明月、清风，激发了无数文人墨客的创作灵感。其中"隔江唤渡""临江钓月""山外樵歌""云中塔影"被推为靖江山四景。如今，这些景观大多随着时代的变迁不复存在，只有"云中塔影"变得更加壮观。

白塔的门没有上锁，我轻轻一推就开了。墙根横着一块大木匾，上面是"天王殿"几个鎏金大字，大概是老庙宇拆迁时留下的。塔的层高该有 4 米多，由于面积的限制，登塔只能采用木梯。我抓着木梯小心翼翼地往上爬。每上一层，层高没有改变，面积就缩小一点，木梯也随之变窄。除了底层，其余各层周围均有六个圆顶的窗子。经雨帘滤过的风从一个窗口进来又从另一个窗口挤出去，吹得身子凉飕飕的。

从高塔上下来时，空中只有零星的小雨滴还在有气无力地洒落。天色将晚，靖江山上的氙灯刷的一下全都亮了起来。雨后的白塔在雪白的灯光下闪烁着耀眼的光芒。

山脚下，成千上万躲藏在老树林中的小飞虫振翅飞了出来，在轻柔的灯光里快乐地舞蹈。

池塘里传来蛙们欢快的鸣声，它们的夜生活刚刚开始。

海之蓝

汽车在宽阔平坦的 351 国道上疾驰。

窗外先是连绵的青山，潺潺流淌的小溪。后来，变成了一望无际的田野，纵横交错的河港。水与大地亲密地依偎着，一直延伸到苍茫的大海。

白沙湾的海水湖出现在眼前了!

她的辽阔、深邃以及包容万物的胸襟，让我赞叹，让我神往。而她那无法用言语描述的变幻无穷的蓝，更是让我如醉如痴。

3000 亩大的水域，哪里是一个湖，分明就是一片宁静的海湾。极目远眺，白沙山与穿礁山之间的海防大堤如同一痕细线，在浪涛里时隐时现。堤外就是大海，小岛横斜，船帆绰绰，颇有"东临碣石，以观沧海。水何澹澹，山岛竦峙"之感。

银色的浪涛，时而舔舐金色的沙滩，时而隐入蔚蓝的海水。面对如此动人的蓝色，我只想久久地，久久地凝望。

海水与沙子摩擦发出的声音轻柔曼妙，如同母亲的摇篮曲，又如蚕房里群蚕啃食桑叶声。

我的脚底与沙子亲密接触了。

海风轻轻地吹，波浪亲吻着我的小腿，沁人心脾的清凉与惬意开始蔓延，直至五脏六腑。弯下腰，捧起一大把沙子，不料，大半湿漉漉的沙子随着海水在我的掌边，在我的指间滑走了。但终究留下了一些，细看，沙粒细腻，均匀，闪着晶莹的光泽，其间还夹杂着贝壳的小碎末。如此柔滑的沙子，是孩子们的至爱。两个小女孩，在沙滩上玩起了筑坝游戏，嘴里不停地用稚嫩的童声改编着那支时下最为流行的儿歌：

> 我在宽阔的沙滩上挖呀挖呀挖，筑小小的海塘
> 养小小的鱼虾，我在宽阔的沙滩上挖呀挖呀挖，筑
> 大大的海塘养大大的鱼虾……

多年以前，我与上盘的朋友一起登临过白沙湾西北面的达道山，山上裸露的岩石镌刻着海水冲刷的痕迹，山脚一个个大小不一的石窟里残留着浑浊的海水。

我们探访的蜡梅洞在达道山东北面的山脚下。朋友说蜡梅洞抽干积水时有 10 余米宽，近 20 米深。我走近细看，洞内是一汪涨潮时倒灌的海水，浑黄平静，如一面铜镜。

民间关于蜡梅姑娘的传说是美丽动人的：当地姑娘蜡

梅心地善良，经常搭救遭遇海难的渔民，不料，她在一次救人时溺水身亡。人们十分伤心，他们把达道山这个深邃的山洞当成了蜡梅姑娘的家，他们把海浪冲击洞壁时的沙沙声当作蜡梅姑娘的织机声，他们在洞边建起了小庙，摆供、上香……他们想把蜡梅姑娘永远留住，想把人世间让人感动的美好情愫代代相传。

那时候的白沙湾是一片堆积着海洋垃圾的滩涂，附近的村民经常在退潮时到滩涂上捡拾一些贝类卖钱，要想收获多一些，就得到浅海里推虾。朋友动情地说："父辈们的生活过得拮据，因为浸了海水的衣服不耐穿，他们就脱光了身上的衣服下海，全身沾满涂泥，就像一只只泥猴。"

往事不堪回首！

近几年，海边人家的生活有了起色，很多人驾驶现代化的渔船出海捕鱼，休渔期就回家休息。人们自发出资出力在蜡梅洞边修缮了寺庙，金色的建筑掩映在初夏碧绿的绿树丛中，典雅而壮观。勤劳善良的蜡梅姑娘该是天天"面朝大海，春暖花开"了。

穿礁山，白沙湾南面的一个岛礁，潮涨时，岛礁变小，潮落时，可以沿着滩涂走上小岛。其奇特之处是礁石在海水亿万次的猛力撞击下形成了一个门洞般的拱形过道。每一个人来到此处，总不免赞叹大自然的神奇伟力，感慨大自然沧海桑田之变迁。

如何让靠陆地的海水变蓝，无数海洋研究专家正在孜孜不倦地探求着，取得的一系列成果不断在各地推广。

沿着海湾栈道走上穿礁山，我不禁为头门港建设者的践行力点赞。早在 2011 年，临海市自然资源和规划局贯彻"绿水青山就是金山银山"理念，确立白沙湾为头门港经济开发区临港新城的立城之本和城市灵魂。作为国家蓝色海湾支持项目——台州市蓝色海湾整治项目的子项目，临海市白沙湾滨海湿地生态修复项目在 2019 年正式启动，短短几年时间，建设者们利用自然的力量以及海水自身的净化功能，在不添加任何化学物的前提下让海水变清变蓝，此项工程堪称化腐朽为神奇之杰作！

坚固雄伟的大堤，在大海一隅围出一个沉沙池，借助潮汐的力量让浑浊的海水进入过滤池，过滤沉淀后再引入海水湖。他们巧妙地设计了池底导流渠，有效地提高了水体流动能力，如此一来，只要 7 至 10 天时间，就可以使白沙湾内水体大循环一遍，湖内的水质因此达到了二类海水水质标准。真让人难以想象，蔚蓝的海波下面时时暗流涌动，是建设者们利用自己的智慧给我们带来了视觉的美好享受。海防大堤西侧那一大片湿地，则为实现湖水自身的小循环提供了保障。

生态环境的改善，对于生物的作用是立竿见影的。无数水鸟来到了白沙湾休养生息，就连被列入《世界自然保护联盟》2013 年濒危物种红色名录的国家"三有"保护动物野生白骨顶鸡也来了。它们在滩涂上觅食，在蓝色的海水里嬉戏，在葱郁的丛林中栖息，生活自在而惬意。

穿行穿礁石，带来了让人恍惚的穿越感。北边，是赏心悦目的蓝色，碧浪逐沙，水鸟翔集，游人如织；南面，是撞击心扉的黄色，浊浪翻腾，山岛竦峙，船帆颠簸。

1986 年版《临海市地名志》记载：白沙，行政村，驻地大坑。174 户，976 人。原是一个海岛，现已与大陆相连。该地有前沙、后沙、小沙头，其中一处沙呈白色，故地名白沙……

有史以来，家住白沙的渔民全靠海里讨生活谋生，生活艰辛自不必言。附近村里有"有囡勿嫁白沙山"之说。

20 多年前的一天，一对皮肤黝黑的中年夫妇领着一个黑不溜秋的小男孩来到我的班级报到。看到我惊讶的神情，母亲说他们来自海边的白沙村，一年到头在海里捕鱼，老大老二都掉海里淹死了。老三命硬，四岁时失足落海，发现时，他双手紧紧地抓在缆绳上。送他到城里读书，就是让他远离危险。我一时语塞。

如今，白沙村的大坑、岩头、前面沙、后面沙等村居宛如碧空的星辰散落。一幢幢房子坚固，雅致，推开门窗，入眼就是碧波荡漾的海水湖，白沙村的民居成了人人向往的海景房！

白沙湾，无愧于台州"小三亚"之美誉。

夕阳下，我驱车前往头门港大码头。

多么雄伟的跨海大桥啊！凌空飞架，起伏弯曲。优美的弧度，磅礴的气势，似长虹卧波，似巨龙腾飞。车子飞奔，海面越来越辽阔，远处的几座小岛成了大海的点缀。清冽的海风挟带着浓浓的咸腥味，挟带着大海的热情扑面而来，我的心中涌动着一股豪情。

今朝湖之蓝，明日海之蓝。我相信，这个梦想指日可待。

头门大港，必将矗立于碧波万顷的东海之滨！

移动的风景

还是从两年前的秋天开始说吧。

节气已经到了处暑，可天气仍然热着，"秋老虎"的余威犹在。崭新的校车里充斥着浓烈的汽油与橡胶的气味，让人掩鼻。

乘了一趟校车，感到城市确实变大了。汽车从赤城路到巾山路，再从柏叶路拐到大洋路，最后又拐回柏叶路，行驶在闹市，不是撞上红灯就是遇上堵车，一路停停靠靠，没有三四十分钟怕是到不了学校。有人多等了十几分钟，不耐烦了，有人迟到了一分钟，只得改乘公交，搞得一天没有好心情。

车过中心菜场，看到车窗外攒动的人头，想到芸芸众生为了生存每天重复着烦琐的活计，自然就联想到佛教所说的人生是痛苦的。崇和门附近，虽说是单线通行，可三条道路的车流汇集到一处，无论何时都是一个"挤"字，车子只能如同蚂蚁般爬过。车过客运中心，不是遇上红灯就是堵车，还有横冲直撞的出租车搅乱。不说外界原因，就是各站点的停靠也要好多时间。往往从家里走出时还是晨光熹微，到达学校时早已红日高照。

晚上，大家都已疲倦万分，可街道旁的霓虹灯却闪烁着诱人的光华，人们悠闲地散着步。大酒店、游乐场门口进进出出的都是养尊处优之悠闲人士，他们的脸上写满轻松与惬意。回首车内，顿生隔世之感。

"早上7点出门，晚上9点回家，一天14个小时哪！"

"我每天跟孩子交流的权利都被剥夺了。早上，孩子还未醒来，等到晚上回家时，孩子早已进入了梦乡。"

"要是自己有一辆车子该多好啊！"

"谁叫我们没钱呢？"

……

试想，那些日子谁能有好心情呢？大家的生活圈都是在老城区，习惯了蹬几脚自行车或者步行几分钟便可到校上班的生活，如今来回一趟要费去一个多小时。要知道花去的可是一天中的黄金时间呀，照这样计算，一生中该有多少时间消磨在车上呀！

几天后，乘校车的人数有所减少，有人买了新车，有人搭上了便车。

二

秋去冬来，人们与校车的配合日渐默契，乘车的人又有了明显的增加，尤其是早上，几乎人满为患。校车上的话题越来越广，除了工作上的，还涉及家庭、社会等方方面面。随着话题的深入，心与心之间的距离也缩短了。谁从哪里上车，谁在哪里下车，大家都心中有数，车来得早了，有人马上掏出手机催促一声。车被堵了，有人立即通知下几站的人耐心等候。接到电话的上车先道声"谢谢"，车厢里平添了几分暖意。

讲的话多了，难免有错，有些话语也引发一些不必要的矛盾，不管怎样，最后总能达成共识：车上吗，权当休闲，有话一吐为快，不必较真。

最早爱上乘坐校车的是孩子们，不用约定，他们一上车就占据了车子最后面的连排座位，或游戏，或谈笑，虽然有时也大打出手，可第二天全都忘了，照样还是好朋友，谁叫大家都喜欢跟伙伴一起玩呢！

初冬的早晨，窗外大雾弥漫，车子穿行在雾海中，车灯的光芒也不再刺眼了，雾气就在窗玻璃外缭绕，看得清一颗颗悬浮的小水珠，心中涌动着一股欲望——掬一把雾气入怀。不知是谁惊呼一声："太阳！"哦！真的，滚圆的太阳失却了往日的神采，病恹恹的，一脸橙红，如同红气球般悬在空中，可爱极了。

有时，天空无端地飘下细雨，一丝丝的，玻璃上的雨滴越积越大，窗外的景物迷糊了，直到有一滴忽然承受不住重力的牵引，顺势往下一滑，竟划出了一条"小溪"，数条"小溪"交织在一起，玻璃斑斑驳驳的，映入眼帘的是一个光怪陆离的世界。骤雨袭来时，又是另一番情景，大点的雨滴狠狠地砸下来，与玻璃撞击时发出"啪啪"的响声，车厢内隐隐升起一团薄雾。再看窗外，车前的雨刷不停地摆动，路上的行人早已披上了雨衣，撑起了雨伞，没带雨具的忙把手中的物件顶在头上，急匆匆地寻找避雨之所。于是，车上的人便庆幸自己坐在车上，才有了心思欣赏窗外的雨景和人们躲雨的百态，领悟了"距离产生美"的真切含义。

　　春天来临，巾山路两旁玉兰的苞蕾害羞似的从枝头凸鼓出来，连缀成一片粉色。过了些时日，花苞渐渐胀大，有几个花骨朵裂出了几片瓣儿，仿佛在小心翼翼地做某种试探。人们盼望着早点看到玉兰花的海洋，可花儿却不肯绽放，正如待产的婴儿，迟迟不肯降生。终于，在一场"随风潜入夜"的春雨之后，满城的玉兰花悄然尽情吐艳，似火焰，如红霞。"晓看红湿处，花重锦官城"，一街的美景让人迷乱了双眼……

　　接下来的几天里，大家都被玉兰花的美丽吸引着，感动着，直至落红飞去，新绿入眼。

三

两年下来，我们目睹了临海市中心商业街从打桩到落成的全过程。灵湖也在这段时间里逐渐建成，放眼望去，成群的白鹭翱翔于芦花浅水边。环灵湖建筑群也相继建成：体育中心、华侨宾馆、云水山庄、湖畔尚城……新城区的建设已初具规模。

春天，不愧为最美的季节，看那泛绿的草坪，草色着实醉人。前排的两个孩子也停止了说笑，凝望着草坪，良久，一个说："我最向往的生活是在一望无际的草地上，养几只洁白的兔子，吃饱了青草的兔子在草地上一个劲儿地奔跑，一家三口在后面紧紧地追赶，直到满头大汗，气喘吁吁，然后再仰面朝天躺在草地上，望着天上的白云……"另一个也动情地说："我也向往这样的生活。"我被他们感动了。说真的，这样的生活谁不向往呢？

著名美学家朱光潜先生提出人生的艺术化就是人生的情趣化这一论断。虽然我们都奉行"工作着是美丽的"这一信条，我们快乐的着眼点往往在于事业有成所带来的满足感以及工作报酬所带来的物质享受。然而，凡事并非人人都能如愿，当我们一心扑在工作上时，往往忽略了对人世间一些美好事物的享受，势必降低了弥足珍贵的生活情趣。

阿尔卑斯山谷中有一条公路，路旁的景物极美，路边插着一个标语劝告游人："慢慢走，欣赏啊！"这一句话，让人感慨颇深。撇开人生经历的大风景，就拿乘坐校车来说吧，当我们学会走马观花般欣赏窗外的风景，懂得与同车的人一起交流自己的思想，或者随心所欲地想自己所想，不也增添了生活的情趣吗？

　　让我们怀着平和的心境对自己说："慢慢走，欣赏啊！"

走绿道

双林大桥至牛头山段的绿道长达 13 公里，以灵湖为起点，沿邵家渡港一直延伸到牛头山脚下。

走上绿道，一幅田园牧歌式的画卷在眼前徐徐展开⋯⋯

由于大田港闸的拦截，邵家渡港的水位上升不少，在中、下游，是感觉不到水是否在流淌的。清晨，平静的水面上氤氲着一股似雾非雾的乳白色气体。一棵棵柳树，舒展着自己柔美的枝条。令人叹为观止的是，这些枝条不管是从高高的树梢出发，还是从旁逸斜出的侧枝开始，在即将触及水面时就猛地停止生长的脚步，好像是表演高超的杂技。溪椤的树干十分粗壮，表皮疙疙瘩瘩的，但每一片叶子都肥厚、翠绿，闪烁着光泽。溪椤是一种嗜水的树，即使把根系与水紧紧相连了还是不满足，硬是把自己的躯体向水面靠近，再靠近⋯⋯这是要跟对岸的伙伴牵手吗？溪椤树身后的一棵棵水杉，顶着绿宝塔般的躯干，越过了湿润的溪滩上蓬勃的青草，甩开了见到树木就硬要缠着不放的藤萝，向着自己参天的目标，长高，再长高。

实际上，在草木繁茂的溪边，想掬一捧水擦脸也是不容易的，幸亏沿途分布着几个埠头。通往这些埠头的，是几块石头随意叠放的石级，或是平整的水泥台阶，抑或是斜斜的泥路。溪面上架几块水泥板，就是村民们浣洗衣物的场所。如今，家家都装上了自来水，很多人的衣物全交给洗衣机来清洗了，埠头就显得有点冷清。偶尔也有女子用电瓶车载着衣物来埠头的，她们穿着高筒雨靴，或者干脆脱掉鞋袜，挽起裤脚，站在没膝的浅水里，把一大堆衣物浸湿，搓洗，捶打……不停地弯腰，直立，水里的人影时而清晰，时而模糊。

一路行走，你会发现溪边的草丛里会不时冒出一根根粗大的钢管，与它相伴的肯定有一间小小的机泵房和一条水泥浇灌的渠道。想当年，这些抽水的设备就是农业现代化的体现，曾经节省了村民多少体力啊！伴随着隆隆的机器声，乌黑的钢管里喷出了白花花的水流，很多人围在它的旁边，脸上挂满笑容。如今，这些设备大部分都已经成了村边残败的风景，钢管已经锈迹斑斑，机泵房的墙壁上、屋顶上，密密麻麻地爬满了藤萝。

绿道一边是风光旖旎的清清流水，另一边则是泥土芬芳的乡间田野。几十年前，人们想方设法摆脱田地的束缚，如今，随着城市化进程的加快，田园生活又成了人们心中的向往。河港边上的土地向来都是以肥沃著称，一块块田地里，庄稼长势都十分喜人，各种各样的蔬菜瓜果在平地上、在架子上展示着旺盛的生命活力，让人迷乱了双眼。

远处传来了隆隆的机器声，走近一看，原来是一位农民正在用微耕机耕田。在旁观者看来，机器比耕牛少了几分情趣，但从效率来说，却提高了好多。有人耕田，自然喜煞了那些白鹭。平日，它们看见人影晃动就凌空而去，现在，它们竟然一改往日斯文高雅的形象，死皮赖脸地跟在耕机后面，一看见食物就你抢我夺。

绿道时而在田野间通过，时而在林子里穿过。枧西村的那一片竹林，阴凉寂静，让人不由自主地放慢了脚步。一般而言，四季竹的特点是又细又长，大概是生长在水边的缘故，这里的一竿竿竹子均粗似手臂。为了抵挡风雨，细长的四季竹具有群生的习性，这些竹丛太茂密了，用"密不通风"来形容绝对是不为过的。当竹丛上方的空间被老竹子占领之后，新长的竹子要么占据更高的空间，要么向四周斜着生长，使得竹子大家族发展到空前的兴盛，终于给这段绿道遮出了长长的一段浓荫。

放慢脚步，轻轻走吧。

清风徐徐而来，竹丛发出轻柔的沙沙声，偶尔传来的一两声清脆的鸟鸣声，那股沁人心脾的清凉与幽寂就被放大了。

邵家渡镇区附近的古樟林，带给人的又是别样的感受。这些树龄几百年的香樟树干不是很粗，但特别高，三五成群地站立在草丛中。一棵棵古樟的造型与别处显然不同，它们的旁枝大多被砍去，徒留近稍处的一团。樟树的主干不会像水杉、柏树那样挺得笔直，但它扭动身子向上生长的姿势具有一种特别的美感。仔细一看，这些树丛底下竟是一座座坟冢，有的是石块筑成，有的是青砖砌成，有的就是一个小土丘。由于茂盛的青草和藤萝的掩盖，才把走绿道者的目光聚焦在古樟身上，消减了冷清之感。受民间传统习俗影响，老百姓十分注重坟地的"风水"的，能否为死者选择一块上好的风水宝地，关乎子孙后代的兴衰大事。因此，有山有水的地方是坟地的首选之地。但是，此地并没有山，人们就通过植树来保证坟冢的长固久安，看来，人是能够通过自己的双手改善"风水"的。

冷清，其实就是幽寂的一个代名词。现代化浪潮席卷之处，不管是城市还是乡村，目光所及，被称为"中心地段"的都是标准化、时尚化的建筑。喧嚣与躁动，忙乱与焦虑，织成一张无形的巨网，让人窒息，让人身心疲惫。相比之下，这条绿道是从一个个村庄的"背后"穿过，是从一个个村子不轻易示人的"一隅"穿过，于是，一种古朴幽静的氛围，一种舒缓从容的节奏，悄悄地被人们领悟了。随意走进绿道边一个老旧的院落，看一看雕刻着各种图案的窗棂，靠近快要被虫子蛀空的木板边，闻一闻曾经十分熟悉的记忆中的气味，你是否会感受到岁月流逝的痕迹？站在长满青苔的卵石铺成的天井里，童年时代热闹的游戏场景是否能在你的脑子里重现？老房子已经风烛残年，渐渐被人们冷落了。我在心底十分感激那些还守护着老房子的老人。房子住着人，便有了鲜活的生活气息。那些传统的生活方式，也只能在这样的院落里才能清晰地找到记忆的碎片。

村边的那口水塘边，鸭子过着宁静悠闲的生活。碧绿的浮萍，把水塘遮得严严实实。水塘边的泥地上，一群鸭子正在歇憩：有的把身子伏在潮湿的泥地上，修长的脖子自然弯曲出非常好看的弧度；有的缩着一条腿，把头插在翅膀下，一副悠闲自在的样子。

每一个村子，都有一座大小不一的村庙静静地站立着。这些庙宇规模不大，大概除了过年过节热闹几天，平日里是极少有人光顾的。从庙旁走过，便会飘来一股淡淡的清香，当目光触及那被香烟熏得色调灰暗的佛帐，心里便会滋生一股宁静的感觉。这些小小的村庙，是人们心中的净土，是人们心之所安的地方。

上了年纪的人们没有过多的物质追求，生活就变得简单了，但谁也不愿意闲着。他们每天必不可少的活儿就是扛把锄头，挎个篮子，到地里走走，该种的种，该采的采。村邻相遇，放下菜篮，谈论一番地里的庄稼，交换一些瓜果蔬菜。

晚饭后的绿道是属于村里人的，他们三三两两步出家门，随意走上几步，一天劳作下来，能量的消耗已经够多，散步只是为了更好地恢复，为了邻里间随意地聊上几句。

夜幕缓缓降临，田野、树木、溪流……都披上了一件神秘的外衣，绿道也被乡野的寂静笼罩了。房子的窗口放射着或强或弱的光芒，草丛里的虫子在不紧不慢地低吟着，稻田里、水塘里的青蛙，正在调试嗓子，一场冗长的演奏会即将开始。

行走在这条绿道上，感受到的不仅仅是静谧的田园风光。一辆辆汽车，从高架的高速公路上疾驰而过，嗡嗡的轰鸣声让人感受到现代生活的节奏之快。高铁上轻轻滑过的动车又让人为现代科技赞叹不已。一座座造型别致的现代化大桥与一条条散发着泥土芬芳的田间小径交相映入眼帘，带来了一股强烈的视觉冲击。

接近牛头山水库，高品质的水便开始展现魅力了。一溪清流在不同形状的石块间，在青翠茂密的水草边，轻松快乐地奔跑着，跳跃着，空气变得特别洁净，深吸一口，心肺间有一种说不出的清爽。这就是从牛头山水库流淌出来的水，冬天温暖，夏天清凉，正是这股日夜奔流不息的清流，滋养了两岸数以万计的生灵，让这一片土地变得肥沃而美丽。

薄暮时分，西边的霞光渐渐暗淡了，天上偶尔闪烁着几颗星星。溪水的色彩光怪陆离，变幻莫测，溪面显得特别辽阔。一个长满青草的小渚上，两只白鹭静静地站立着，深情地凝望着……

在一座山上俯瞰一座城市

一

小时候，村里常有卖海货的客人。大人们说，这些客人来自塗下桥，在大海的边上，海货多得就像我们村里的番薯。对于很少吃到荤腥的山村孩子来说，自然对塗下桥这个地方充满向往。

20世纪80年代，我读师范时，同学中就有来自塗下桥的，只不过那时的塗下桥已改名为杜桥，同学自豪地把自己的家乡唤作杜镇，说杜镇是全国闻名的四大眼镜市场之一。于是，回荡在街头巷尾的眼镜叫卖声时常让我想起这个叫杜桥的小镇。

文友李鸿有一系列描写杜桥的散文，细腻的文字间氤氲着一股浓浓的温情，纯朴的人情之美让人感到小镇是那么的古老。

近几年来，我多次置身于杜桥这个地方，有时是擦肩而过，有时是在街道上穿梭。虽然每一次都是步履匆匆，但印象还是颇为深刻：杜桥虽然是一个江南小镇，但更像是一座欣欣向荣的城市。

一个春日的下午，市文联副主席吕黎明打来电话，说杜桥镇作协主席李鸿组织了一个文友的小聚会，问我有没有时间参加。我欣然接受。

桃红复含宿雨，柳绿更带春烟。汽车轻快地奔驰在通往杜桥的公路上。陈大建老师的驾车技术堪称一流，我可以无忧无虑地尽情观赏公路两旁的春色。

葱绿的山林，静谧的小溪，金色的油菜花，飞似的从身边闪过。多么美妙的春色，我的心开始悸动起来。同车的诗人张弛在杜桥生活了五年，这次春日的邂逅让他感慨万千：杜桥变得认不出来了！

台州市第一个乡镇级文联办公地点设在杜桥电大校园里，我们在那里作了短暂的停留，大致安排了当天的行程。

我们先沿着几条主要街道绕行，再来到"浙江眼镜城"。这个闻名的眼镜批发市场我已经来过几次，喜欢琳琅满目的眼镜给人的那种视觉冲击。数以千计的品牌，无所不有的式样，绚丽变幻的色彩，无不让人惊讶于杜桥人创造的眼镜世界。同行的杜桥朋友说，新的眼镜城已在规划之中，那时的眼镜城规模更大。

我们行程的第二站是横楼村的古艺坊。横楼村正处在发展之中，还残存着一股乡村的气息。楼房间的几块空地上盛开着金黄的油菜花，生长着墨绿色的马铃薯。一个碧绿的池塘镶嵌在田地之间，不知塘里是否还有鱼儿在游动。

一对石雕大象摆放在石子路旁，龚泽华老师一眼就看出是明代的石雕。大家正在观赏，有人高呼："快来看！"原来前面有一套完整的十二生肖石雕，十二座人形雕像造型美观，栩栩如生。

拐过一个屋角，几座古朴的亭子，几道优美的回廊出现在眼前。这些建筑造型美观，工艺精湛，古意盎然。古艺坊的主人说这些东西都是从全国各地搜集来的，单搬运就花费了不少心血。他边介绍边把我们带进宽敞的陈列室。陈列室分两层，楼下摆放的是石台门、石雕、古花窗、雕花板等各类古建筑构件。楼上陈列的是千工床、拔步床、罗汉床、花轿、木沙发等各种古家具。

古色古香的传统工艺精华让人大饱眼福，赞叹声不绝于耳。我们知道，在商品经济高度发展的今天，古艺坊的每一件物品都是价格不菲。老板原来是做眼镜生意的，有了一定的资金积累之后，才转向古建筑和古家具市场。他给我们简单列举了几件工艺品的价格：一套黄花梨材的沙发价格要几十万，一个石台门的成本价就达七八十万，而一个亭子的价格则高达几百万。看来，没有雄厚的资金是搜集不到这么多好东西的，这是杜桥高速发展的经济给我们带来的视觉享受！

出了古艺坊，车子继续在宽阔的公路上穿行。

一座座厂房，一幢幢高楼，交替往我们身后退去。轰鸣的机器声，忙碌的身影，无不告诉我们这是一座工业发达的城市。即便是在雨后，潮湿的空气里依然带着污浊的气息，让人在兴奋之余隐隐感到不安，一股烦躁便开始袭来。于是，心里盼着快点到达白岩山。

二

公路上的车辆逐渐减少，白岩山进入了我们的视野，她高高耸立在乳白色的雾霭里。

路旁，庄稼开始替代高大坚固的水泥房子，春天特有的芬芳迎面扑来。我喜欢偏安城市一隅的山脉，因为她随时都向人们敞开着怀抱。

白岩山属火山熔岩地质风貌，形成于亿万年前的中生代。山以岩石为主体，坡度很大，但在一些稍微平坦处，只要石缝里有少量泥土积聚，便有生命喷薄而出。树木和柴火尽管长势很好，可还是无法掩盖住岩石。因此，白岩山显得特别硬朗、干净、洗练。上山的公路很陡，转弯时让人提心吊胆。李鸿说："这条路修好没几年，造价很高，是镇政府牵头，大家赞助的资金。其实山上除了几座寺庙，也没有什么跟经济有关的项目。说到底，就是有钱了的杜桥人需要一个静心休闲的地方。"我一直认为，无论哪一座山都是美丽的，只要有一条通往山顶的路，只要山顶上能筑一条可以行走的小路。这样的想法，杜桥人在雄奇的白岩山做到了。

汽车爬行了二十来分钟，一个平坦的小山冈出现在我们眼前。山冈上满是枯黄的杂草，其间点缀着红的、白的、黄的花。显然，这里曾经是一块块田地，曾经有人在这些田地里辛勤劳作。爬上这么高的山种植庄稼，真是不容易！及至看到边上一幢破败的小石房，才知冈上应该有过一个小村落。残败是一道让人回忆的风景，我很想好好品味一番，可是灵云寺的僧人已经等着我们用午餐，只好作罢。

坐落在半山腰的灵云寺规模不小，四座殿堂，四座厢房，还有一个可停五六十辆汽车的停车场。偌大的寺庙就建在两个小山峰上，东西两侧都是悬崖。我们的车子是从北面下去的，南面还有一条石级，可供步行上山。两峰之间的空间都被充分利用，停车场的底下是一个可容纳数百人的大礼堂，礼堂下面还有三四层，只是面积越来越小，目前还在装修之中。站立停车场边缘，即便有坚固的石栏杆遮挡，还是让人腿脚发软。东面的悬崖下有一个水库，蓝莹莹的，给坚挺的大山增添了几分妩媚。

雾气逐渐消退，杜桥这个被称为小镇的城市尽收眼底。

林立的高楼，穿梭往来的车辆，彰显着这座海滨小镇的无限活力。

北面是林立的山峰。灵云寺的常住品道师父指着高高的山峰对我们说："西面状如睡佛的叫卧佛峰，中间的叫老虎峰，东面的叫骆驼峰。"听到我们的赞叹，品道师父又自豪地说："佛教天台宗创始人智者大师这样赞叹白岩山：出海望白岩山，悚然若白莲之始开。清代冯庚雪如此描绘白岩山：中央一山，亭亭卓立，四周丹崖翠巘攒簇包裹，仿佛千叶白岩从绿丛中泛出。"

接着，师父热情地给我们介绍了寺里的概况。灵云寺的前身叫太平寺，坐落在高耸入云的缺嘴峰附近，如今还有残存的遗迹。太平寺始建于哪朝哪代已经无法考证，因为山高路陡，生活极端不便逐渐废弃。但是，广大信众对太平寺向往的情结始终无法割舍，遂于2005年自发捐善款择现址重建了寺庙，改名灵云寺。灵云寺占地18亩，建筑面积5000多平方米，常住僧人5名。近年来，寺庙的发展很快，影响渐广，就每年春节期间来寺拜佛的就达5000多人。平时，来寺休闲健身的人更是不计其数。在杜桥，寺庙的作用不仅仅是佛事活动，更多的是文化交流活动，不久前，一批书画家来此泼墨挥毫，大厅里还挂着他们的墨宝。寺里还多次配合政府、民间团体举办山地自行车、登山等各种赛事。准确地说，灵云寺是杜桥观光休闲及开展文化活动的一个好场所。

从品道师父的话语里，我们还知道由于特殊的地理位置，寺庙的建筑费用特别高，可是，寺里从没有为经费担心过，因为很多人乐于捐助。当我说寺里还缺少一些树木的点缀时，他笑着说："别急，一批树木下午就可以运到。"环顾四周，我们由衷地赞叹，在经济重镇杜桥，寺庙也是巧夺天工，特别有气派。听到大家的赞美声，品道师父不无遗憾地说："虽然大家都很喜欢这个地方，可是灵云寺还没有经过宗教管理部门的正式批准，不能开展更多的活动。今天大家能来，真是一种缘分，我想委托大家给寺里写一份申请报告。"

人等齐了，我们来到宽敞的餐厅里用餐。慢慢地品尝精心制作的素餐，的确别有一番滋味。看来，偶尔改变一下口味，会从另一个角度品尝到食物之甘美。

三

餐后，我们坐在小客堂里用茶。没想到杜桥镇宣传部部长闻讯后专门赶到灵云寺。大家就在客堂里交流对杜桥的印象。年轻的赵部长在杜桥只有四年，却是一个杜桥通，娓娓道来的话语里满是真知灼见。他说："杜桥南濒东海，北连群山，地理位置十分优越。杜桥有着悠久的历史，考古发现，远在十万年前的新石器时代，境内就有古人类活动。杜桥的手工业历史悠久，汉晋时就开窑烧瓷，唐代开始淘沙冶铁，宋代开设官办酒坊，到了清代，各种行业的手工艺人遍布市集和乡村。因为交通便利，杜桥的集市交易繁荣，宋代宣和年间就出现了'海乡四大市'。正因为有这些传统优长，改革开放之后，杜桥率先迈开步子，取得了有目共睹的成绩。首先是建成了闻名中外的眼镜市场，从事眼镜生产和销售的达数万人。在眼镜这个'大家富'产业的带动下，杜桥的化工、纺织、建筑等方面都成绩斐然，出现了一批像'东海翔'这样的大型集团企业。杜桥人敢为天下先，有一股不达目的不罢休的闯劲。杜桥人做事豪爽，而且特别热情，乡土观念浓厚，乐善好施……"

听到这里，我深有同感。不但我所熟悉的杜桥人具备这样的性格特点，就是萍水相逢的杜桥人也给我这样的感受。一年夏天，我来到云南旅游，高原的阳光特别亮丽，我在金鸡木马牌坊游览时，看到一个卖眼镜的在吆喝。我走过去想买一副遮阳镜。要价挺高，我狠狠地还了一个价，他坚决不卖。我用临海话说了一句："不卖就算了。"没想到卖眼镜的是杜桥人，一听到乡音，马上热情起来，愿以更低的价格卖给我，弄得我怪不好意思的。

赵部长坦诚地说："如今，杜桥的发展面临着一系列问题，比如可持续发展问题，杜桥有 1000 多家眼镜企业，但没有响当当的名牌；比如不可避免的污染问题，简直不知从哪里着手，这也是很多人喜欢上白岩山的一大缘由。"杜桥的发展遭遇到了瓶颈，很多企业处在彷徨之中：是守住既得的利益，还是断腕前行？许多人为此变得焦灼，包括他本人，也是长期处在这样的痛苦里不能自拔。

这时，品道师父邀请我去小客堂小坐。他为我泡好了优质的茶叶。我边品茗边听师父讲述寺庙审批的重要性和迫切性。其实，我的心头还萦绕着赵部长的话题，当品道师父提出让我帮他写寺庙审批申请书时，我欣然同意。

了解大致内容之后，品道师父再次陪我来到寺前的空地上。不知什么时候，岚雾已经散尽，灿烂的阳光普照大地，远处浩瀚的大海清晰可见。我的心境开始空旷起来。是啊！是山给了杜桥人以硬气和豪气；是海给了杜桥人以大气和爽气。性格里融入了山和海之精髓的杜桥人，应该是无坚不摧的。

四

下午三点，我们继续乘车前往九龙洞。公路止于两座山峰之间的鞍部。一个个高耸的石峰春笋般矗立着，银白色的石峰在阳光下熠熠生辉。

杜桥朋友说这些石峰都是亿万年前火山喷发的杰作，白岩山名字的出处就在这里。

沿着栈道西行，悬崖上有亭翼然。站在亭子里，九龙洞便一览无余。一排绛红色的建筑镶嵌在巉岩之下。屋顶上是极陡的山岩，人是根本无法攀爬的。九龙洞下面的山坡上，蜿蜒着一道弯弯曲曲的石径。公路未修之前，人们就是通过这条路上九龙洞的。

九龙洞供奉的神像颇为繁杂，释、道、儒三教都有，这也符合当地人兼容并蓄的性格特点。九龙洞的建筑宽敞高大，我沿着室内的石级来到了洞顶，这里还有一个小殿堂。清冽的山泉从幽深的洞顶上不断地滴落下来。

折回大殿，只见一旁的架子上摆放着不少宗教方面的书本，供人随意取阅。我随手抽出一本，是赵朴初先生编著的《佛教常识问答》一书。其中几个问答吸引了我。

　　什么是涅槃？

　　答曰：凡是属于不清净的污染的缘尽灭，无明转成为不污染的洁净智慧，一切法上为清净智慧所照见的实相谛理，就是涅槃。

　　如何能达到涅槃的境界？

　　答曰：道谛以涅槃为目的，以生死根本的烦恼为消灭对象，以戒、定、慧三学为方法……

　　我的心怦然一动，仿佛醍醐灌顶。是的，世间万物的发展都是一个曲折的过程，只有不断舍弃旧的，才能创造新的。如同鹰的成长，只有经过折骨的痛苦，才能搏击长空。晚清政府就是不肯经受舍弃传统之痛，才落了个被瓜分的下场。涅槃，是为了获得新生，获得更优的生命质量。这样的道理不仅适用于杜桥的发展，也适用于各地的发展和一个人的成长。

　　这是我白岩山之行最大的收获！

　　出了九龙洞，我们向东登上了被称为"缺嘴岩"的山峰。传说高耸的巨岩曾经是船老大的航标，有了它的指引，出海的渔人才能准确地找到回家的方向。岩缝里放着一个纸盒，偶尔有蜜蜂进出，原来这是它们的家。

我们来到缺嘴岩对面的一座小山峰上。缺嘴岩的全貌清晰地呈现在眼前。不知谁说了一句，如果选择一个合适的时间，当太阳处在两座石峰之间时按下相机的快门，将会是一幅绝美的作品。另一人紧接着说，这要花费多少时间和精力呀？

　　是的，一切事物的发展都离不开契机。具有涅槃的勇气，又能把握住最佳的契机，杜桥的发展就充满了希望。

　　石崖缝隙里的紫杜鹃已经含苞待放，山花烂漫的时节不远了。

　　我深信，蓄势待发的杜桥一定会迎来再一次腾飞的春天。西斜的太阳映红了西边的天空。一阵清冽的山风吹来，让人精神陡然一振。

　　耳际传来了海的轰鸣声。

峡谷深深

探访七折潭

绵延的山脉，苍龙般盘亘在尤溪的大地上。

幽深的峡谷，时而坦荡如砥，时而逼仄如一线天。

公路一会儿穿行在梯田之间，一会儿攀爬在悬崖边上，但与谷底的流水总是不离不弃。有了水的滋养，山间的草木生机盎然，那厚厚堆叠着的竹林、松林、混合林争相扑面而来。

苍翠，充盈着视野。

打破单一色调的是那形态各异的巨岩：耸立峰顶的，似剑似戟；突兀林间的，如笋如柱；裸露谷底的，随意铺排，错落堆砌……

山风拂过，谷中的涛声被无限地放大。山泉梦幻般的呓语，随着山势时隐时现。有了密不透风的原始丛林呵护，谷中的流水自然风情万种，魅力独具。随意择一涧石小坐，给人解乏的定是山泉的浅吟低唱。

过沙依辽村，向右拐入一条较窄的水泥路，绕过修缮一新的小寺庙，穿过翠竹掩映的小路，就到了涧底。涧里的磐石，特别洁净，大概是雨天时奔涌的涧水不断冲刷的结果。

踩着涧石，跳跃着前行数十米，就来到了七折潭边。抬头望去，两道雪白的瀑布从数十米高的崖上飞流直下，随之而来的是响亮的"哗哗、沙沙"声。

扑面而来的空气清凉而鲜活。

低头俯视，潭水澄澈，不由得感叹，这才是真正纯净、透明的水！她们从高远的空中跳跃而下，担当迎宾的自然是层层叠叠的枝叶，亲吻她们的是柔软如海绵的腐叶，挽留她们的是密密麻麻的根系。在这样的温柔乡里缠绵了数日，她们才想起了自己奔向大海的使命，于是岩缝里传来叮咚叮咚的脚步声，山涧里出现了缓慢移动的身影。她们频频回首，举步维艰，似乎是离不开大山的挽留。可是行程越来越紧，她们召集同伴，开始大胆地飞跃，形成了眼前壮观的景象。

两道白练之间的赤褐色岩石，苍苔点点，绿意葱茏。

脚边的七折潭，潭壁是一整块赤褐色的岩石。我见过的瀑潭当中，从没有如此规则的圆形。翡翠般的潭水轻轻荡漾，闪烁着迷人的绿意。定睛细看，几米之下还是光滑的石壁。几条细小的恍若透明的鱼儿停留在水中，看到人影晃动就遁入了深不可测的水之深处，久久不见它们的踪影。难道七折潭真与下游的回龙潭相通？置身于天造地设的七折潭边，冒出关于龙的遐想是理所当然的。难怪七折潭很早以前就成了人们举行祈雨仪式的首选之地。

七折潭原名赤颊潭，名字的更改源于一个传说。

一年夏天，台州沿海一带大旱，有个村子组织了一支祈雨队伍，经过三天跋涉来到了赤颊潭。祈雨仪式完毕后，水潭中浮起了一条乌黑的大鳗鱼。大家欢喜若狂，以为是真龙现身，立即将鳗鱼带回挂在龙山殿的栋梁上，等待老天降雨。谁知三天过后，仍滴雨未降。一个小伙子气急，将鳗鱼切成七节，准备煮熟了吃，水烧开了，铁锅里竟不见了鳗鱼的踪影。小伙子才知自己闯了大祸。村民们带上全猪、全羊和一个米粉做的"童男"，再到赤颊潭祈雨。潭中出现了奇异的一幕：那七节鳗鱼肉慢慢地浮了起来，竟连接在一起，成了一条活灵活现的鳗鱼……祈雨队伍回至回龙潭时，天空就乌云密布，下起了倾盆大雨，旱情终于解除。从此，赤颊潭更名七节潭，也叫七折潭……

清代诗人戴景琪专门写了一首《赤颊兴云》：

> 赤颊古名潭，
> 中有潜龙住。
> 天半起风云，
> 乘时作霖雨。

美丽的传说寄托着人们美好的愿望，带给了我们美妙的退思。幸亏潭里的水不断地向外溢出，才相信这是传说，深潭底部不会跟回龙潭相通，更不会有通往龙宫的路。

七折潭右边是苍翠欲滴的竹林，左边是几十丈高的石崖，壁上有一条公路，通往七折潭上方的梓树坑村、官坑村、梨树坑村。

沿着坡度较大的公路走了一公里左右，就到了俯瞰七折潭的最佳位置。没想到偌大的水潭竟然成了一口盛满清水的大锅，悬崖上的瀑布变成了凝固的素玉，瀑布拍打岩石和潭面发出的声响成了回荡在山谷间的轰鸣声……

站在崖边久了，便有恍惚的感觉，抬起头来，只见一个古老的村落隐藏在对面的丛林之中，黛瓦、褐墙，俨然一幅"白云生处有人家"的写意图。

大峡谷中，除了柴坦、沙依辽、栅下等几个拥有几十户人家的村子靠近谷底，无数小村落都散在大山之上，或三四户，或十来户。

残破的村落，灰暗的色调，给幽深的大峡谷增添了几分沧桑。

峡谷人家

车子在溪涧边绿竹掩映的柏油公路上行驶了好长时间，才到达江南大峡谷的"漂流中心"，一看时间，已经下午三点多了。停车场的大巴车已经没有几辆，工作人员说我们是今天的最后一批漂流者，不断催促快点寄存好携带的物品。

我们一行十余人，分成两组。8人参加"探险漂流"；4岁的男孩兜兜和女孩小果粒以及他们的妈妈，还有经受不了"折腾"的几位参加"休闲漂流"。

面包车把我们送到了漂流起点处。大家迅速穿上救生衣，戴好头盔。工作人员郑重地讲解着漂流的动作要领和注意事项。我牢牢记住了最关键的一句：皮艇下险滩时，只要不是翻了，双手一定要抓住皮艇，千万不能松手！

每条皮艇坐2人，下水处是一个大长潭。皮艇本身的重量并不轻，再加上两个人，可一到水里就成了一片轻飘飘的叶子，小桨轻轻一拨，皮艇就打起转来。两个人划桨的动作还未协调，也没有做好心理准备，奔流的涧水就把我们送到了第一个险滩边。皮艇的速度逐渐加快，在狭窄的水道里磕磕碰碰的，随着一次次撞击声，我的心提到了嗓子眼上。皮艇滑落的速度越来越快。此时，人力已经无法控制，只能闭上眼睛，死死抓住皮艇。连人带艇，从十来米高的崖口，快速坠下深渊，我被巨大的撞击声震蒙了。恍惚间，似乎是沉到了潭底，似乎是皮艇被撞翻了。接着，瀑流，巨浪，劈头盖脸地倾倒下来，一股透心的幽寒袭遍了五脏六腑……

3.6公里的水道，一次又一次触目惊心的滑落险滩，一次又一次涧水的洗礼，让人心有余悸。即便是皮艇漂浮在碧绿的清潭上，我们也无心仰望头顶的蓝天白云，无暇观赏涧边爬满青苔的巉岩和飘拂在古木上的藤萝。我们都在为皮艇过下一个险滩做好心理上的准备。

幸好，每一个险滩口都有护漂员，每一个深潭边都有救生员，他们手里握着一根长竹篙，打转时，用竹篙一抵，皮艇就稳了。有人紧张害怕时，他们就亲热地聊上几句。

闲暇时，这些山里汉子就对着青山，对着流水，纵声吼上几句山歌。他们的神情看似悠闲自在，实则时时关注着游客的安危。有了他们的保驾护航，才使得我们的漂流过程有惊无险。一打听，这些护漂员都是当地人，他们的家就分布在峡谷的角角落落。每年的 5 月到 10 月，他们天天站在水流湍急的山涧边，为这些来自大山之外的游客们护漂。

傍晚，我们入住下涨村的一家民宿。民宿规模不大，只能接待我们一拨人。

主人很在心，一桌富有尤溪山里农家特色的菜肴让我们大饱口福。男主人说为了一碗溪坑鱼，他昨天夜里在村前的小溪里忙乎了半夜。如此尽心，令人感动。男主人拥有在溪涧里捞鱼的本领，又让人羡慕。他说这不算什么。年少时，他就在这条溪里折腾，捕鱼自然是拿手绝活。长大后，又随村里的壮劳力去了大陈岛，在海上捕过鱼。这些年，峡谷的旅游产业发展快，好多人就回到峡谷，或办起了农家乐，或到各个景点工作。上了年纪的，就在地里种植各种蔬菜，到山上挖些鲜嫩的竹笋，养群鸡鸭，供应各家民宿，凭着一双勤劳的手，每年都有不薄的收入。

女主人很能干，做得一手好菜。读中学的儿子帮着端盘子，一家人其乐融融。

女主人说话带着黄岩腔，我以为她是黄岩嫁过来的。她说自己是土生土长的峡谷人，娘家就在对面那座山的顶上。

"这么高的山上不缺水吗？"

"不缺，山上到处都是清泉。只是没通公路，如今只有三四个老人住着。"

饭后，我们出去散步。村子不大，这些新建的白墙黛瓦的房子陈列在苍翠的峡谷里，显得特别亮丽。村前的溪水潺潺流淌，完全不见了上游的狰狞面目。

暮色中，我们走过一座水泥桥，沿着洁净的乡间水泥公路，行至坳底的小村子——踏地坪。几幢错落的房子分布在涧边，有的新，有的旧。晚饭后的老人们，三三两两地坐在门前，慢悠悠地闲聊着。

涧水在他们身旁流淌，唱着古老的歌谣。

坳底，先是沿涧而修的梯田，上方是一大片竹林。往更高处看，视线已被竹林遮挡。女主人的老家是在这么偏僻的山上吗？

我和一位乘凉的老人攀谈起来。

"老人家，这山顶上还有村子吗？"

"有的。上面还住着几个上了年纪的人。"

"现在能走上山吗？"

"路小，天黑了，难走。"

"住上面的人不孤单？"

"住了一辈子，习惯了。"

"那个村子叫什么？"

"鹁鸪钻。"

鹁鸪钻，峡谷里的村落总有一个地道的名字！看来，那些老人有鹁鸪陪伴，是不会觉得孤单的。

夏夜的峡谷笼罩在无边的宁静里。夜空星星闪烁，黑魆魆的大山似乎就要碰到房顶。

下涨村的村前广场在夜色中显得特别空旷。

广场北面的山涧边，一架特别高大的观赏水车，在静谧的夜色里不疾不徐地转动着。走到边上一看，水车的动力竟然是一小束从竹筒里流出的清泉。

半山腰的一幢洋房里，突然响起了歌声：

> 同舟嘛共济海让路，
> 号子嘛一喊浪靠边，
> 百舸嘛争流千帆竞，
> 波涛在后岸在前；
> 同舟嘛共济海让路……

长廊下，那位卖番薯庆糕的大婶一边收拾，一边嘟囔："又吼上了。"

峡谷人家，怎么能缺少歌声呢？当地清代诗人戴景祺的那首《西岭樵歌》就生动地记录了祖辈们对谷长歌的情景：

歌声出翠微，

伐木者谁子。

落日西岭隔，

余音犹未已。

粗犷的歌声在峡谷里久久回荡，我的脑海中又浮现了漂流的惊险场面。

夜宿踏地坪

梅雨时节的一个午后，汽车在雨雾迷蒙的大峡谷中穿行了14公里，就到了踏地坪。一下车，"氧生基地农家客栈"的主人已经在门口迎候了。路旁悬挂着一张"氧生基地踏地坪区域效果图"，根据规划，山涧两旁准备建造十余幢房子，如今已建成了三幢。帮我们安置好房间，主人便开始在自家的灶台上为我们准备晚餐。

主人说踏地坪太过偏僻，原先通往下涨村的出口也是不存在的。几年前，溪上造了桥，才有了这个出口。

修桥前人们怎样与外界联系呢？

路并非没有，翻过南面的大山，走上三十里路就可达尤溪镇区，越过西面的大山，行上四十里路可达黄岩。

听到这里，我不禁感慨起中国古代农民的生存状态。他们勤劳，坚韧。为了生存，他们不在乎流血流汗。为了平安一世，他们情愿选择最偏僻的角落生活。就拿踏地坪的祖先们来说吧，砌筑山坳里的梯田该花多少心血呀！他们舍不得浪费一点点可以砌筑的空间，尤其是村子北面的山，实在是太陡了，即使把石坎砌得很高还只能得到几丘狭窄的梯田。相比之下，西面和南面大山的坡度要平缓得多，梯田的层数一多，便有了一种律动的美感。踏地坪的祖先砌筑石坎的本领是高超的，那一堵堵石坎是那么齐整，以至于一位朋友误认为是废弃的房子外墙。

一丘丘狭小的梯田，养育了一代又一代踏地坪人，最多时，巴掌大的村子曾经生活了 103 个人。

我选了三楼一间面南的房子安歇。南窗外就是那条小小的山涧，山涧对面是几十丘梯田，梯田上方是一些坡度较大的山地，山地里有一些南瓜、番薯及一些豆类作物，更多的是杨梅、板栗等果树。雨越下越大，那些绿叶在雨点的敲击下微微抖动着，枝叶间有丝丝乳白色的雾气生成，雾气升腾着，积聚着，渐渐变成了一片飘逸的大纱巾，遮盖着整个山头，让大山产生了一种飘忽的感觉。我躺在洁白的床单上，看缓缓升腾的雾气，听哗哗入耳的涧水流淌声，睡意开始袭来。

下午四点，雨终于消停了，我们沿着山涧向西边的谷底走去，走了几十米，山涧就开始爬坡了。涧边是巨石铺就的石级，是以前通往黄岩方向的大道，要经过那个还住着三四个老人的鹁鸪钻。我们产生了探访的念头，于是开始向上登攀，潮湿的石块上长满藓类植物，鞋底一接触便有打滑的感觉，我们每走一步都十分小心，上了几十级台阶，背上就汗涔涔了，俯身掬起山泉，擦了把脸，继续向上爬。石级止于竹林前，被雨水浸透的竹林里黑沉沉的，泥路一踩上去就打滑，我们只好打消了继续前行的念头，一步一步小心地挨下山来。回头望望，我们到达的竹林边缘还不及大山高程的三分之一。

主人招待我们的晚餐很丰盛。家养的猪肉、鸡肉，自家种的番薯藤茎、嫩南瓜脑，山上采的荬菜和竹林里挖的鞭笋，还有费时的柴叶豆腐和盐卤豆腐。

晚餐后，我们在村前的水泥路上散步，呼吸清凉、纯净的空气，与村民们随意地聊上几句，拍摄些破败不堪的老房子。暮色降临，我们坐在主人的院子里一边谈天说地，一边继续欣赏涧水的浅吟低唱……

踏地坪的夜谈不上寂静，除了时断时续的雨声，装点人们梦境的还有一两声犬吠和缠绵的蛙鸣，以及不绝于耳的涧水流淌声。

第二天清晨，清脆的鸟鸣声把我从睡梦中唤醒。走到露台一看，乳白色的晨雾正在消退，亮丽的阳光洒满山谷雨后的青山，清冽的空气仿佛滤过似的，山上的树木，梯田里的庄稼，绿得让人沉醉。屋前的山涧里，清流在葱翠的石菖蒲边轻快地流淌。

我被踏地坪美丽的晨光惊呆了。

桃
红

　　仲春时节，桃花总是如期绽放在人们的房前屋后。虽然只是零星的几树，可绚烂的桃红足以让素朴的山村春意盎然。

　　一幢青砖黛瓦的房子后，有一条碎石铺成的小路，小路上方，是一块青青的菜园，菜园边，是一树绚丽的桃红。

　　虽说村民们没有古代文人"桃花仙人种桃树，又摘桃花换酒钱"的雅好，可桃花的颜色那么诱人，孩子们怎能抵挡得住呢？他们的手痒了，不攀折几枝绝不过瘾。于是，桃树底下出现了堂姑的身影，她坐在一把竹椅上，一针一线地纳着鞋底，偶尔抬起头看一眼满树的桃花。

　　桃花映红了她好看的脸。

　　过了几天，落红开始飘零，落在碎石路上，落在瓦楞上，落在梳着长辫的堂姑身上……

　　桃红，一种让人心里十分熨帖的色彩，人们喜欢用面如桃花来形容女子的美貌。提起"桃花女子"这个曼妙的词语，我的脑海里就会浮现堂姑的倩影。后来我才知道，南宋时的严蕊更是一位让人钦佩的桃花女子。且看她填写的《如梦令》：

　　道是梨花不是，道是杏花不是。白白与红红，
别是东风情味。曾记，曾记，人在武陵微醉。

如果不是整日徜徉在桃花丛中，才女是不会写出如此脍炙人口的词句的。每当吟诵这首桃花词，我记忆深处的桃花就会变得鲜活；每当读着这位"善琴弈、歌舞、丝竹、书画，色艺冠一时"绝代女子的《如梦令》，一股别样的滋味就会浮上心头。

因为这首桃花词，时为营妓的严蕊成了南宋台州知府唐仲友的红颜知己。唐仲友是台州历史上一位有作为的知府。他主政期间，在灵江上首建当时科技含量最高的浮桥，造福了百姓。

朱熹提倡的理学核心内容是"存天理，灭人欲"，恃才傲物的唐仲友对此颇有微词，两人因此不和。南宋的都城在杭州，台州府城是当时名流集居之地，相当于陪都的地位。唐仲友在这样炙手可热的府城任太守，朱熹是心存不满的。有一年，朱熹作为钦差大臣到浙东一带巡查，当他听到唐仲友与严蕊的传闻，窃喜抓住了把柄，向朝廷连上六疏，说唐仲友"悦营妓严蕊，欲携以归，遂令伪称年老，与之落籍"，

坚决要求朝廷予以惩处。

不久，唐仲友被革职查办，严蕊也被关进了大狱，为的是让她招供与唐仲友有染。两个月的严刑拷打，始终没有让这位侠骨柔肠的女子屈服，她义正词严地陈述："身为贱妓，纵合与太守有滥，科亦不至死；然是非真伪，岂可妄言以污士大夫，虽死不可诬也。"办案的官员无法定案，这桩案件一直拖而未决。

岳飞之子岳霖继任台州太守后，决定重审严蕊一案。他让严蕊重写诉状，后被判无罪释放。岳霖问其有何打算，严蕊挥笔写下《卜算子》一词：

> 不是爱风尘，似被前缘误。
> 花落花开自有时，总赖东君主。
> 去也终须去，住也如何住！
> 若得山花插满头，莫问奴归处。

这位桃花女子的"归处"是哪里呢？民间一直有多个版本，我认同隐居括苍山的说法。

括苍山麓花木繁多，四季云雾缭绕，自古以来就是名士隐居之所。括苍山脚下溪涧众多，潺潺流水边上村庄散落，低矮的房子上泛着绿光，与大山的色调几乎融成了一体。这里民风淳朴，人们在永安溪畔的田野里辛勤劳作，在郁郁葱葱的山林里伐木砍柴，过着"日出而作，日入而息"的田园生活。括苍多桃树，春天，散落山间的一树树桃花，无拘无束地灿烂着。或许，这诱人的桃红是吸引这位桃花女子的又一个原因吧。

一直以来，桃花女子的传奇故事滋养着括苍的土地。如今，括苍山下的桃林已经扩展到上万亩。灿烂的阳光里，桃林与苍翠的青山交相辉映。一树树桃花连缀成一片桃红色的祥云，轻轻流淌在辽阔的田野里，连绵的山坡上，清澈的小溪边……置身于桃花的海洋里，我的身心都被陶醉了。

武陵故里愫情怀，系念桃花入梦来。

儿时桃花的记忆，桃花女子的传奇经历，一瞬间涌上心头……

泪水顺着脸颊流淌，汇入了铺天盖地的桃红。

苍山舞者

一

临海城区通往古镇张家渡的叶下线通车了。

公路北边是奔流不息的灵江，南边是葱郁的大山。山垄里流淌下来的数条溪涧，横贯时宽时窄的田野，汇入滚滚的江流。涧边散布的一个个古村落，带着点点娇怯在车窗外闪过。

让我停下车来的是那挂气势不凡的瀑布。它颜如素玉，半隐半露。

沟渠里水流潺潺，一簇簇秧苗站立在清浅的田水里，特别精神。山脚是成片的果树，桑叶间隐藏着半青半紫的桑果，梨树上挂满了青涩的果子。

绿树掩映的山涧布满磐石，清爽洁净。三三两两的游人坐在涧石上，或休息，或闲聊，或濯足。

小径止于山涧。

踩着涧石跳跃着向前，行数十米，有巨岩横堵。岩高一丈有余，岩底是深潭，涧水滑落，泛起雪白的水花。

巨岩右边有几个天然的石窝，费点力气能够上去，正想攀爬，却见上方有人影晃动，原来是几个中学生正从上游下来。见我欲往上爬，他们提醒："上边没路的！"

既然来了，还是上去看看吧，我小心翼翼地攀上了巨岩，

又行数十米，忽感阴凉阵阵，原来到了茂竹下方。此处就是刚才中学生所说的无法上去的断崖。上方一竿枯竹横斜，试着一用力，竹竿"哐哐"地断了。

站在涧边高耸的巨石上，踮脚仰望，雪白的瀑头镶嵌在几十丈高的峭壁上，令人目眩。瀑流泻落，隐入茂林之中，透过密集的竹竿，隐约可见飞瀑轻盈的舞姿。

二

山的雄奇与水的柔媚只有在某个合适的地点巧妙融合，才能形成壮观的瀑布。我对"瀑布林梢悬"的奇景情有独钟。

时隔两个星期，我轻车熟路地来到了断崖下，可摸索再三，还是一筹莫展。

此时，一位老人慢悠悠地上来了。正当我诧异时，老人首先发话："年轻人，上不去了？""对呀，老人家，您身子骨真不错，这么陡的溪涧都上来了。"

休息了一阵子，老人抬头望望瀑布的方向，又看看涧边茂密的山林，说："马料坑瀑布在当地名声不小，怎么会没有路呢？我再找找。"说完，老人站起了身。

看着老人佝偻的身影没入了柴火丛中，我的心底涌起一股感动。

不一会儿，传来老人的喊声："上来吧，年轻人，这里有路。"没想到老人已经上了断崖，我激动万分，急忙沿着老人发现的路径走去。原来，巨岩之间有一道仅容一人可通过的缝隙，原先被柴火遮挡了。如果不是遇上老人，我又怎能找到隐藏如此之深的通道呢？

抬头仰望，雪白的瀑流从半空喷洒而下，仿佛是浣纱女子手中舞动的白纱，先是紧凑的一束，而后散开，变得疏松、透明。如烟的水雾不停地扩散，飘逸，泻落。水，这些大山的精灵，把黑褐色的乱石堆当作了蹦床，轻快地蹦上几下才肯消停下来。

乱石下方有一个大石潭，水不深，面积可不小，潭中错落分布着几块巨石，姿态各异，有了这些巨石，潭中的小鱼就有了安全感，一见人影晃动，它们立刻躲到了岩石的另一边。

瀑尾是悬空的，崖下可以走人，这是不多见的。岩缝里，石罅间，均填满了湿漉漉的青苔。一些喜阴植物舒枝展叶，它们葱翠的阔叶在水滴的撞击下不停地舞动着，姿态可人。

山崖上壁立的巉岩，奠定了瀑布的品相。东边的山上苍松劲挺，西边的坡上竹林翠绿，瀑流便显得高远而幽深。

我们坐在潭边的巨石上，享受瀑流带来的阴凉和爽快。老人说："我本以为这么高的瀑布下一定有龙潭，没想到却是这么一个浅浅的潭子。不过也好，坐在这里休憩更有安全感。"

老人说自己在古镇张家渡工作过，听人说离古镇不远的山坳里有一处马料坑瀑布，可一直无缘探访。55岁时，身患重病，医生断言，活不了几年了。老人办理了病退手续，回到了乡下老家。他利用中药调理，渐渐地，身体恢复了健康。如今，近八十高龄的老人目标是在有生之年走遍家乡的山山水水。

我惊叹："老人家，您已经创造了一个人间奇迹！"老人一脸淡然，说："没什么，我身体的恢复得益于适时调整好心态和劳动锻炼，当然还有好的环境。比如现在，我们正在享受最高档次的氧气大餐！"

是的，人的身心健康离不开有着"空气维生素"之誉的负氧离子。世界卫生组织把每立方厘米空气中含量在1000—1500个负氧离子的空气定义为清新空气。据测定，一般的瀑流边上，每立方厘米空气中负氧离子的含量会超过2000个。

湿润的空气中带着草木的芬芳，吸进鼻子凉飕飕的，不愧为理想的"空气浴"的好地方。

洒落在国家级森林公园括苍山的雨滴，经数千顷丰茂植被的过滤后，变作纯净甘甜的清泉，她们满怀激情，纵身一跃，便成了姿态百变、柔情万种的舞者。抬头凝望，她们的舞姿灵巧多变，潇洒飘逸，我被深深地震撼了，脑海里的无数词汇被同时激活：激情、宣泄、气韵、节拍、含蓄、张扬、真实、虚幻、时空、境界、超越、积淀……

我不想挪移自己的身子了。

竹林与瀑流间的高地上是几间石房的残垣。房子倚崖而建，靠近瀑流边沿，我猜测这是某个道观的遗址，或是某位隐士的居所。不管是何人所建，我都佩服他的慧眼独具。这并非我的妄撰，历史上的括苍山以其博大、险峻、奇秀的品格，吸引了众多道者的驻足。南朝齐梁年间，著名道教思想家、药物学家陶弘景，就曾在括苍山上的灯坛架结庐炼丹，采药著书。

老人在青草丛中采起了草药，他很兴奋，说自己一直在找寻的一味药材，竟在瀑流底下发现了。采够了草药，老人指着满山竹林说："这么大的竹林，村民要挖笋斫竹，一定另有下山的路，我们找找吧。"

我们在竹林间找到了一条下山的通道，路还不小，是从小山坡的另一侧上来的。

三

台风虽然没有正面袭击临海，可是两三天内带来了300

多毫米的降雨。下午，风止了，雨还是不停地倾泻。

暴雨中的马料坑瀑布该是怎样的面目呢？我决定冒雨探访。

灵江的水已经暴涨，江面茫茫一片，所幸没有漫及江边的田野。初秋，正值禾苗拔节，田野里有点凌乱，但葱翠依旧。远山时而被雨雾遮掩，时而清晰可见。"山中一夜雨，树杪百重泉"，更何况是连续几天的大雨，山间增添了数道大小不一的瀑流。雨太大，鹭鸟的活动范围也转移到了山脚下，飞行的动作也不如平时那般轻盈。

柴火的生长速度十分惊人，短短几个月，它们完全侵占了山道。此时，山道就是流水的通道，只走了几步路，鞋子、裤子全都湿透了。往上走了一段路，山林更加茂密，承受不了雨水重量的枝条，沉沉地压在头顶上方。

行走艰难极了。

整座大山浸泡在雨水中，到处水流汩汩，仿佛连石头都能拧出水来。

跋涉到竹林中时，全身均已湿透。

耳畔传来了瀑流巨大的轰鸣。

吸足了雨水的竹梢相互纠缠，几乎下垂到了地面。林间的空地零星生长的那些青草，失去了竹梢的庇护，显出一股别样的娇俏。

即便脑海中多次猜测过这一挂瀑布在连日大雨中的面目，可当真正面对时，我还是被大自然的神奇伟力惊呆了。

铺天盖地的雪白直逼双眼，让人情不自禁地后退几步，每秒数十吨的水流从近百米的悬崖上倾倒下来，是何等的惊心动魄！不，如果没有先前的认知，你绝对不会说这是水，分明就是从一台巨大的磨粉机里喷洒而出的面粉。山涧里，仿佛是水银在奔淌。瀑流在崖顶岩石的阻击下竟具有了一定的节奏，化作了"哗啦——哗啦——"的轰鸣。我仿佛来到了残阳如血、战马长嘶、刀光剑影、激战正酣的古战场。野蛮、暴力、血腥、毁灭的场面让人心惊胆寒。

可能是全身湿透的原因，站在竹林边的观瀑台上几分钟，我便冷得瑟瑟发抖，只得赶紧往回走。

瀑声渐渐远去，我心中的惧意才渐渐消失。

四

2021年的元旦前后，一场寒潮席卷而来，温度之低，历时之久，实属罕见。这种滴水成冰的气候一旦在温暖湿润的江南出现，巨大的破坏性和气象奇观便会紧随着出现。朋友圈连续晒出了马料坑冰瀑的图片，我开始迫不及待了。

叶下线通车，金台铁路的建成，马料坑瀑布完全暴露在人们的视野中，若干年前"养在深闺人未识"的情景已经一去不复返。

打开高德地图，搜索"马料坑瀑布"，发现竟被标注上"冰川瀑布"的标签。其实也没有什么好奇怪的，海拔一千余米的括苍山，气温要比别处低得多，整个冬天以雾凇、油冰闻名，而马料坑瀑布坐南朝北，冬日里几乎晒不到太阳，一旦结了冰，就一定久久不会融化。

山林间的树木、柴火、山岩，都静默无语，似乎还没有走出这场猝不及防的寒潮所带来的惊悸。即便是阳光灿烂，飞鸟却不见了踪影。山道上的浮土结着冰，踩上去硬邦邦的。

山坳里静得可怕，没有了瀑流的嘶鸣吼叫，没有了涧水的浅吟低唱，马料坑瀑布彻底失语了。

昔日瘦削硬朗的石崖变得臃肿不堪。冰墙，冰柱，冰锥，在石崖上尽情地展示着自己高超的造型能力。空中照射下来的光线明暗不一，有的穿透冰层，有的只能停留在表面，厚厚的坚冰便现出光怪陆离的景象。

瀑布欢快的舞姿让人心情舒畅，她的陡然凝固更让人心跳加快。苍山舞者，你展现的是京剧的"亮相"吗？我是彻底被你高超的舞技折服了！你深谙舞蹈艺术之真谛，我开始迷恋你精心营造的"此时无声胜有声"的境界了。

探着怯怯的步子慢慢走近。流水并没有完全静止，边沿的冰层下，有几个水泡在缓缓地滑动，最底下的冰锥尖上，有小小的水滴在滴落，冰锥下面的那座高耸的银白色冰山，似乎还在渐渐地长高。

浅浅的水潭结了厚厚的冰，人可以随意行走。透明的冰层下，只能看见大小不一的石头，再也不见了游鱼的身影。

抬头仰望，突兀的冰层似乎就要滚落下来，我背上虚汗直冒，只能远远地观赏。

身边有个孩子大声赞叹："这是大自然的奇观呀！"

是呀，四季更迭，生命轮回，马料坑瀑布舞动着大山的精气神，舞出了水的至真、至柔与至刚。

清泉石上流

五月的早晨，渚上有人正在收割油菜。

桃江的水，清澈而平静。一座座奇峰，矗立在翠绿丛中。火山岩的色泽，温润而典雅，特别撩人的心。

我们沿着长满青苔的石级攀登玉台山。石径旁，橘树和杨梅树的叶子绿得逼人的眼。淡淡的果香，在初夏温暖湿润的空气里飘逸。

天尽管阴着，可到达"仙人担"时，我还是感觉全身汗涔涔的。"仙人担"左边有两个天然石洞，高大宽敞，供奉着几尊佛像，摆放着几条木凳。我坐下小憩，在洞里兜了一个圈的山风，吹到身上特别凉爽。

"仙人担"势凌霄汉，造型奇特，可谓大自然的鬼斧神工。七十余米高的石柱，从高耸的石崖上肢生出来，垂立于石壁旁，如扁担，如象鼻，历数万年风吹日晒而不倒，这是极为罕见的。来到"仙人担"右侧时，空中洒下了微雨，粘在脖子上，手臂上，感觉凉丝丝的。似乎又不是雨，抬头望，原来是从山崖上滴落的清泉。泉太小了，只能是断断续续地滴落，山风拂过，它们随着风势碎作雨丝，把崖下植物润泽得油光发亮；化作岚雾，滋养着崖缝里的青草和苍苔。

遥想八千万年前的那一天，汪洋大海里突然发出震天巨响，海浪翻滚，水柱冲天，炽热的岩浆喷射出地壳，开始神速的造景行动。转瞬间，海底竖起了一块块造型奇特的巨岩。随机凝固成的岩石如铺展的战旗，如圆浑的象鼻，如威武的将军，如娇怯的仕女。当方圆二十里的奇岩绝壁渐渐升高，成为岛礁，又成为山峰时，人间便多了一处胜景。不过，最初的石崖上光秃秃的，没有小草的踪影，更不要说树木。

风，不停地吹，它带来的尘埃偶尔在崖顶的细缝里沉积，大雨一来，又被冲刷得干干净净。不知经历了多少年，崖上才积攒了一小撮尘土。又是风，抑或是飞鸟，带来了生命的种子。又是经过无数次的反复，崖上才出现了第一抹绿色。岁月在累积，崖上的尘土，落叶的腐殖质，在时间的旷野里不停地累积。终于有一天，这些植被和泥土具备了蓄水的能力，它们尽自己所能，把部分雨水贮存了下来，于是，崖上的植物家族便加快了繁衍步伐。几经寒暑，依附在石缝和根系上的泥土已经具备了付出的能力，这些间歇性的清泉就是最好的说明。

沿着山脊向玉台山的顶峰攀爬。由于土层太薄，山道两旁生长的灌木十分矮小。站在山顶的石亭前远眺，进入眼帘的近山和远山，都是以奇崛的岩石为主体，翠绿的树木和柴火倒成了点缀。沿长满矮小松树的山坡下行数十米，就到了鹰岩寺。寺旁，植被明显茂密起来，稍微平坦的地方，都是农民栽种的各种果树。鹰岩寺的大雄宝殿雄伟高大，应是刚建成没几年的。大殿前的平台上有一尊三四十米高的石观音，刚运上山不久，还用木框框着。鹰岩寺通往外界的主路在南面，是一米不到的曲折石级。如此高大的观音石像怎么运到山上呢？

寺里的老和尚说这尊观音石像重量近 40 吨，是借助缆道运上来的。

听到我们的感慨声，他说："凡事只要下决心去做，总会做成的。"接着，他列举了自己多年来为鹰岩寺的香火所付出的努力。

寺庙东侧是生活用房，一股清泉从突兀的山崖上轻巧地洒落，形成了细密的雨帘。崖下有大池，水满盈盈的。水滴触及池面时，发出了清脆悦耳的沙沙声。

渴了，痛饮几口山泉；累了，枕着泉声入睡，鹰岩寺堪称洞天福地。当我们问及如此清澈的山泉从哪里引来时，老和尚叹了一口气说："这里山高崖陡，没有地方可以引水，山泉就是从山顶渗下来的。崖上土层薄，藏水不易，连续晴上一个月，泉水就会断流，筑上这么大的水池，就是以备不时之需。"

既称鹰岩寺，鹰岩又在何处呢？老和尚领我们走上了大雄宝殿后的高台，说："你们选一个合适的角度，就可一睹雄鹰的真面目。"顺着他的指点，我抬头仰望，突兀的岩石轮廓线明朗清晰，像是用淡墨勾勒的雄鹰，它眼睛犀利，展翅欲飞。山泉就是从"鹰"的头部和翅膀的交界处悬空而下的。那飞溅的水雾，沾湿了崖壁，雄鹰也显得尤为威武雄壮。

游了福安洞，沿着穿武坑村而过的那条清澈的小溪逆行，不久就到了流水岩。远远望去，整座山就是一块巨岩，就连两个山坡中间的洞底也是相连的。根深乃叶茂，山高方能水长，这道山洞汇聚了整座大山的清泉，它们时而在壁立的崖上轻轻地滑下，唱起了欢乐的歌，时而在坦荡的洞石上款款而行，漾漾的水波与岩石的纹路交错重叠。要不是有人在壁上凿了一些脚窝，在崖前系上一根绳索，我们是很难顺利抵达谷底的。索性脱下鞋子，涉水而行，这样就有了另一番滋味。石头表面粗糙，挠得人脚底发痒。清凉的山泉，带着沁人的凉意，漾及五脏六腑。洞水中有四条腿的鱼，它们的动作笨拙，脚靠近了也不游走。我以为是娃娃鱼，有朋友说这是大鲵，喜欢生活在清澈的山泉里。

到了洞底，看到了一挂瀑布。瀑底是一个石潭，水里有好几条大鲵在游动。抬头望，山泉从高耸的山崖轻快地奔流下来。

家住武坑村的吴海燕说她小时候爬上过陡峭的山崖。

想象身姿矫捷的女孩在山崖上小心翼翼地攀爬时，我的腿竟微微发颤。经过流水岩的清泉姿态轻盈，它们一路轻歌曼舞，优雅地投入了水库的怀抱。溢出水库的清流沿着山涧继续流淌，流过村庄，流过田野，接纳了一道又一道支流，一起汇入了风情万种的桃江。

让海风吹拂了亿万年

傍晚，我们在石柱下村的一家农家乐品尝了产自桃江的特色水产品后，便迫不及待地开始触摸桃渚古城墙律动了数百年的脉搏。

暮霭里，铅灰色的古城墙带着几许庄严，几许凝重。几位瘦朗的老人靠着墙根乘凉，清澈的渠水在他们脚边汩汩流淌。

古城中的居民日渐减少，不少老房子已经坍塌。残垣上，蔓延着绿得发黑的南瓜藤。城墙根，随时会出现几丛青韭、几簇秋葵……

田园的气息无法暗淡这座城池昔日的刀光剑影，暮色里的每一块城砖依然闪烁着先民的不屈与刚毅。

以现代的眼光看，这座保存基本完整的城池规模实在太小了，但是在明代，桃渚城是我国东南沿海一带为抗击倭寇而设立的四十个卫所之一，是当时的抗倭前沿。

我们在后所山脚下的一座炮台上休息了片刻，再沿着陡峭的石级向山顶攀登。暮色愈来愈浓，脚步急了点，登上东敌台时已经汗流浃背。

这里是古城的制高点，是"眺远"的好场所。

桃江，这条美丽而多情的溪流，在石柱峰下不停地徘徊，于是，形成了一道堪称奇观的胜景——十三渚。

晚风，从辽阔的渚上吹来，带来丝丝清凉。

抗倭亭内竖立着一块厚重的石碑，镌刻着这座城池的英雄事迹：

> 桃渚前夕所围七昼夜，城几岌岌，时千户翟铨膺城守，羽书告急，公（戚继光）统大兵压境，长驱以破巢穴，城赖以全……

明代的倭患给东南沿海百姓造成了巨大的灾难。倭寇在桃渚一带烧杀抢掠，无恶不作，他们甚至将毛竹扳弯束婴儿，然后放竹取乐；为卜度孕妇婴儿性别，竟将孕妇剖开……面对倭寇惨绝人寰的行径，石柱峰下的百姓没有退缩，没有屈服，他们充分利用坚固的城墙一次又一次地击败倭寇，尤其是在戚继光将军指挥下的几次抗倭战役，更是取得了完胜。

夜幕降临，城墙外的车辆穿梭往来，车灯的光芒在公路上流动着，闪烁着，让人产生了无限的虚幻感。古城对面的石柱峰，这道天然的屏障，似乎伸手就可触及。

第二天一大早，我们就来到了石柱峰下，没想到当地的人们早就在晨练了。

抬头仰望，如同擎天之柱的巨岩势凌霄汉。

通往峰顶的小路，时而分叉，时而合拢。道旁一块块大小不一的山地上，全都是墨绿色的橘树。半大的果子挨挨挤挤，伸到了石级的上方，让人禁不住唾津潜溢。

石柱峰，我终于触摸到你了！

你的纹理如此酣畅淋漓，可以想象你从地壳深处喷薄时的激情与雄姿。你从凝固成岩的那一天起，就是无数海生动物的庇护所，一些多情的贝类，即便化作了石头还是紧紧地趴在你的身上。

被海浪冲蚀了亿万年，才有了造型如此奇崛的你。被海风吹拂了亿万年，你的表面才变得如此粗糙。你是大自然沧海桑田变迁的亲历者，你是桃渚古城兴衰荣辱的见证者。

登顶必须从一道狭窄的崖缝里上去，这是典型的"一线天"。我们脚蹬石窝，手攀铁链，胆战心惊地往上爬行。没想到峰顶不但平坦，而且草木葱茏。低头看，被誉为"中国最美田园风光"的桃江十三渚如同精美的图案，尽收眼底。江中的 13 个江渚，大的 80 余亩，小的仅半亩。这些江渚的水岸线柔和，曲折，如同游动的水蛇。纵横交错的河网分割出一个个江渚，又填补着江渚之间的空隙，远远望去，田地与江水仿佛处在同一平面上。

以前，江渚上长满桃树，春天来临，粉色的桃花竞相开放，如同天边的云霞飘落江面，美不胜收，桃江的名字便由此而来。

如今，碧绿的橘树，青翠的秧苗，开始取代昔日的桃林。要不是翡翠般的江面偶尔闪动着几缕银光，又有谁能分辨得出江和渚呢？然而，大自然绝对是高明的魔术师，但等秋天来临，稻田一片金黄，橘林半青半黄，江水却是一如既往的深蓝……桃江十三渚，你是一幅迷人的画卷。

风很大，不停地掀起我们的衣衫，还发出呼啦啦的响声。美琴说海边就是多风，石柱峰上更是天天如此。放眼四周，群山苍翠，每一座山峰都是闪着银光的坚硬无比的巨岩。无怪乎文天祥逃难经过桃渚时，不啻用"万象画图里，千崖玉界中"的诗句来赞美。

史料载，500 年前，桃渚古城之所以是海防前沿，原因是它地处大海之滨。想必那时的桃江十三渚也没有形成，此地还是一片天天潮涨潮落的滩涂。让时光继续倒流亿万年，石柱峰也是大海里忽隐忽现的一块礁石。

一个云团飘来，空中洒下一阵细雨，空蒙多姿的江渚上，升腾起一缕缕乳白色的薄雾，古老的城池里，几束炊烟在袅袅升起。

潮湿的风不停地从远处吹来，带着田园的芬芳，带着亘古不变的大海的气息。

马头山二题

暮霭

几次与马头山擦肩而过。

这一次，当我们专程来到马头山时，已经是傍晚时分。抬头仰望，暮霭中的马头山轮廓清晰，色调凝重。顶上层层叠叠的绛红色建筑镶嵌在突兀的巉岩缝隙间，有敦煌莫高窟的感觉。

谢灵运道："楼石山群峰峥嵘，有大小楼石，内观者为小，外观者为大，风光独特。"

楼石山就是马头山，虽说山高不过200米，但坡度很大。只怕是登山容易下山难，我们决定放弃。

山脚下的风景也不错，一座高高耸立的牌楼，上有镶金的"马头山胜景"篆书大字。一匹青色花岗岩雕刻的石马，正在引颈长嘶，逼真的艺术效果恰好与头顶上写意的造型形成了鲜明的对比。牌楼边上有一眼古井，井水清冽，满而不溢，传说是唐代高僧怀玉大师饮泉处。

灵江在马头山脚下转了一个弯，江面变得特别开阔，仿佛是到了大海边。抬眼眺望，下游的江面上泊着几艘橙红色的巨轮，那里是一个造船厂。

大江的转弯处，必定会有很多的优质沙子沉积，所以，江边有一个大型沙场，堆满了一个个小山似的沙堆。江面上泊着几艘挖沙船，它们已经停止了作业，但沙场上还有几个工人在忙碌着。

看到沙子，读小学的儿子顿时兴奋起来，迫不及待地脱掉鞋子，跳进了一个沙坑，奔走，跳跃，好不快乐。他招呼我们也下去。

我说："沙坑没什么好玩，爬沙山才好呢！"

儿子就高一脚低一脚地爬上了沙山。

沙场的一位工人走过来，看到儿子小心翼翼的样子说："大胆一点没有关系，在沙堆里跌倒也不会受伤的。早几天有几个黄岩来的孩子，在这里玩到深夜12点钟还不肯离去。"

听他这么一说，儿子玩得更加放肆了。

灵江捞起来的沙子特别细，太阳一晒，简直就跟面粉一样，脚踩在浅层温温的，柔柔的。陷入深沙时，一股清凉沁人心脾，舒服极了。

登上沙山，视野开阔多了，对岸是大片大片的橘林，生长在灵江淤积成的泥土里的橘树，特别翠绿，但等秋天来临，该出产多少蜜橘呀！这些涌泉蜜橘被称为"临海一奇，吃橘带皮"，想必与带咸味的灵江水滋润有关吧。抬头望，山顶的马头明暗有致，逼真到了极点。一群体型硕大的飞鸟，在山顶上盘旋了几圈，就飞向了远处。

站在马头山，看到海门关。晴朗的日子，站在马头山上能够眺望东海的点点船帆。黄昏如斯，站在马头山脚下，让人产生了无尽的遐想。

天色暗下来，沙山漆黑一片，时而被过往的车灯照出一片银白。

夜色中的马头山，山体与苍穹连成了一体，黑魆魆的"马头"边上，散布着几颗星星，悠悠地闪烁着。

落　日

时光荏苒。儿子已将近高考，为了缓解压力，我们再一次来到马头山。

沿着水泥台阶拾级而上，翠绿的橘林、缀满果子的杨梅林、茂密的毛竹林，渐次在山道旁出现。太阳已经西斜，柔和的光线洒落在树木柴火上，洒落在银白色的岩石上，山间的色调变得丰富起来。

林中吹来的清风带着丝丝凉意，到达半山腰的锦云禅寺时并不感到十分吃力。

陡峭的马头山上竟藏有这么开阔的平地，这是我第一次来时所没有想到的。主建筑有三幢，西侧的"锦云禅寺"房子面北，房前是宽阔的水泥平台。东侧的两幢房子一幢面北，一幢面西，交叉成直角状，两幢房子前面空地开阔，边缘有一座凉亭，亭子的北面就是悬崖。站在亭子里，山下的景致一览无余。因为锦云禅寺边的几间小房子正在整修，曲折的石级上，有好几位民工正挑着建筑材料上山。

一位将近 60 岁的民工坐在亭子里歇凉，他说自己的家就在山脚下，空闲时经常登马头山，20 分钟就可登上山顶。就是挑 100 多斤的担子，一天也可走 20 来趟。民工声如洪钟，非常健谈，他详尽地给我们指点着山下的建筑：那是镇政府，那是学校，那是码头，那是造船厂……这些单位的建成年代、规模等，他如数家珍。除了建筑物，尽收眼底的就是看不到边际的橘林。

我说当地农民卖橘子收入不菲时，他否认了，说橘子的产量虽然不低，但品牌没有打响，收入无法跟对岸涌泉的橘农相比。

抬头仰望，巨岩高耸，夕阳高照，峰顶茂密的树木投下斑驳的影子。我们沿着逼仄的甬道走向东侧的百花娘子洞。

百花娘子洞已被建筑遮挡了，倚岩的建筑有四层，分别供奉着观音、百花娘子等塑像，每一层的前边均有露台，是远眺观景的好地方。石壁上，有"楼石风光""南天门""海阔天空"等石刻，洞旁的岩石上凿有石级，通往高耸的"石玉兔"。"石玉兔"由几块高耸于悬崖上的石块组成，远看很逼真。站在岩石上俯瞰，如带的灵江悠远而绵长，辽阔的田野与各种形状的村庄紧紧地依偎在江边，形成了一幅壮美的画图。

马头山的顶峰叫七仙台，传说是七仙女驾祥云降落的地方。我们手抓铁索和柴火，终于爬上了顶峰。

远处，残阳如血，晚霞染红了西边的天空。

一时间，我恍若置身青云之端。

荒村风物记

石 级

不知何时砌成的石级，在长年的风吹日晒雨淋脚蹬中逐渐改变着容颜。当人们开始称这条红褐色的石级为"古道"的时候，它连接着的村庄大概也就走向了荒废。

缘山脊而砌的石级如同天梯，没爬几步就得停下喘几口粗气。

20 世纪在山村生活过的人都知道，能够挑着重担上下石级是一个山里汉子必须具备的能力。山里人家，即便尽可能做到自给自足，可必要的物资交换还是无法省却的。

一道石级，连接着山村和外面的世界，山里汉子在这里挥洒汗水和泪水，在这里收获坚韧与刚强。

一道石级，浸润着山里人的喜怒哀乐，承载着生活的酸甜苦辣。我的故乡也有这样的石级，那一年，二婶患急性盲肠炎，疼得直打滚，父亲他们 4 个兄弟轮流抬，下石级就像在平地上奔跑般快速，救命的过程也是拼命，这样的经历让人不堪回首。

视野越来越开阔，还是不见村落的影子。草木越来越茂盛，山道逐渐被侵占，正在犹豫是否继续往上爬时，山上下来一个人，背着一个背包，挂着一根登山杖。我向他打听山上的情况。

他说，山上有一个废弃的村子，在靠近顶峰的山岙里。

村　　口

耳际终于传来叮叮咚咚的流水声，接着看到两块耸立的巨岩。巨岩之间是狭窄的通道，大有"一夫当关，万夫莫开"之势。

穿过夹缝，出现在眼前的是一个梦幻般的世界：几堵红褐色的石墙在满眼翠绿的藤萝中若隐若现。

大凡村口，如果拥有一两棵大树，就足以让村人自豪了，可此地，数十丈深的山涧边竟然站立着十几棵高大的古木，这些大树起码要几个人才能合抱过来。常绿的樟树和梓树，它们为了吸收到更多的阳光，只能把自己的身子挺了又挺，明显比别处的同类高出好多。那些光秃秃的落叶树则长得更高，从树皮的纹理辨认，有枫树，有溪椤，有水杉，还有叫不出树名的。

俯视深涧，挨挨挤挤的巨岩上，长满了葱绿的藓类植物。涧水跳跃，水雾弥漫，绿意葱茏，完全感觉不到寒冬的萧瑟。

大自然的鬼斧神工确实让人惊叹，她削出了让人腿脚发抖的山崖，却在悬崖上方铺展了一陇平坦的谷地。如果不是从陡峭的石级一路攀登上来，你会认为这里是山脚下一个幽深的峡谷。

山　蒟

村子已经废弃多年，十来幢石头房子错落在谷地里，山崖边，缓坡上。这些房子的屋顶均已坍塌，就连瓦砾也不见了踪影，但红褐色的石墙依然稳固地站立着，丝毫没有要倒塌的迹象。这个村子的石头资源非常丰富，它们是取之不尽的理想的建筑材料，更是一道独特的风景。难能可贵的是，村民们眼光独具，他们把造型奇特的岩石留存下来，让它们站立在山坡上、房子边。天然的岩石与经过人工砌筑的石墙有机结合，让村居拥有"抱朴"之意趣。

我走过不少荒村，那些被树木杂草掩盖的废墟总是笼罩着浓郁的颓败气息，它们让人的心境也变得荒芜。眼前的这个荒村，带给人的感觉却截然不同。随便走进一个石门洞，遍地铺满了墨绿色的山蒟，脚一踩上去，就会有几片叶子受到损伤，接着就闻到了一股淡雅的清香。

我认识山蒟已经好几年了。这种胡椒科藤本植物最擅长的本领就是攀缘，沿着树干，沿着巨岩，爬个几十米不在话下。它还是一味中药，具有祛风散寒，行气止痛等功效。山蒟喜阴、爱静，一般生长在山地溪涧边及人迹罕至的树林中。阳春三月，山蒟不甘寂寞，开起了花，长条形的淡黄色花朵疏朗有致，在清风中摇曳着，这种柔美是原始丛林特有的景观。

充满韧性的山蒟铺盖了石墙内的瓦砾堆，还稳稳当当地爬上墙头，大有一统荒村的气势，于是，一层层绿浪就在残垣间荡漾。

竹　林

东边的坡上是毛竹的天地，密集的叶子墨绿墨绿的，这样的竹子来年春天定能生发好多新竹。大凡江南山村，毛竹林是必不可少的，农家日常使用的器具当中，以毛竹为材料的占了绝大多数。你要是有了空闲，扛把锄头走进竹林，一年四季都可以挖到竹笋、鞭笋。竹林，更是山村孩子的游乐场，他们可以整天泡在里面，爬竹竿，掰竹枝，抓鸟雀……

如今，人走房空，毛竹继续疯狂生长，长到密不透风，长到忘乎所以。

好笋出园外。这句流传家乡的老话道出了竹子强盛的繁殖能力。勇往直前的竹鞭穿过坡上一幢房子墙壁的石缝。废墟上的一棵棵竹子特别挺拔粗壮，它们堂而皇之地当起了房子的主人。

小　庙

坡上，有巨岩高耸，洇染了竹荫的绿意。村民们就地取材建造房子，为什么偏偏不动这块方方正正的大岩石呢？显然，这块巨岩在村民们的心中就是神一般的存在，他们在巨岩下建了一个小庙。没有名字，没有塑像，只有一个简易的供台。当村里所有的住房都只剩下石墙的时候，小庙的屋顶却完好无损，里面挂着两个大红的灯笼。香炉上有刚烧过不久的香柄，烛台上有未燃完的蜡烛。村民们虽然搬到山下去了，可还是有人来庙里祭拜。信仰，是一种力量，一种风雨无阻的执着。

芭　蕉

谁家房子的灶头，高耸着一块大刀似的巨石，造型奇特，比之园林里雕琢痕迹明显的太湖石，多了几分天然之趣。与这块石头相伴的是绿得发亮的芭蕉树。这丛芭蕉长得比城里公园的还要粗，还要高，又绿又宽的芭蕉叶只要稍微一抖动，就带来一阵清凉。

房子的主人在满眼苍翠的大山里引种了外面的树木，会不会被人讥为多此一举？更何况，芭蕉树除了观赏，似乎没有更多的实用价值。

居住在闭塞的山村，时光被单调的生活拉扯得很细很长，细得如墙头山蒟柔韧的茎，长得如幽涧里看不到源头的水。婉约派女词人李清照在《添字丑奴儿·窗前谁种芭蕉树》中写道："窗前谁种芭蕉树，阴满中庭。阴满中庭，叶叶心心，舒卷有馀清。"

栽种芭蕉者，多少是受过古典诗词熏陶的，要不然，就是对四季更替、风云变幻、花开花落等大自然的语言特别敏感的人。

浓雾笼罩山村，雨点轻叩蕉叶，主人伫立窗前，倾听雨点和蕉叶的轻言慢语。这是一种浪漫情怀。

黄昏，案头置一盏清油灯，昏黄的光线下，主人摊开一本发黄的书，读上几页，再对着窗外的芭蕉深深地吸上几口气，寂寥的日子便多了几分清趣。

柏　树

谁家屋后的几簇姜花，墨绿的叶丛上方还顶着一簇簇雪白的花朵。长在深山的姜花，浑然不知寒冬已经来临。石墙边上的那些空地，或许是曾经的晒场，或许是曾经的菜园，如今都变成了树林。在这些树木中，最多的是柏树，长得最好的也是柏树，它们宝塔形的树冠绿得发黑，灰褐色的树干充满了力量。

在漫长的农耕时代，树木一直是建造房子与制作家具不可或缺的材料。名贵的红木、楠木做成的家具经久耐用，可是，那是富贵者的专属，对于普通百姓来说，柏树才是最为理想的木材。木质坚硬的柏树不但耐腐，而且长得快。农民们习惯在菜园边沿种上几棵，树冠过大遮蔽了阳光时，就削掉一些枝叶，渐渐地，这些柏树都具有宝塔形的树冠。

随着时代的变迁，建材和家具用料发生了巨大的改变，柏树不再那么吃香了，它们成了景观树，成了大自然空气的净化者。

大　缸

一个院子里，有一口大缸斜躺，轻轻一推，它就晃动起来。大概主人搬家时，如何处置这口缸是犹豫不决的：抬下山呢，还是遗弃在荒村？正如这口缸的姿势，有点摇摆不定。

温暖潮湿的江南，陶缸的作用是不容小觑的。贮藏粮食，本就是一个很大的难题，尤其是湿热多雨的黄梅时节，一不小心，就会发霉变质。有了陶缸，粮食就安全多了。按民间的说法，这口缸叫七石缸，能放得下七石粮食，这是缸中型号最大的。

陶缸属易碎品，在石头上稍微一磕碰，就会碎出一个孔洞，甚至整口开裂。要把这么大的缸抬上那道陡峭的石级，一定花费了不少力气，如果想再搬下山，可能费用也可以重新买一口了，更何况，陶制的大缸虽然经久耐用，可搬到山下的村庄可能就失去了用武之地。

涧　水

西边的坡脚下，有一条流水潺潺的山涧，平坦悠长，涧底是红褐色的岩石，没有一粒泥沙沉积。一块石板，两根条石，就是一座简易的小桥。走向山谷深处的小路，时而在山涧左边，时而在山涧右边。走一小段路，就得经过一座小桥。对于水，村民们是贪恋的，走出居所，几步就到涧边，可还是不满足。他们筑起了好几道小小的堰坝，直接把清流引至房前屋后。小巧别致的石桥，清水环绕的石房，让一个隐藏大山深处的小山村，竟然颇具水乡的风情。

拥有一涧清流，山村的空气变得温润宜人，人们的生活洁净美好。清晨，和煦的阳光从竹梢间洒落，亲吻着袅袅升起的炊烟。公鸡拉长腔调发泄着充足的体力。清癯健朗的老人，穿着褪了色的青衫，脸上的神情像涧水一样明净。青壮汉子抛下重重的一担木柴，汗水还在发梢抖动，他们走到涧边，掬几捧水，擦几把脸，疲乏就被涧水带走了。

石菖蒲

人们喜欢空谷幽兰，赞美她们的高洁情操。确实，兰花是深山里的隐士，在柴火日渐茂盛的今日，她们的踪迹隐藏得更深了。

石菖蒲的外形有点像兰草，虽然叶子没有兰草那么长，可因为在山涧里，尤其是在淙淙流淌的山泉旁，它飘逸的姿态足以与兰草媲美。

村庄的居住者搬离之后，"患有洁癖"的石菖蒲就没有了人为的干扰，它们绿得发亮，叶子也变得更为修长，在涧水的挑逗下，不知疲倦地跳着轻盈的舞蹈。

感觉寂寞了，它们就开起素朴的花，结出素朴的果子。

不资寸土，不计春秋。这是生长在荒村山涧里的石菖蒲的真实写照。

高粱泡

在几十天没有下雨的冬日，涧水还有这么多的流量，足见流域面积相当大。放眼望去，三面环山的岙底坦荡如砥，里边一定是一丘丘红褐色的石块砌成的田地，这些田地足够让居住在山村的人们过上温饱无忧的生活。

欲往岙底看个究竟，发现石径已经被茂密的荆棘挡住了。这些荆棘当中，高粱泡堪称独领风骚，这种半藤状灌木生发能力非常惊人，落地便生根，并且生长迅速。它的茎虽然细细的，可一旦交织成一张错综复杂的网，就是猛兽也只能绕道而行了。

高粱泡的果子非常可爱，像一颗颗红色的小玛瑙，这些小红果喜欢缀成一串串，从秋天到冬天，久久张扬在枝头。摘下几颗放进嘴里，酸酸的，想多吃几颗，牙齿已经禁受不住，只能是浅尝辄止，这也是能够让它们久久挂在枝头的一个原因吧。高粱泡也是一味中药材，用它浸酒，具有疏风清热、凉血活淤的功效。

回到家，翻阅 1986 年版的《浙江省临海市地名志》，才知道这个幽远的小山村名叫外山，当年住了 9 户人家，在册人口 54 人。

藏在水中的村庄

梅岙水库建成于 20 世纪 70 年代，它的功能由最初的灌溉和发电逐渐转向了如今的饮用。几十年"饮用水水源一级保护区"的地位让库区变成了真正的绿水青山。

站在大坝放眼远眺，只见无边的绿色在眼前铺展，一直延伸到大山的褶皱里。青山，绿水，如此亲密地挽着手，让人惊叹，让人迷恋，这是梅岙水库给我的一贯印象。

这一年冬天温度高，雨水少，几个月没有下过像样的雨，梅岙水库的水位下降了几十米，水面和山林之间出现了一大片棕黄色的斜坡，特别显眼。

沿着水库左岸的砂石路向山谷深处走去，山间那些落光了叶子的乔木在冬日的暖阳里显得特别俊朗，给葱郁的大山增添了几分骨感美。看不见鸟儿跳跃的身影，但听得见它们的鸣声，清脆，悠长，在空旷的山谷里久久地回荡。

临近谷底，耳际传来了涧水的轻声慢语。大自然确实充满神奇，缺乏雨水补给这么久，山林里还是蕴藏着流不尽的泉水。这些透明的精灵在翠绿的石菖蒲间穿梭，在青苔遍布的涧石间跳跃，带来一路清歌。

近谷底处由于地势高，除了中间涧水奔流的通道，其余的水库底均已裸露在外。当数十亩长年隐藏在水底的土地蓦然进入视野的时候，我感觉空气中氤氲着一股不可言传的娇羞，尽管它们的上方已经有小草快速萌芽，生长。

这片埋藏在水中的土地，被清凉的水流洗净了铅华，磨去了棱角，但依稀能看出它们被遮掩前的模样。几丘沿涧而修的梯田，几幢倚山而筑的石房。那些经过精心垒叠的黑褐色山石，即便倒塌了，依然残存着人们的辛劳和智慧。

当初，村人选择此地居住，确实是颇有眼光的。这里流水潺潺，鸟语花香，青山环绕，惠风和畅。当然，还有他们生存和繁衍必需的物质资源，水中有鱼虾，林中有野果，几丘梯田旱涝保收。或许，他们更看重的是这里远离市嚣，没有欺诈与纷争。渐渐地，他们习惯了"日出而作，日入而息"的田园生活，他们满足于自给自足的自然经济生活方式。

曾几何时，山外的世界发生了翻天覆地的变化，这里所拥有的优长被现代的观念所击垮，山村成了闭塞与落后的代名词，潜藏在人们心底的渴望融入现代生活的意念开始像野草般快速萌发。当这种想法与修筑水库这股时代洪流相汇合的时候，他们便开始搬离。其间诸多的不舍与留恋，无尽的担忧与惧怕，最终化为了泪光与憧憬。

他们生活的村庄，一部分迅速地被清波掩盖，另一部分则慢慢地被树木柴火所占据。今天，进入这个山谷，我的心底漾起了一丝温暖。即便是一个消亡的村子，也曾经在人类文明发展史上闪烁过一星半点的火花。

简易的砂石公路开始向山腰盘旋，难道山上还有人家？在一个转弯处，一条大黄狗气喘吁吁地跑上来，舌头伸得老长，显然是跑了不少路，接着，一辆农用电瓶车伴着响亮的嗡嗡声吃力地爬上坡来。驾车的是一位七十来岁的老汉，敞斗里坐的应该是他的老伴。

我连忙问："老人家，上面还有村庄吗？"

老汉答道："没有了，这条路是通往天竺寺的。"

天竺寺坐落在半山腰的山坳里，规模还真不小。庙门边的那口老井，井沿上有几道深深的凹痕。走进山门，大殿、侧殿、东西厢房等几幢建筑均刚修缮不久，绛红色的墙体还散发着浓重的油漆味。后院传来清亮的木鱼声和流畅的诵经声。绕过大殿一看，诵经的就是刚才路遇的老汉。老妇人把一杯热茶端到他放经书的桌子上。老汉神情专注，丝毫没有因为我的到来而暂停片刻。

老妇说，他们的老家就在水库里，后来搬迁到了山脚下。天竺寺属于原先他们那个村子的村庙，搬迁时，人们提的要求就是不要拆掉这个寺庙。他们住到寺庙里，既是喜欢山林的清净，也是为了重拾年轻时的记忆。

大概是在路上遇见过的缘故吧，大黄狗一声也不吠，趴在院子里静静地晒着太阳。

寺院东边的岩石坡上，铺排着的太阳能玻璃管，正在贪婪地吸收着太阳的热量。夜幕降临后，它们就开始释放能量，为这座深山里的古寺带来光明和温暖。

百步印象

百步岭

百步是一个大村子，名字的出处是源于村子附近始丰溪畔的"百步岭"。自古以来，"百步岭"就是天台与临海的交通干道。据说，从西面上坡，要走100步石级，东面下坡，也要走100步石级。

相传战乱年代，有人得到大量财宝，携带不便，就埋藏在百步岭。为了记住藏宝地点，他编了一句顺口溜。数年后，民间有了"百步上，百步落，金银宝贝一大锅"的传闻，四方探宝者蜂拥而至，可一直没人找到。后来，有人识破天机，断定宝贝一定埋藏在岭脚的第一级石级底下，经过挖掘，真的找到了宝贝。

这是一个有关语言的故事，当地方言中与数字"百"发音相同的有好几个，其中一个意思相当于"爬山"的"爬"。顺口溜的含义就是：走一步上去，再走一步下来，等于是回到了原地，有点脑筋急转弯的味道。

真正让"百步岭"出名的是其秀丽的风光和古老的道观。对面是山，山顶上的岩石闪着银光，清可见底的始丰溪就在脚下缓缓流淌。"江作青罗带，山如白玉簪"，一幅典型的杜甫诗意图。

道观倚山而建，视野开阔，宋代道家南宗初祖张伯端晚年钟情于百步岭，在此修炼多年，直至驾鹤西归。紫阳真人仙风道骨，被世人尊为"活神仙"。他96岁高龄那年不慎跌落始丰溪溺水身亡，尸首漂至下游的竹溪村，村子就改名为现在的仙人村。

今日的百步岭已被104国道劈成了两半，倚山的一半道观依旧，靠溪畔的一半顶上则建起了一座凉亭。

板　桥

百步村有两条自西向东流淌的溪流，一条贯村而过，称"小溪"；另一条就是始丰溪，在南面绕村而过，人称"大溪"。"小溪"流经村子东端时汇入"大溪"。水流潺潺，杨柳依依，鹅鸭嬉戏，两条溪流让村子富涵水乡情趣。

"小溪"上分布着四座桥，三座是水泥的，一座是古老的石拱桥。以前，"大溪"上有一架木板桥。十几个"人"字架插入溪水中，每个"人"字架上面支一根横木，再铺上木板。板桥一米来宽，晴天从上面走过，溪水柔柔的，清可见底，人影在水中一闪，鱼群就遁远了。

要是遇上大雨，过桥就会让人心惊胆战。

我就有过这样的经历。那是暴雨后的一个上午，我来到溪边，板桥已被冲成了"之"字形，溪水距桥面大约一尺来高，板桥随时有被冲垮的危险，两岸都站着一些观望的人。我壮着胆子走上了板桥，心里做好了最坏的打算，要是桥被冲走，就抱牢一块木板。我小心翼翼地往前走，走过一半时感觉桥还是挺坚固的，正在开始庆幸的时候，意外发生了。溪水蓝得发黑，水面上漂浮的白色泡沫随着水流不断地从桥底下掠过，让人感觉水是静止的，板桥是流动的，一阵目眩，站在桥上不敢挪动脚步。

对岸的人见了马上大喊起来："快蹲下！快蹲下！"

我如梦初醒，急忙蹲下身子，闭上眼睛，过了好一会儿，神智才恢复过来，战战兢兢地过了板桥。

每年雨季，板桥总会被大水冲垮几次，虽然村子里的山林管理得很好，可是要重新砍伐树木总得花费好多时间与劳力。板桥没有架好的时候，人们只好乘坐渡船，来往很不方便。于是，村民们想出了一个好办法，把架桥的木料用铁链拴起来，再固定在两岸的石墩上，板桥被冲垮时，木料会搁在两岸的溪滩上，大水一退，就可以快速地把板桥架好。

1990 年，"大溪"上板桥消失了，代替它的是高大坚固的水泥大桥。

每次从大桥上走过，我的脑海中就会浮现那架古老的木板桥和从板桥上走过的情景。

集　市

　　百步村的主街道呈"丁"字形，"丁"字形的一"横"东西走向，贯穿了整个村子，"丁"字形的一"竖"南北走向，一直通到"小溪"边，过"小溪"上的水泥桥再通到"大溪"上的大桥。"横"和"竖"的交接处就是"梁氏宗祠"。我没有考究过"梁氏宗祠"建于哪朝哪代，从台门边的石鼓，里面古老的戏台，屋顶考究的灰雕，可以判断祠堂不但有悠久的历史，而且保存得相当完整。

　　逢农历"四"与"九"是百步的集市日。要支撑起市集首先得有相当的人口，百步本村是一个大村子，它的西北面在撤扩并之前是一个乡，东面有三个独立的行政村，西南面是属于天台县的一个乡，从地理位置上来看，以百步为中心建立一个市集是完全必要的。

　　街道不宽，两旁店铺林立，杂货店、理发店、服装店、药店等一应俱全。每逢集市日，人流如织，街道边摆满了地摊，从农产品到各种小商品应有尽有。我喜欢百步市集上弥漫的浓浓乡土气息，熟悉的面孔，朴素的乡音，无不令人感到亲切。街上卖的特色产品当属猪肉，这里的猪肉都是家养的，味道鲜美，远近闻名，城市里的居民常专程来此购买。另外，鸬鹚捕的溪鱼价廉物美，也非常抢手。

万古苍松

一

刚挑下山的青柴，散发着新鲜草木特有的清香。拣几根柴棒当长缨，找几颗松果当作小球，摘几片柴叶卷哨子，都可玩上半天。不过，大人们看到辛辛苦苦挑下山的木柴被随意糟蹋，常会严厉制止，于是，我们只好摘些不起眼的松针来玩。

马尾松，长满松针的枝条确实很像马的尾巴。又细又绿的松针，密密麻麻地扎在松枝上。松针一般两根一组，用手轻轻拔掉一根，把另一根弯起来，针尖插入小孔，就弯成了一个水滴形的小圆环。多个小圆环串联起来，便成了一条长长的松针链。爱美的女孩子把它挂在脖子上，别有一番风味。

春季，是松针新老交替的时节，头年长出的松针完成了自己的使命，它们在柔和的东风里逐渐变黄，变枯，从松枝上轻轻地撒落下来。枝头新长的松针，清清爽爽，疏密有致。被金色的松针覆盖的山林多了几分妩媚，这些细细的松针一年之内都不会腐烂，秋冬时节，孩子们上山用竹耙收集一些，挑回家做饭时引火用，护林人是允许的。

炎炎夏日，只要蹲下身子，就会发现有几只黄色的小蚂蚁在四处游荡。如果遇到细碎的一些食物，它们就会拼命拖回家跟伙伴们一起分享。要是食物挺沉，个体的力量不够，它就会回家招呼同伴一起来搬。

逗蚂蚁，是十分好玩的。

拍一只苍蝇，拿一根松针穿好，放到地上，在松针两端分别压上小石块。做好了这些，你只需坐在边上看好戏。一只蚂蚁发现了苍蝇，它显得非常开心，就拼命地想把苍蝇拖走，几次发力之后发现一己之力不够，就围着苍蝇转几圈，马上朝蚁穴飞奔而去。不一会儿，一群蚂蚁跟着来了，它们围住苍蝇，张开嘴巴，一齐用力。它们显然没有估计到搬动一只苍蝇会这么困难，于是不断有蚂蚁去洞里搬救兵。成群结队的蚂蚁完全遮盖了苍蝇。有道是集体的力量大无比，柔韧的松针竟被一群小小的蚂蚁弯成了一张弓，可小石块显然不是它们的力量能够撼动的。几分钟后，它们终于明白这样的搬法行不通，就换成了另一个方法——肢解苍蝇。几只大头蚂蚁显然是蚁群中的大力士，它们先把苍蝇的翅膀咬断，几只小蚂蚁扛大旗似的搬走了，接着，头也被咬了下来，被松针穿透的苍蝇肚子也被咬断了……松针上大概还残留着一些苍蝇的汁液，几只蚂蚁趴在上边仔细地吮吸着。

几分钟后，地上徒留一根松针横卧。

秋冬时节的松林孕育着更大的惊喜。一些松针的底部凝结了一层类似白糖的东西，人们称之为松毛蜜。当大人把一担沉甸甸的松毛铺在空地上晒时，孩子们就迫不及待地围上去，寻找那沾满松毛蜜的松针。

天气晴朗的周末，我们就结伴去山上收集干枯的松针，其实是想品尝甜甜的松毛蜜。只要谁发现哪棵松树枝头有白花花的蜜糖，就会有一个擅长爬树的孩子像猴子般爬上去，折下几枝，让大家大快朵颐。有松毛蜜的松树自然吸引了成群的蜜蜂。那时，我们以为松毛蜜是蜜蜂酿的，后来才知道，它是松树自身的一种析出物。在光合作用下，松针的叶绿体向树体运输养料的过程中，糖类物质过剩就会溢出体外，结晶成蜜糖。不过，要是连续下几场雨，这些蜜糖就会被冲刷得干干净净。

二

建造砖瓦房的木料中，松树并非最佳，却因价廉物美成为普通百姓的首选木材，大到房梁屋柱，小到窗棂椽子，松木都是不可或缺的。20世纪70年代末80年代初，农村的生活条件有所改善，父亲就为建房做准备了。建两间二层砖瓦房，是一家人的梦想，为了实现这个梦想，全家人开始燕子垒窝般地积攒材料。先请瓦匠做一窑瓦，挖泥，做瓦，砍柴，烧窑，一年就过去了。接着，父亲自己动手做砖，一年烧一窑。与此同时，我们能有了一点积蓄，换成合适的松木料：房梁、柱子、檩子、楼板……

那年我读初二，父亲着手准备楼梯的板材，他从百步村买了一株松树，请兄弟们一起砍。我也跟了去。这棵松树长在一个叫松树坑的深谷里，离家较远，走到那里就花了半日。一条流水潺潺的山涧，从谷底延伸出来，坡上全是苍翠的松树。沿涧几丘狭长的梯田里，稻子已经收割完毕，田边笔挺的松树身上多了几个金色的稻草垛。四五幢灰褐色的石房，掩映在高大的松树丛中，鸡鸣犬吠，牛羊撒欢，小村充满了烟火气息。

谷底有一座护林房，护林人已经等候在门口。

我没见过这么多的大松树！劲挺高大，疏密有致。我也佩服护林人的胆量，竟然敢一个人住在如此偏僻的深山里。护林人说："你们不要以为这里很偏，翻过山冈就是临县辖区，如果没人看管，松树会被偷砍光的。"后来，我听说了也有一些不法护林员与偷树者合作，瓜分卖树钱最后被判刑的事。看来，只要有利可图，不管哪个行业哪个地方，总有人会铤而走险。

我们家买的那棵树长在坡上的树丛里，一点都不起眼，可是锯倒之后还真不小，叔叔们根据做楼梯的尺寸要求锯成一段段木头，短的一人扛一段，长的两人抬一段。我的任务是扛那段又细又短的树梢，起初我还看不上，可一上肩感觉挺沉的。扛到家时，我的肩膀都红肿了，有人笑着打趣："老话说，扛树不扛梢，你被他们糊弄了。"原来，树的梢部含水量多，分量相对较沉。越老的松树枝越耐烧，我想到散落一坡的松枝和松毛，这是我们村山上砍不到的好柴，感到万分可惜。

　　我们家把造房子的材料准备差不多时，山村的公路造通了，建房的材料随之改朝换代。后来，家里造了两间房子，但全是以水泥钢筋为材料，事先准备的那些青砖倒是用上了，不过煤窑烧制的红砖价格相对低廉，我们白花了好多力气。那些精心准备的松木，当作了浇制水泥板的框架用料，拆下来后只能当作柴火烧掉。母亲心里很是不舍，总是边烧火边唔叹。那一窑青瓦，在晒场边堆叠了好几年，最后贱卖给了村里维修老房子的人家。

　　千年水底松，万年梁上桐。此话并非夸张，浸在水中的松树确实能够千年不腐，古代的水中建筑就是利用松木的这一特性而建造的。杭州西湖著名景点三潭印月的三塔，基部全是松木桩支撑，迄今已近400年依然无恙，从时间来看，确实要比钢筋混凝土经久。

　　始丰溪畔的仙人村南面原先有一片沼泽地，人称烂水湖，虽然不宽，但进出得靠一座石桥。104国道通车后，烂水湖成了公路旁的好地段，村里决定把烂水湖填掉建房，可是倒下的数车石块几天后却不见了踪影，这样一来，即便当时把烂水湖全部填满，过些日子地基肯定也会下沉。怎么办呢？有人提议，用松木横架水面，再在上面填泥石。这个方法果然奏效，几十年下来，公路旁房子的地基没有发生过下陷的现象。

三

松木是烧火的好材料。松针虽然不经烧，但适合点火。松木劈成的柴爿火焰旺，还散发出一股浓郁的香，这是松脂的独特气味。松脂，别名松膏、松肪、松胶、松香，是制造油漆、肥皂、纸、火柴等的工业原料。老松树上的松脂越积越多，就会形成松脂球，如果发生地质变化，松脂球被埋入地下千万年，就变成一种透明的生物化石，叫琥珀。琥珀的形状多种多样，表面及内部常保留着当初树脂流动时产生的纹路，甚至可见气泡及古老昆虫、动物或植物碎屑，色彩斑斓，异常好看。

明代陆深《燕闲录》载："深山老松，心有油者如蜡，山西人多以代烛，谓之松明，颇不畏风。"不仅是山西人，在买不起蜡烛的年代，我们村每家每户的窗台上总是备着一堆松明。因"颇不畏风"的优点，松明不仅用作室内照明，还是廉价的小火把。伸手不见五指的夜晚，在蜿蜒曲折的乡间小路上，在犬吠声声的村头巷尾，总有一团团小小的火焰缓缓地移动着。这些手持松明火焰的夜行者，有吃了晚饭回家的手艺人，有趁夜晚的空闲去亲朋好友家串门的农人。幽寂的乡村夜晚因这些光亮而增添了几分生机。

松明色如精肉，光滑，坚硬，微微透光，十分好看。生长了几十年的松木里，是劈不出多少松明的，而生长了数百年上千年的古松，则可能整树都变成了松明。合作化时，村村建窑烧木炭。那时，父亲正在百步村的小学里读高小，大部分时间都是去参加村里的劳动。有一天，始丰溪边小山坡上的一棵老松树被砍倒，竟然全树都是上好的松明，一夜工夫，整棵树就被村民们偷偷给肢解了，就连一根松枝都没留下。幸好松脂多的木头并非烧炭的好材料，村里也没有深究。父亲是住校的，在深夜起来上茅厕时，好几次看到有人在始丰溪照鱼，那火把特别明亮，空气中弥漫着松脂的香味，他猜测做火把的松明一定是取之那棵古老的松树。

四

每年的春季，大部分松树都会开花，花粉就被称为松花，或松黄。现代中医学把松花粉的地位抬得很高，认为其营养物质丰富，在医疗养生方面的功效非常广泛，拥有"国珍"的美誉。可是，在几十年前，村民们把松花粉当作饥荒年月的救荒食物，据说松花糕吃多了还会便秘。但是不论古代还是现代，采摘松花总不失为让人感觉愉悦与浪漫的劳动。唐代"永嘉四灵"之一的姚合写过一首《采松花》：

拟服松花无处学，

嵩阳道士忽相教。

今朝试上高枝采，

不觉倾翻仙鹤巢。

　　采集松花穗，要选择好时机，过早则出粉不多，过迟花粉已散落。山上的松树花期基本相同，所以一年中也没有几天可以采的。

　　当粮食够吃时，松花粉就成了生活的点缀。母亲说做手擀面时撒上一点，面就不会粘在面床上，但这是有点奢侈的。逢年过节捣麻糍时，在表面撒上一些，色香味就俱全了，渐渐地，撒松花就成了捣麻糍的标配，因此，父亲每年都要上山采一些松花。父亲爬树本领好，他喜欢选一棵高大的结满松花的松树采。松树的枝很脆，容易折，爬到树冠后，父亲在腰上缚好柴绳，另一头绑在树干上。做好了准备工作，树上就传来了窸窸窣窣的采摘声，我怕树上撒落的松针和树皮等碎屑会落进眼睛里，就远远地站着看。父亲摘了大半蛇皮袋，就把袋口系紧，抛下来，我一提，沉甸甸的。

　　松花粉不仅细，而且滑腻，母亲不惜拿出丝绸被面来晾晒。

　　灿烂的阳光，鲜艳的缎被，嫩黄的松花粉，占尽了山村春日的无限风光。

五

不单松花好看，松树本身就是一道美丽的风景。千山万壑，四季常青的松林就是一片海洋，波浪起伏，松涛如潮，蔚为壮观。黄山，堪称中华山水的佼佼者，奇松，就是名闻天下的黄山四景之一。黄山松干曲枝虬，其姿忽悬，忽横，忽卧，忽倚，为黄山赢来了"无树非松，无石不松，无松不奇"的美誉。

外婆的家乡有一座小山叫狮子山，山上没有一块岩石，全是带黏性的红土，这样的泥土是做砖瓦的好材料，可是，山脚下就是村里的祖坟，也就无人敢挖了。几棵古老的松树随意生长，却顾盼有姿，由于土层深厚，松枝特别遒劲，松针格外苍翠。有一年，一棵松树的树冠上出现了一个大绿球，被称为"狮子球"，有人说这是凝聚了"天真地秀，日月精华"的神树，于是，村民们在小山上建起了一座庙。青松下的小庙格调高古，我终于明白松树为什么深受隐逸者的推崇了。

松，时常出现在古代诗人的诗句中，李白吟过"何当凌云霄，直上数千尺"之句。任翻夜宿巾子山禅寺，吟就"绝顶新秋生夜凉，鹤翻松露滴衣裳"之句，成了描写巾子山诗句的绝响。苏轼有"白首归来种万松，待看千尺舞霜风"之向往。贾岛寻访隐者不遇，面对苍松云海，怅然感喟："松下问童子，言师采药去。只在此山中，云深不知处。"隐者的高洁情操跃然纸上。

我时常忆起三孟村的松树林。三孟村位于天台始丰溪畔，有上孟、中孟、下孟三个自然村，而连接三个村落的，就是那一片苍翠的松树林。有了这片防护林，始丰溪洪水的威力就大大减少，对于松树林的防护，村民们是自发的。第一次行走于林间的沙石路，我就被树林里的清爽所惊呆了。脚踩在洁净的细沙上特别柔软，沙沙的响声悦耳舒爽，以至于林间小鸟的叫声也被忽略了。林间的沙地上，散布着大小不一的卵石，纤绿的青草，零星地点缀着，黄褐色的松针，随意地撒落着。一位荷锄的老翁和一位挎篮的老妪从对面走来，他们衣衫破旧，打满补丁，可是非常清爽洁净，就像林间的空气给人的感觉。

一年正月初二，在小叔的牵头下，父亲兄弟六人，再加上我，七人一起去游览慕名已久的隋代古刹国清寺。听说滩岭到天台县城的公路已经通车，我们决定乘拖拉机，必须先到三孟村过渡。虽然是冬天，可那片松林却愈加苍翠，鸟鸣不减。走出松林，就是铺满鹅卵石的溪滩。

溪边有一条小船横卧，艄公手里握着一根细长的竹篙。等我们一群人上了船，艄公用长竹篙伸入溪底用力一撑，渡船就缓缓地离开溪岸。

一阵寒风刮来，揉皱了一溪寒水，松林里传来了细密绵长的啸声，我不由得打了一个寒噤。艄公喃喃道："听这声响，要落雪了。"

那天下午，我们从另一条路步行回家，行至鹰窠岩时，空中果然飘下了纷纷扬扬的雪花。

六

静听松风寒。天寒孤寂，松涛就会被无限放大。朱自清先生初来临海北固山下的浙江六师任教时，有过这样的感受："到了校里，登楼一望，见远山之上，都幂着白云。四面全无人声，也无人影；天上的鸟也无一只。只背后山上谡谡的松风略略可听而已。"

寓居北固山麓时，我多次在寒风呼啸时穿过北固门，在时断时续的松涛声中梳理自己的心绪。

不过，听取松涛最好是在寒冷的冬夜。小时候，家乡的人们把过年做馒头的习俗看得很重。那一年两个舅舅的馒头放在我们家寄做，腊月廿六的夜晚，父亲培植的酵母已经"老"了，舅舅的馒头粉还没送到。如果等到第二天，做的馒头肯定不好，家里又没有多余的粉。母亲絮絮叨叨的，不住地埋怨舅舅。父亲决定连夜去一趟舅舅家，但要经过山高林密的大横路冈，母亲很担心，于是我自告奋勇要求陪父亲一起去。

家里有一盏电筒，怕电池的电不够，父亲又取了一盒火柴，提着一盏罐头瓶做成的简易煤油灯。翻过里庄湾，到了大横路冈，煤油灯被风吹灭了。我就用电筒来照明。父亲说电筒老开着，耗电，看清了路，就关一下。人们常说，大横路冈山高林密，常有豹狗出没。那天晚上我并没有害怕，如潮的松涛一阵紧似一阵，时而如狮吼，时而如狼嚎，其间还夹杂着尖厉的啸声，好像战场上冲锋的号角。亢奋，激动，占据了我的五脏六腑，豹狗怎么敢在这样的夜晚出来伤人呢？多年之后，我欣赏到阿炳的二胡曲《听松》，曲中荡气回肠的感觉跟夜过大横路冈时听到的松涛声是一样的。

七

松树的种族虽大，但它们经历的灾难并不少。

关于松毛虫灾的记录，最早见于广东的《龙川县志》："明嘉靖九年，大旱时连年发生，毛黑，食松叶尽而立枯，作茧松枝上，冬末乃化尽。"20世纪80年代，一场席卷浙江的松毛虫灾害让所有的松树无一幸免。虽然政府采取了喷药等措施，可是松毛虫的繁殖能力惊人，无数松树干枯而死。为此，很多山林改植杉树，松树的面积因此而大量减少。随着建筑和烧火材料的改变，山林的功用似乎回归到了制造氧气的本位。阔叶林的生长渐渐占据了优势，松树的生存空间被一挤再挤，小松树的繁殖自然就遇到了困难，再加上被称为"松树癌症"的松材线虫病入侵以及大规模的暴发，松树的生存饱受"内忧外患"。看到山中的松树一棵接一棵被松材线虫吞噬掉汁液而干枯，我心里感到特别心疼。

松，已经全方位地融入人们的生活，润泽着中华的传统文化。民间，松树坑、松树林、松树坪等以松树命名的古村落比比皆是。孔子曾赞曰："岁寒，然后知松柏之后凋也。"《庄子》有云："大寒既至，霜雪既降，吾是以知松柏之茂也。"元杂剧《渔樵闲话》道："那松柏翠竹皆比岁寒君子，到深秋之后，百花皆谢，惟有松、竹、梅花，岁寒三友。"人，对松树情有独钟，赋予松以品格，以精神；同时，松又滋养着人，激励着人，丰盈着人类的生命厚度。

松树是劲挺的、坚韧的，它们的种群定能生生不息，万古长青。

白鹭·树林

第一次来到哲商现代实验小学新校址，是一个夏日的上午。头天晚上下过一场雨，天空中，大块大块铅色的云朵，缓缓地从太阳底下移过。阳光不怎么毒辣。新校区占地300来亩，白茫茫一片，大部分还未平整，分布着数十个大小不一的水塘，其间长满参差的水草。我的脑中一片茫然。

这时，远处飘来几只雪白的水鸟，轻盈地落在碧绿的水草间，宛如亭亭玉立的白莲花。哦，白鹭，真的是白鹭！一阵激动的涟漪漾遍全身，这群白色的精灵让我无比兴奋。

这是白鹭生活的地方！

两年后的夏天，新校区终于建成了。在一个晨星寥落的清晨，我去参加新校的一个搬迁仪式，仪式结束后，天刚放亮，新校园绛红色的建筑笼罩在乳白色的晨雾之中，几只白鹭从毗邻的洛河飞起，洁白的身影在晨雾中特别动人……

开学前一天下午，我们来到新校区做开学的准备工作，骄阳似火，来不及绿化的场地上灰褐色的砂石反射着炽热的阳光，射得人睁不开眼睛，刚竖好的旗杆闪着耀眼的银光。我的心中无比沮丧，孩子们能适应新校的环境吗？他们能爱上新学校吗？

蓦地，几抹熟悉的矫健的身影进入了我的视野，那么洁白，那么轻盈……哦，白鹭，闪着银光的白鹭，圣洁的白鹭，碧空中一串和谐的音符！

对，明天我要告诉孩子们的第一件事就是白鹭。我要对他们说，新校区是白鹭栖居的地方，有白鹭做伴，我们的生活将充满诗意！

望着白鹭的身影，我仿佛看到孩子们在阴凉的树荫下读书，在如茵的草坪上嬉戏。纯洁的白鹭在喷泉间徜徉，似乎想和孩子们一起嬉戏……

二

我一直想去那一片树林走一走！

夏日里，骄阳似火，未及绿化的新校园被晒得直冒烟，那一片林子却绿得发亮，我真羡慕树林掩映的那个村庄。

每每站在教学楼的走廊上远眺，视线总被那一片林子吸引。我猜想那片林子的中间定是一条村头大道，大道旁定然摆放着一块块被磨得发亮的青石，定然有许多光着屁股的孩子围着须发皆白的老爷爷听故事，孩子们定会听得入迷抑或开心得手舞足蹈，乘凉的人们定会被孩子们的稚态逗得直笑……

夏去秋来，那一片树林在我天天凝望的目光中逐渐改变着颜色，一片"苍翠"裹着数团"黄绿"及"微红"，我知道那是一片混合林。

初冬的一个下午，我终于有机会去那片林子了，沿着校园前平坦宽阔的水泥马路向东走去，大约200米处就是那一片树林。树林蓊蓊郁郁的，透出一股深厚感，大大小小的鸟儿在枝头跳跃，大概留鸟更喜欢在冬天活动吧。我忽然感觉林子中间不会是路，因为林子上方的空气非常洁净，仿佛是滤过似的，没有一般大路上空的污浊感。

走近一看，啊，河！居然是一条河！它静静地流淌着，河水虽不能说清澈见底，但也称得上是绿水。小河的两岸长满密密匝匝的树，四季竹、田榴、香樟、溪椤，还有好多连名字也说不出的。茂密的枝叶伸展到小河上方，几乎遮盖了整个河面。一竿竿四季竹挨挨挤挤的，每一丛翠竹均有几百棵甚至上千棵，一阵风吹过，竹丛中传来"吱呀——吱呀——"的响声，可竹笋还在一个劲儿地疯长着。对岸竹荫下站立着几只鸭子，听到人走近了，"嘎嘎"地叫几声，又探头不住地张望着，生怕有人惊扰了它们的平静生活。几棵粗大的溪椤树裸露着肥硕的根，一直伸到了河水中。河边每隔十来米就有一道石阶通到河里，以利村民洗刷之需。

小河呈月牙形，绕着村子的北面和西面缓缓地流着。我沿着小河一直向上游走去，不由得眼睛一亮，只见一座水泥拱桥横跨在河面上，桥的造型是模仿赵州桥建造的，中间一个大桥洞，桥洞左右上方各有两个小桥洞。

一条黄狗蹲在桥上。

不时有荷锄的村民从拱桥上走过，俨然一幅古风犹存的民俗画。

走过拱桥，是一条悠长的小巷，远处传来公鸡的啼叫声。

村子不大，河边的一片树林就是村子的挡风墙，难怪人们把它保护得那么好！

春天来临，校园里栽下的小树新芽初绽，一片新绿与那片林子连成了一体。我感到那片树林更加美丽，更加亲切了。

蛙鸣声声

一

惊蛰过后，蛙鸣便开始装点山乡的夜色。虽是零星的一声，两声，可穿透力极强。它们在雨夜的雾气中弥漫，在月亮的清辉里飘逸，潜入了人们的梦境。

接下来的日子里，蛙鸣渐渐密集起来，到了五月，就彻底改变了夜晚的宁静。温度适宜的初夏之夜就这样被长吟的蛙鸣无限地拉长。

白天，绿得发蓝的池塘里，成群的蝌蚪甩着尾巴，聚集在水面。人影晃动，它们就遁入池水深处，过不多久，又试探着浮上水面。

塘边的青草丛中，伏着几只青蛙和蛤蟆，它们警觉性极高，听到响动就一跃而起，扑通一声跳入水中，后腿一曲一伸，就到了池塘对面，在一片平铺的浮萍间露出了尖尖的脑袋，偶尔来几声短促的鸣叫。

山乡梯田是一幅简约恬淡的田园山水画。近山的梯田，线条分明，顾盼生姿，是浓墨勾勒、皴染成的。远山的梯田，线条柔和飘逸，适用的技法是淡墨渲染，自然留白。

麦收之后，梅雨霏霏，明晃晃的梯田几日之间就洇染了淡淡的绿痕。接下来的几个月里，如此广阔的水域，就是蛙们自在的家园。梯田里，青蛙和蛤蟆的数量十分惊人，行走田间小路，跳跃的青蛙和蛤蟆就啪啪地直撞小腿，它们惊恐万状，慌忙撒一泡尿来保护自己，有点让人哭笑不得。不过，要是有谁走路时踢伤了脚趾，只要捕一只大点的蛙，撕下皮裹在脚趾上，伤口就不会发炎了。

早晨，田埂边、泥路上，都是青蛙和蛤蟆的歌台。出太阳了，它们就聚集到绿荫如盖的乌桕树下，时不时演奏上一小段节奏明快的乐段，似乎是给劳作的农人鼓劲。

夜间，这支庞大的乐队才正式演奏气势磅礴的田园交响乐，乐章时而舒缓有致，如吟如诵，时而高亢激昂，如战鼓，似潮水。自由发挥的时段到了，它们就随心所欲地鸣叫。不过，大部分时间都是组织严谨，而且还分出了多个声部，颇具大型交响乐团的风范。有时，不同山湾的蛙们展开激烈的对抗，你一阵，我一段，谁也不肯服输。

蛙们乐队在漫漫长夜里的演奏是冗长而单调的，像极了青藏高原上的藏戏，一场戏可以不断地反复，随意地增减，只有热爱这片土地以及深谙稼穑之道的人们才能真正地欣赏蛙鸣，迷恋蛙鸣。

二

蛙家族不但数量可观，其种类也不少。

栖身山间的树蛙身形娇小，背部颜色与绿叶无异，它们的动作轻盈，鸣声婉转悠扬。

小学时的一个黄梅雨季，父亲在大竹园的一丘山田插秧，我给他送午饭。去大竹园的路很难走，有很长一段路是窄窄的田埂，雨天，田埂很滑，真怕一失足跌下田坎。走完田埂，到了一段没有石级的上坡路，红色的黄泥更加容易打滑。走完上坡路，就是山间的一条横路，路很窄，浸雨的柴火沉沉地垂到路上。我披着蓑，戴着笠，好不容易来到了田头。父亲已经插好了半丘。田边是涧，涧边有巨岩突兀，遮挡了空中不停洒落的雨点。父亲坐在巨岩下，大口大口地吃着母亲做的土豆麦饼。

我们家的这丘山田面积算是挺大的，并且旱涝保收，刚分到时父母还高兴了好一阵子。田水浅浅的，这是为了方便插秧，有趣的是，每一株插好的秧苗边上都蹲着一只蛤蟆，鼓着大泡泡，快活地鸣叫着。鸣声不疾不徐，远远不及夜间的嘹亮，不过，鸣声里透着的酣畅淋漓的惬意，还是让人感受到了。烟雨迷蒙的黄梅雨天是蛙们呼吸最畅、精力最充沛的时光。沙沙的雨声，哗哗的涧水声，给轻柔的蛙鸣添加了几分缠绵。

忽然，我听到了几声尖细清脆的鸣声，在婉约柔和的雨声、蛙声、流水声里显得特别悦耳，父亲说是山蛤蟆。山蛤蟆就是树蛙。我在岩石边的柴火丛里找寻。发现几只身形娇小的树蛙伏在绿枝上，它们背部的颜色与绿叶无异，要不是唇边镶着显眼的金边，我还真发现不了它们的栖身之处。树蛙的脚趾间有坚韧的蹼，能凭借四肢上的吸盘，趴在一根绿枝上一动不动。对视了一段时间，它还是决定换一个地方，只见双脚一弹，远远地跳到了另一根细竹竿上。树蛙在空中滑翔的姿态真好看。

生活在山间的蛙并非都像树蛙这样娇小，我还看见过蛙类中的庞然大物，它有一个奇怪的名字——三脚壮，明明长了四条腿，怎么叫三脚壮呢？后来才知这种蛙的学名叫棘胸蛙。

那年，祖父得了不治之症，我的表叔送来了一只三脚壮，这家伙确实比青蛙大得多，全身灰黑色，背部十分粗糙，四肢特别粗壮。表叔对围观的人说这是大补之物，是出了名的"山珍"。困在桶里的三脚壮许是吓坏了，瞪着两只惊恐的大眼睛，愣是不敢发出一声鸣叫。

第二年夏天，我听到了三脚壮的鸣声。

赵家坑是一条山涧，涧边有一块山地，应该有些年月了，但一直荒着。那年春天，父亲每天早上天未明就起床，花了好多个早上把地翻好，种上了土豆。有村干部警告父亲，这种行为是不允许的。种好的土豆不能收获，父亲心有不甘。一天下午，父亲晃荡着两个篮子，还带上了我，说是上山捡落地梅，然后就来到那块土豆地。这是涧边唯一的一丘地，有几十米长，黑褐色的山石砌成的石坎非常整饬。躲藏的青草丛中的土豆苗已快要枯萎。父亲说再不挖就全烂了。

父亲挥锄挖起了土豆，我就帮着捡拾遗落在泥土里的土豆。此刻，我的心怦怦直跳，害怕有人突然出现在眼前。好不容易两个篮子都满了，父亲割了一些毛柴盖在上面，说先到涧边休息一下，等天色暗下来再回家。

天色越来越暗，山涧里传来几声雄浑粗犷的叫声，在幽寂的山林里显得特别吓人，我胆战心惊。

父亲说这是三脚壮在叫。

我很想让父亲去抓。

父亲说白天抓不到的，它藏在岩石缝里，只有夜里才出来。就是夜里也不好抓，因为有三脚壮的地方一定会有独眼蕲蛇。我十分失望。

几年之后，那块地分给了我们家，父亲再也不用偷偷摸摸去种土豆，我也不用胆战心惊地捡拾。每次来到这块山地，我总想再听到三脚壮的鸣声，可没有一次如愿。

后来，这块先人花费大力气砌筑的山地再次走向荒芜，低矮的灌木，高大的乔木，在耕作过的泥土里长得特别快。

涧里的流水躲到柴火底下叮叮咚咚地私语。

山涧的源头是山顶的一泓清泉，清泉边上有一条山路，砍柴的人们在清泉下挖了一个小水塘，口渴时就咕咚咕咚喝上几口，甘甜的山泉既解渴又解乏。清泉不断汇拢，水流渐渐增加，就形成了赵家坑这条山坑。这样高品质的山涧自然是三脚壮繁衍生息的好地方。但凡对生存环境的要求越高，其种族的数量肯定不多。物种越是珍稀，人们味蕾上的欲望反而愈强。于是，一些人铤而走险，冒着被毒蛇咬伤的危险，不断地向三脚壮伸出罪恶之手。2012 年，棘胸蛙被《世界自然保护联盟》列入濒危物种红色名目。

不仅仅是三脚壮，环境的变迁也让数量众多的青蛙和蛤蟆繁殖受到了巨大影响。

蛙是两栖类动物，生存环境离不开水。蛙对生态有着基本的要求，同时又反作用于生态。山乡维持了多年的蛙的生态平衡因山区人口的外流，农药、化肥的大量使用，水稻种植面积的连年减少等诸多因素的影响被打破了。

山乡昔日如潮的蛙鸣变得稀稀落落。

三

刚入城的那几年，我寓居在北固山麓。夏日，充斥于耳的是长吟的蝉鸣，冬日，卧听的则是如潮的松涛，与蛙鸣却是绝缘的。每每初夏雨后的夜晚，我就怀念"青草池塘处处蛙"的乡野，总是念想能够枕着蛙鸣入眠的山乡之夜。

当下的城市，青草固然不缺，但却不见了池塘的踪影，流水早已躲进硬邦邦的水泥路面下的管道里，更何况严重的污染，蛙儿是无法存身的。于是，蛙鸣盈耳的夏夜成了美好的回忆。

仔细找寻，城市里也是偶遇过蛙鸣的。

五月的一个夜晚，我来到灵江治水公园旁的防洪大坝散步，大坝边的活动场上已不见了人影，江滨路上的车灯光线特别耀眼，顺着光束望去，空气中悬满了小水珠。

夜色清凉如水。

沿着水泥台阶走上大坝，耳际传来了久违的动人的蛙鸣。凭栏远眺，江畔漆黑一团，只有南岸的灯塔有规律地闪烁着。一时间，我仿佛看到了无数青蛙趴在小湖旁，趴在草丛里，趴在土丘上，鼓起了大泡……

次日一早，我来到治水公园寻觅青蛙的踪迹，境况却是令人大失所望，小湖里的水几近干涸，偶尔发现几只跳跃的青蛙，但无论如何不会把它们跟昨晚的感觉联系起来。看来这儿绝不是它们繁殖后代的场所。

第二次听到蛙鸣是在市政广场。晚上 10 点钟后，自娱自乐的人渐渐散去，广场上显得十分空旷。忽地，几声清脆的蛙鸣划破了广场的宁静。我带着无限惊喜忙去找寻，发现蛙鸣来自铁丝网下的喷水池。我不知道这些蛙儿是如何找到这个栖身之所的，可以肯定地说，它们是无论如何跳不出来的。铁丝网上残留着一些零食碎屑，不知是哪位孩子掉的还是特地用来喂蛙的。

蛙鸣时断时续，我不知道它们发出的是求救信号，还是求偶信息。

后来，我换了一处居所，小区的东侧有一块十几亩的空地，应该说是一片闹市中的庄稼地。村里的农民把这片菜地经营得很好，遍地翠绿，瓜果飘香。下一场大雨，菜畦之间的水沟就明晃晃的。虽然贮水量不是很多，一入夏，蛙儿还是入住了。于是，动人的蛙鸣又回到了耳际，我恍如归到了山乡的田园生活。

没过多久，这块空地上就竖起了一幢幢高楼，蛙鸣又远去了。

人工养殖的牛蛙是餐桌上的佳肴，菜市场上一年四季都不缺，它们的个头比三脚壮还要大。有一次，我买了两只，暂养在卫生间的一个塑料桶里。

夜深人静时，两只牛蛙开始叫唤起来，如此奇特，如此响亮的蛙鸣我从未听到过。"哞，哞"，酷似牛犊的叫声。原来，牛蛙的名字源自它们的叫声。

牛蛙是外来物种。当大片浅水、湿地、池塘变成牛蛙养殖地时，原生蛙类的成蛙及蝌蚪的生存场所就大大缩减，一些地区的养殖场荒废后，很多牛蛙自由繁殖生长，直接破坏了生态环境。

四

儿子读高中时，我们在校园边租了一套房子。校园里有一个面积不小的荷塘，初夏，翠绿的荷叶就层层叠叠地遮盖了水面。站在阳台上俯视，一塘葱翠，风姿绰约。向晚的轻风里，带着淡淡的荷香，还有点点蛙鸣，这是未成曲调先有情的前奏吗？夜里，期待已久的蛙鸣连贯而深情，虽然没有记忆中的响亮，但鸣声里还是蕴含着熟悉的乡野气息。

临近高考，一只鸣声特别响亮的蛙入住了荷塘，它的鸣声虽然不及牛蛙，可音量之大、节奏感之强绝非青蛙和蛤蟆可比。附近住的学生不少，高一、高二还行，扰乱了高考生的睡眠问题就严重了。好多家长向学校反映，希望能捉住这只蛙。荷塘如此之大，荷叶如此茂盛，怎么能找到这只蛙呢？再说，野生的蛙还是国家保护动物呢。后来，不少人给学子们出主意，关紧门窗，戴上耳塞，等等。

毕竟，有蛙鸣相伴的日子，是值得大家珍惜的。

橘乡四季

春

如丝如纱的烟雨，弥漫成空蒙多姿的江南春。

浑黄的灵江水，迈着平缓的步伐，款款东行，从容中透着典雅。

春天的涌泉，山野里铺排着无边无际的墨绿。枯黄的野草，潮湿的泥土，让墨绿更显深沉。江边的山，不高也不低，坡度却不小，顶峰有巨岩耸峙。

岚雾从铺天盖地的橘园间升起，在幽深的山坳里回荡。

远处袭来一股潮湿的气流，岚雾庞大的乳白色躯体开始了缓慢地升腾，直至与山峰比肩。

春雨里的橘乡，拥有一股别样的美。

灿烂的阳光驱散了雨雾，金色的阳光洒满大地。经霜历雪的橘叶还是那么劲挺，丝毫没有要凋落的迹象。

橘园里弥漫着一股特别的清香，那是沃土与橘叶沐浴在春阳里特有的馨香。

走近橘树，馨香愈发甘美，原来枝叶间已经布满了嫩绿色的米粒般的新芽，这是充满生机和希望的小精灵。

一个新芽就是一个梦！

暮春的阳光是那么亮丽。枝头上缀满雪白的橘花。一朵朵，一簇簇，一枝枝，一树树……

人们盛赞兰花芬芳无偶，但是兰花的数量太少了，还藏在足迹罕至的深谷里。人们喜欢栀子花的洁白无瑕，但是，绽放的栀子花不到一天就会凋零。

来橘乡涌泉吧！这里漫山遍野铺展着栀子花的雪白，涌动着空谷幽兰的馨香。让我们一起随蝴蝶翩翩起舞，与蜜蜂一起高声歌唱。

让我们尽情欣赏橘乡人谱写的生命的赞歌。

夏

初夏，橘花孕育的小生命还包裹在襁褓里。

新长成的橘叶多么娇嫩啊！光滑的叶面闪着诱人的绿光，叶肉里的脉络是那么清晰，如同水灵的姑娘的脸。

那些经历了四季风雨的老叶子，选择了这样的时机隐退。她们身子一缩，蜷成一个可爱的小圆筒，轻轻悄悄地从枝头滑落，过程是那么短暂，以至于一些粗心的人不知橘树是何时落叶的。

阳光越来越强烈，橘叶的绿色开始变深。她们拼命地制造着养料，为的是让小橘子能健康快速地成长。

半大的橘子墨绿色的，在枝叶间躲躲闪闪，带着让人心动的娇羞。她的表面还是那么粗糙，也缺少光泽，就像乳臭未干的孩子。

夏天是生命繁殖最为迅速的时节，野草占据了橘园所有的空隙，虫子把枝叶当成自己的家。橘农们忙着除草，剪枝，喷洒农药……忙碌与生长是夏季橘园永恒的主题。

盛夏的阳光逐渐变得毒辣。砌筑橘垄的山石开始发烫，橘树底下的泥土干得发白，缺少水分的橘叶微微聚拢。持续的干旱让人揪心，橘农们的心里更是焦急，他们宁愿让自己在烈日里炙烤，也不愿让挂满橘子的果树受到委屈。

幸亏山脚下就是奔腾不息的灵江，带着盐分的江水是橘树的最爱。小户经营的橘农开始了艰辛的挑水灌溉，集中经营的橘场早就安装好了水泵，一根根管道从江里直通山坡上的橘林，机器一发动，龙头一打开，橘园里水柱四射，折射出一道道七彩的长虹。

经过江水沐浴的橘树迅速恢复了神采，半大的橘子也绿得发亮，它们和叶子的色泽几乎一样。

有了橘农们的辛勤庇护，成长，便成了橘子唯一的信念。

秋

秋天，最美的色彩莫过于金色。

金秋时节，橘乡涌泉到处涌动着迷人的金色：金色的江水，金色的沙滩，金色的橘园，还有金色的笑脸，连轻风也是金色的。

金色的橘浪，翻滚在辽阔的江畔田野里，舞动在连绵起伏的山冈上。

苍穹，青山，金色的大地……橘乡的秋天成了一轴唯美的画卷。

走进橘园，你会惊喜地发现，满树翠绿的叶子变得稀疏了。一个个金色的蜜橘紧紧地挨在一起，橘枝几乎垂到了地面。幸亏橘枝的柔韧性堪称果木中的佼佼者，才能支撑得住一树几百斤的重荷。端详枝头的橘子，竟然有一种透明的感觉。

脑海中忽地蹦出了"累累硕果"这个词语，徜徉在满眼金色的橘园里，我不知道是该赞叹祖先造词的准确形象，还是该感谢智慧而勤劳的橘乡人对这个词语做出了如此生动的注释。

金秋的橘乡，除却视觉的冲击，还有味觉的享受。迫不及待地摘下一个橘子，发现橘蒂处竟多了一个小孔。橘皮太薄太脆了，几乎包裹不住饱胀的橘瓣，剥起来反而不怎么方便，不过别急，就带皮吃也别有一番滋味，要不怎么叫"临海一奇，吃橘带皮"呢？满口都是甘甜的橘汁，几乎没有残渣，无须咀嚼就滑入了喉管，即便肚子圆了，感觉还是没有吃够。

冬

霜风凄紧，万物萧瑟。

大地似乎是沉沉地入睡了，色调也变得灰暗，橘乡却还珍藏着别样的欣喜。晚熟的蜜橘正散发着特有的浓郁清香。

有几种水果能够坚持到冬天才成熟呢？

随着严寒的逼近，万物为了减少消耗，无奈地把生命的活动场所收缩到地下。然而，橘树的叶子却绿得发黑，绿得发亮，丝毫没有因为寒冷而收敛自己的生命活力。

橘树深沉的绿虽然单调，但铺排在广阔的山野里，自然成了冬日里最美的风景。

橘农们并不因为寒冷而闲着，他们忙碌在橘树丛里，精心地给橘树施肥，修整橘园。

橘农的辛劳，橘叶的坚守，为的是让橘树来年春的萌芽，夏的勃发，秋的成熟，能够更加精彩。

江流减缓了前行的步伐，橘乡的冬天让她无限留恋。

寒风从橘园里吹来，带着春天的气息，带着无限的希望。

思绪，在风铃声中飞扬

一

来到福泉寺巍峨的本焕塔下，人，陡然间就觉得渺小了。

本焕塔因地宫里安奉着本焕长老的舍利而得名，也因此而闻名。中国佛门泰斗本焕长老秉持爱国、爱教、爱众生的大情怀，毕生践行着"不为自己求享乐，但愿众生得离苦"的修行境界和大乘精神，造就了一个"百年传奇"。高僧圆寂后，泰国、柬埔寨、老挝、尼泊尔等国家的大寺庙争相恭迎舍利。在国内，有机缘安奉长老舍利的计10省市20座寺庙，福泉寺是浙江省唯一的一座。福泉寺与本焕长老的因缘，一是离不开寺庙1400多年的悠久历史，二要归功于高僧灵源禅师。两位高僧同属虚云长老的法脉，而灵源禅师的故土就在福泉寺对面的前山村，旧称蟾山村。

通往地宫的门紧锁着。

我沿着逼仄的楼梯，开始登塔。可能是门窗紧闭的原因吧，高大宽敞的塔内竟十分闷热。登上了 11 楼时，我已经大汗淋漓。拔下长长的门闩，打开朱红色的木门，一阵清风迎面扑来，带来了沁人心脾的凉爽。随清风而来的，还有那高悬的风铃发出的"叮当，叮当"声，悠远飘忽，如同梵音。

契经说："供'铃铎'于塔庙，世世得好声音。""铃铎"就是风铃。洛阳伽蓝记五云：旭日初开，则金盘晃朗；微风渐发，则宝铎和鸣。

塔越高，檐角的风铃就越能捕捉到风的踪迹。

清雅的风铃声，能够安抚一颗颗浮躁的心。

倚栏俯瞰，福泉寺井然有序的建筑立在葱茏的草木之间，显得特别恢宏。

放眼远眺，群山苍翠。

羊岩山、玉峰山、赤峰山，三座海拔近 800 米的山峰成鼎立之状，围出了一片狭长的被称作"大石垟"的小平原。蜿蜒曲折的十三罗溪如一条青罗带，飘荡在大石垟的腹部。清溪两岸，十里沃野，禾苗青青，果木成林。大小不一的村庄，星罗棋布般分布在小溪边、山坳里、山腰上。此番景致，像极了《桃花源记》里的描述："土地平旷，屋舍俨然，有良田、美池、桑竹之属。阡陌交通，鸡犬相闻。其中往来种作……并怡然自乐。"

福泉寺所处的山冈十分平旷，古名馥泉山，俗称白鹤殿山。站在对面的羊岩山上看过来，山形如覆船，又如梭背。白鹤殿山后倚玉峰山，东为金钟山，西为栖静山，视野开阔，风景如画。地势虽平，但要建一座大寺庙，还必须有充足的水源。让人称奇的是，寺里就有一口深井，井里有清泉，而且常年不涸，传说跟某个龙潭是相通的。井水馨香四溢，故名馥泉。寺最初名为馥泉院，修建之后改为福泉寺。

二

一场骇人的台风已过去两天，强盛的气势渐渐消失，可来自海洋上空的暖风还是时断时续地吹来。空中的流云形状多变，如轻盈的棉絮，或如沉重的巨岩，从东南的天空流向西北高耸的玉峰之巅。

三十多年前，大石中学校园就建在福泉寺旧址上，我就读时，学校的大部分功能区都已经搬到了山脚下，山冈上的房子成了男生的宿舍。以一个山村孩子的眼光来看，山背上的建筑群还是挺上规模的。如今寺前的大花坛和文化广场就是当年闻名全区的大操场，东边是一个200米跑道的田径场，西边的一大片则空着，上面长满了一寸来长的俗称"草筋网"的青草，极具柔韧性，踩上去柔柔的，一点儿也不绊脚。操场边缘是乱石叠砌的石墙，不高，几乎和操场相平。

晚饭后，坐在略微平整的石块上看书，听校园喇叭里播放的流行歌曲，确是一段美妙的课余时光。大操场北面是一堵二三米高的石坎，上面平地上有三幢成"一"字形排列的平房，是由教室改造成的宿舍。平房后面是乱石砌成的围墙。走进围墙的小门，先是一排平房，这是由食堂、办公室、教室改造成的宿舍。走过平房，就是那口常年不涸的古井，边上放着一个小铅桶，上面系着一根长长的绳子。夏日的夜晚，夜自修结束后，好多同学围在井边，轮流打上清凉的井水洗脸，洗脚。走过古井，就到了由"大殿"改造成的大寝室。殿前和水井的北面都是一块块菜地。厕所在大殿后面的竹林边上，通往厕所的小路杂草丛生，没有路灯，怪吓人的。

厕所东边又是一道石砌围墙，上有一扇木门。走出木门，向下走五六级石阶就到了另一个园子，四面石墙，黄褐色的石块形状很不规则，大小更是不一，带给人无尽的荒凉之感。高一块低一块的菜地，泥土明显不及井旁的肥沃。劳动课时，我们把一桶桶粪便和井水小心翼翼地抬进木门，走下石级。专门负责种菜的那位后勤员工就给青菜浇上一勺勺的肥料。他在施肥时，我们就沿着围墙跟走走，总希望能在墙脚下黄褐色的乱石堆里有什么意外的发现。园子里要是不种上蔬菜，让人会觉得是到了沙漠中的残垣。原先，这里一定是馥泉院的菜园。古代僧人的生活该是单调清苦的。

得知我们住宿的地方就是寺庙的大殿，好多同学吓得不敢睡觉，有些甚至想转学。生活指导和班主任苦口婆心地给我们讲道理："不管是神还是佛，都是人造的，其实并不存在，根本用不着害怕。换一个角度说，即便真的有神和佛存在，那也是保佑我们的，绝对不会害人。学校的一届届学生，都是住过大殿的，考上大学的有一大批呢！"

时间一久，我们就不再害怕，心里祈祷在神灵的庇护下，能够考上好的学校。

中考前夜，不知是天气太闷热，还是心里过分紧张，半夜了，我还是辗转反侧，难以入眠。要是整晚睡不着，第二天的考试肯定就完了！听到同学们均匀的呼吸声和呓语，我开始烦躁起来。忽然想起大殿前的古井，我急忙来到井台，打了一桶井水，喝了几大口，再把全身上下地冲了一通。回到床上后，竟不知不觉睡着了。第二天上午，感觉头脑特别清醒。

宿舍的四周，是大片大片的茶林。

傍晚，我们时常沿着平坦的小路走向茶林深处，一边交谈或者背书，一边看那些忽飞忽落的小鸟。远处，长着几棵高大的圆球状的杨梅树。树旁，有一座低矮的石头房子。暑假前，杨梅熟了，绿叶丛中缀满了紫红色的杨梅，让人垂涎欲滴。不过，我们从来不敢走近去采摘，除了害怕石屋里藏着看护的人，还惧怕杨梅树边上那几柜覆盖着稻草的棺材。

三

走进寺门时，在修篁遮盖的石径上，我向寺里一位年轻师父打听古井的位置，跟他有过简短的对话。师父进寺两年有余。当我说三十年前我在寺里住过的时间比他还长时，他只是笑笑，说："来寺里游玩的本地人，大都是在这所学校读过书的。"或许，这位外地来的师父并不知情，当时能来区中学读书的人其实并不多。我就读的小学那年毕业生近80人，考入这所区中学的仅3人。尽管学习条件异常艰苦，但师生的热情却非常高。好多学长刻苦学习的行为给我树立了榜样。老师经常提到的学长李献国，在我们学校读了两年制高中，竟然考上了天津大学。进了大学之后，学长并没有松下劲儿来，铆足劲儿突破了自己的短板——英语，以优异的成绩考取了公费留学。打开手机一查，昔日的校友已经是加拿大滑铁卢大学的终身正教授，还是一家国际著名绿色能源刊物的主编。李校友2007年受聘为中国教育部长江学者讲座教授，2008年，被评为加拿大工程院院士。

在漫长的历史文化大河中，宗教活动在传承与发展人类文明史上的功用是不可低估的。从这一角度看，学校与寺庙似乎存在着某种共通之处。新中国成立初期，好多寺庙都曾被改建为校园。

新修建的福泉寺，除了宗教活动的功用之外，还是当地一个文化活动中心。

白云飘浮，铃声悠扬，一群圣洁的白鹭，从高塔边上轻盈地飞过。

向晚的轻风中，灿烂的霞光下，福泉寺弥漫着一股让人心灵澄澈的静穆与亮丽。

箬竹隐深山

一

　　家乡地处临海和天台交界的山里，从传统习俗看，具有两地兼容的特色。拿过年吃的主食来说吧，去临海的亲戚家拜年称"啜馒头"；到天台的亲戚家拜年称"啜粽"。村里人呢，过年前习惯既做馒头又包粽子，这样可以随客人的喜好挑选。

　　逢年过节，请人帮工，天台人都用粽子招待，他们称包粽为"裹粽"，十分形象。用粽箬将在水中浸泡了几个小时的糯米一层一层包裹起来，再用撕成细条的棕榈叶缠紧、系牢。裹粽的关键是把握好松紧度，过紧，裹在里面的糯米吸收的水分不够，部分米粒就煮不熟，夹生的粽子不能吃；过松，米粒吸水太多，与糯米粥无异，口感全无。如若馅里要添加红枣、猪肉、豆沙等馅料，裹粽时的松紧程度又有着细微的变化，至于怎样合适，就全得凭经验了。家住天台的阿姨说，擅长裹粽的妇女，过年前就成了大忙人，很受村民的欢迎。

煮粽，得讲究火候的把控，否则就会前功尽弃，天台人称这个过程为"闸粽"。闸，本义是用来控制、调节通过的水流的建筑物，引申到煮粽，指的是要把握好火候，一大锅放了粽子的水烧开后，就要改为文火，让锅里的水保持一定的温度但不沸腾。粽里的每一粒糯米在适宜的水温里慢慢膨胀，变熟，变糯，融合，直至"你中有我，我中有你"之境。

家家户户的廊檐下挂满了大小不一、形状各异的粽子，年味自然就浓了。正月里，客人来了，取下一挂，放在开水里热乎一下，硬邦邦的糯米就恢复到最好的状态。解掉棕榈叶，剥开层层包裹的箬叶，晶莹剔透的糯米闪着玉石般的光泽，蒸汽把浓香往你的鼻孔里塞，没有谁能挡得住诱惑了。淡粽、豆沙粽、肉粽、红枣粽……都想尝个遍，怎奈肚子已经撑不下了，不过别急，回家时，亲戚总会从廊檐下取一挂两挂，让"啜粽"的客人提回家。

其实，我们村里的好多妇女都是天台嫁过来的，包括我的母亲，她们也会裹粽。大竹园等不种小麦的冷田里年年插种糯稻、粳稻，故裹粽的糯米也不缺，缺的是粽箬。村子附近山上的竹子种类不少，数量更是多得惊人，用漫山遍野来形容是不为过的，但是，却很少看到箬竹的身影。虽说粽箬可以到集市买，可在村人眼里，不管价格如何，他们都认为花这钱不值。

村人平时裹粽所用的粽箬都是翻山越岭去玉峰山麓亲手采摘来的,一次摘来得用好几年。粽箬裹了一次如没有破,洗净晾干留着下次继续用,不过,第二次用时,箬叶的清香就减弱了。于是,每年裹粽时,人们总是羡慕家住玉峰山南坡的人家,近水楼台先得月,采摘箬叶就像我们村上山拔山笋那么方便。他们每年都适时把最好最大的箬叶摘走,等到路远的人去摘,就只能摘到小片的箬叶了。有了充足的箬叶,自己用起来随心所欲不说,还可以直接落市卖,或者做成各种箬叶制品卖,大有"在山靠山"的意味了。

二

一年冬天,我跟着小叔去吃喜酒,是我的一个表叔结婚。表叔家在玉峰山南坡的梅家山。因为是远亲,平时走动并不多,只在婚丧嫁娶时才有来往。午饭后,小叔说要出去走走,让十二三岁的表姑带路。我们一拨人先走到岭上蒋,这个村子比梅家山大不了多少,可我们都熟悉这个村名,因为村里有一个卖斗笠的,每年都要到我们村来卖箬笠。箬笠叠起来像两座小宝塔,摊到老溪椤树下的水泥平台上,就变成满满的一地。市场上卖的竹笠一般都用金黄的竹篾和油纸做成,虽然轻巧但不耐用。岭上蒋人把竹篾换成了山竹的竹青,油纸换成了玉峰山上采摘的箬叶,颜色好看,戴上就有竹香萦绕。斗笠是农人们必备的农具,更何况这样的箬笠经久耐用，你一顶，我两顶，不久，水泥平台就空荡荡了。去地里干活刚回来的，就埋怨卖箬笠的怎么不多挑几顶。岭上蒋人一边整理挑子一边答："路远，多了挑不动，你去兰桥落市时，顺便经过我家，新做的箬笠由你挑。"

我们又去了一个只有三四户人家的焦地村。村里有个卖糖客，十天半个月就要来我们村一次，我们都叫他焦地客。来村里的卖糖客不少，可人们说焦地客卖的麦芽糖干净，不粘牙，专挑他的买。他的麦芽糖用箬叶包裹着，要切糖了，就小心地掀开箬叶，先用切糖刀控制好厚薄，再用小锤子一敲，一声脆响，一片糖就蹦下来了。换糖的孩子大叫：少了，还是上次多！卖糖客就小心翼翼地再磕下一小片，就赶紧把糖包裹起来。箬叶，不但在麦芽糖上留下了清香，还充分发挥了防潮功能。

焦地客甩拨浪鼓的技巧娴熟，能甩出多种鼓语，时而短促热烈，似乎在喊：我的糖又脆又甜，要换的快来。时而清脆绵长，仿佛是提醒内心犹豫的人：要换糖就抓紧，马上要挑走了。加上一两声充满磁性的雄浑的男高音吆喝：凉鞋儿、塑胶底儿、牙膏壳、猪毛羊毛换糖喽——

这是挡不住的诱惑。

我们没有遇上焦地客，但在焦地边上的枫树头村看到了那棵高耸入云的大枫树。

回来后还没到饭点。帮工的人都在忙碌，洗菜的，切肉的，烧火的，屋子里飘出了粽子的香味，我不禁咽了一口口水。小叔对表姑说："你带我们去后山看箬竹吧。"表姑抬头看看天，说："恐怕来不及了，山挺高的。"

小叔说："我们走快一点。"

他们怕我走不了，想让我留在家里。我硬要跟去。

经过一座山庙，表姑说庙里有一尊神像，没有头，但她知道头像藏在哪里。我们很好奇，让她带我们去看看。庙不大，里面就一尊神像，没有香炉，也没有烛台，应该好久没有人来供奉了。表姑让小叔把供台下的一块石头搬开，竟出现了一个洞，我们一个个轮流看，确实藏着神像的头，但光线幽暗，不是很清楚。小叔看我走不动了，就说山还很高，让我先原路返回村里。我有点犹豫。表姑说："你先回村里等，回家时我给你编一个漂亮的箬叶篓子。"我心有不甘，可这么高的山显然不是七八岁的我能快速上去的，只能不舍地折回村里。

民国《临海县志稿》记载："玉峰山俗名白石尖，势凌霄汉，绝顶处望天台华顶、郡城中山皆在目前。"

玉峰顶尖近百米均是岩石。远远望去，银白色的山峰在阳光下熠熠闪光。近看，一块块巨岩造型奇特，错落堆砌，有"一夫当关，万夫莫开"之险峻，故有一段时间，玉峰山顶被绿壳（土匪）占据。玉峰成为绿壳巢穴的另一原因是峰顶藏着好多可以栖身的洞穴。传说玉峰有七十二洞，找到三十六洞就会才智超人，找全七十二洞便可得道成仙。顾名思义，"响洞"内，你只要随便发出一点声响，就会余音袅袅。更妙的是洞内有一泓清泉，甘甜爽口，游览者总不忘带一壶水回家，传说可延年益寿呢！"观音洞"传说是观音曾经修行过的地方，它坐落在峭壁之上，凡人只能可望而不可即了。关于"米升洞"，流传着这样一个故事：古时候，玉峰山上住着一个和尚。米升洞每天都有满满一升米，第一天取了米，第二天又满了，刚好是和尚一天的粮食。一位财主得知了这个秘密，想把洞占为己有，就借故把和尚赶走。后来又嫌洞不够大，就叫人把洞凿大。洞凿大后，米却一粒也没有了。

玉峰山上最耐看的还有古木。山坡上，岩石缝里，甚至是悬崖上，都不乏古木的身影。那虬屈着的千年古松，硕大无比的杂木树，堪称一座天然的根雕、盆景博物馆，幸运者还可在林间找到名贵的药材——灵芝。

由于海拔高，气温低，玉峰山上的杜鹃开放要比别处迟，但却更艳、更美。给人们带来"长恨春归无觅处，不知转入此中来"的感慨。

小学时的春游，三年级以上的同学几乎每年都要攀登玉峰山，到达顶峰，大家都要攀爬给飞机当航标的三角铁架，似乎只有爬上铁架，才算真正登顶。我们感兴趣的还有顶峰周围的小松树。这些松树是飞机撒播的，树种不同于本地的马尾松，树形像一个个浑圆的带刺的绿球，因为松针短、粗、硬，扎到手上如同针刺。

我也时常擦亮眼睛寻找箬竹，可除了一些常见的山竹，就是不见箬竹的身影。

二十多年前，友人相约，从玉峰山的南坡登山，因为那时西坡的登山之路已完全被荆棘和那飞机撒播的松树封锁了。南坡的路明显要比原先西坡的路陡，但毕竟还能勉强走人。我们避开荆棘，绕过刺人的松针，好不容易才登顶。朋友掏出新买的手机想打电话，可信号十分微弱，只好作罢。天气很好，山顶上没有缭绕的雾岚。我站在三角铁架旁俯瞰，希望能看到成片的箬竹，但还是以失望告终。友人们也说从没到玉峰山采摘过箬叶。

青山莽莽，山风阵阵，箬竹藏匿在玉峰山的何处呢？

三

几年前的一个夏天，我回到老家，有人采摘了上好的箬叶，说如今玉峰山南坡的好多村民都出去住了，箬叶没人摘了。很多人就坐不住了，每天都有结伴去摘箬叶的，并说现在不去摘，以后就走不过去了，说得人心痒痒的。我也决定跟着一起去摘箬叶。

十余人一大早就出发，路旁的树叶和柴火上布满了白茫茫的露水，早醒的鸟儿在林间欢快地鸣叫，被人一惊便振翅飞向远处，震落了几颗露珠。翻过里庄湾后面的山坳，穿过了大坑的毛竹林，我们来到了茶林旁的护林房。茶林已经无人管理，茶树越长越高，和山上的杂木树连成了一片。没人打理的护林房，屋顶已经坍塌，只剩下四面的石墙，东墙根的水缸还在，清泉从豁口溢出，在缸壁上流淌出好看的水纹。水是从竹简流入缸中的，显然是采摘箬叶的人刚架上去的。南墙根，几块供人们休憩的石头被轻风山雨清理得干干净净。房子周围那几块山地，已经被青草和柴火占领，不见了当年的模样。

一行人中大部分都是曾经采摘过箬叶的，他们说几年前通往长箬竹那个山脊的山路已被柴火占领了。于是大家决定先走通往玉峰的路，再从山顶下去，这样不至于迷失方向。爬上长满茶树的山冈，玉峰就清晰可见了，朝阳中，她依旧闪着银光。有人说，要翻过一个山脊，再往下走，才能到长箬竹的地方，但山路已经无影无踪。我们只好看准方向钻进了茂密的山林，幸亏有几个人带了柴刀，他们走在前边，不停地把挡住去路的柴火砍掉，我们才得以缓慢前行。一路披荆斩棘，可最后的结局还是：此路不通。

有人提议，还是先从落山茶下山，走到梅家山，再向上爬。这样就得多走好多路，可是大家都拿不出别的办法，只好采纳。

焦地村的老房子已破烂不堪，大概很久没人住了。枫树头村大枫树的叶子茂密了好多。梅家山村倒是造了几幢新房，可大门都紧闭着。村民们外出挣了钱，总会在老家造几间房子，备好自己的终老之地，这是人之常情。表叔一家早就住到了宁波。当年鸡鸣狗吠的情景已经一去不返，荒芜的气息笼罩着这几个曾经让我十分向往的村子。潮水，产生于浩瀚的大海，但冲击最为严重的往往是海边。无数偏远的山村就是商品经济大潮的首冲之地，它们的消亡也只是时间问题。

长箬竹的山岙，与登玉峰的路相隔几个湾，难怪当初表姑说我是走不到的。

到达目的地已过9点，顾不上休息，大家马上分散开了。

玉峰山的箬竹，比我见过的最细的山竹都要细，大多数箬竹一米来高，长在灌木丛中的也有高达二三米的。无论多高，近根部都只有筷子般粗。箬竹的叶子相比其他竹子明显要稀疏得多，甚至一节就一片叶子。靠下的叶子都不宽，越往竹梢，叶子就越宽，顶端的几片最宽最长，就是我们要摘的叶子。

山风拂过，一片翠绿舒展在纤细的箬竹上，如同一面面飘扬的小旗。

箬竹临风的姿态好美！

我曾经在城市园林古色古香的建筑前后看到过人工栽培的箬竹，叶子密密层层的，但变小了，颜色黄恹恹的，似乎是得了病。或许，叶大招风，箬竹只适宜长在背风的又有充足阳光的深山里。

如果你的要求不是特别高，伸伸手便可摘到好多箬叶，如果想挑又长又宽的箬叶，那就要寻找没人采摘过的竹丛。在箬竹林里穿行，要提防的就是竹叶青，这是一种体形小巧，颜色与翠竹无异的毒蛇。有时，靠得很近了才发现它不停伸缩着纤细的舌头，不由得惊出了一身冷汗。

过了两个小时，大家的蛇皮袋都鼓了，于是有人大声招呼："可以回家啦！太沉了背不动的。"

背着箬叶走山路确实不太容易，大伙儿走起来更加吃力，每个人的手上、脸上都留下了被茅草、荆棘划破的伤痕，浸了汗水后特别疼，可看着沉甸甸的箬叶，收获的喜悦还是写在每个人的脸上。我们在水缸边洗净手和脸，掬几捧清泉入口，再找个阴凉处歇息。

母亲把新采的箬叶浸在清水里，轻轻刷去附着在叶片上的尘垢，再把二十来片差不多大小的箬叶叠在一起，用棕榈叶系紧，一沓沓排在廊檐下，压上几根竹筒，让它们慢慢阴干。她把最后一叠箬叶拿在手里，说家里有刚碾的糯米，红枣、鲜肉也有，问我喜欢吃什么粽子。

我说什么都别放，就吃新鲜箬叶裹糯米的淡粽。

杜鹃鸟山歌

杜鹃鸟，叫落垟，看牛小弟哭亲娘。

自己亲娘多少好，讨个晚娘硬心肠。

杜鹃鸟，叫落垟，看牛小弟问后娘。

哪株毛竹好做箩，哪株毛竹万年长。

杜鹃鸟，叫落垟，唱支山歌劝爹娘。

自古苦难出孝子，含口宠儿变畜牲……

节选自临海民歌《杜鹃鸟山歌》

　　每年的清明、谷雨、立夏、小满时节，降雨显著增加，山野里百草泛绿，万木吐翠，处处响彻着杜鹃鸟悠长的鸣声："布谷！布谷！"王维的《送梓州李使君》对这一情景作了描绘：

　　万壑树参天，

　　千山响杜鹃。

山中一夜雨，

树杪百重泉。

　　杜鹃鸟采用"借巢下蛋"这种特殊的繁殖方式，数量并不多，但它们的叫声极富穿透力，一处山林里只要有两三只互相应和，便足以发出荡气回肠的叫声。

　　两个月后，杜鹃鸟当起了山间的隐士，鸣声也销声匿迹了。

　　很久以前，人们就听懂了杜鹃鸟的语言。最感人的莫过于"望帝春心托杜鹃"的故事。传说望帝杜宇被迫让位给他的臣子鳖灵，自己隐居山林，死后灵魂化为杜鹃。望帝是历史上的开明皇帝，生前关心百姓疾苦，非常重视农业生产，化作杜鹃鸟后仍然挂念着百姓，清明过后，便日夜啼叫："早种苞谷！早种苞谷！"催促人们快点播种，莫要误了农时。善良的人们不仅听出了望帝对百姓的深情，还领会了蕴含其间的哀怨、思归之情："不如归去！不如归去！"

　　家乡地处浙东山区，人们把山间的小平原称之为"垟"，"垟"里都是种植稻谷的田，不过大部分田都要等到降雨时才能有水做田。有经验的农人都清楚，当杜鹃鸟的鸣声越来越近，一场大雨就会来临。每年的春夏之交，山谷里弥漫着乳白色的浓雾，杜鹃鸟的叫声显得格外清脆、撩人："格公，格婆，秧长麦芽！"农忙到了，梯田里成熟的麦子必须在梅雨前抢收完毕，再趁雨季耕好水田插上秧苗。一旦错过时间，不但麦子会发芽变质，水稻也无法播种。

收割与播种时节，大人们忙，失去亲娘的看牛小弟更是到了一年中最难挨的时日。大路旁，田坎上，青草沾满了泥浆，只能把牛赶到山上去，耕作了大半天的耕牛胃口不好，吃不下山间的老草，回到家里肚子还是瘪瘪的，于是，父亲的责骂，后娘的白眼便接踵而至。劳累把父亲的脾气变暴躁了，他举起赶牛的竹鞭狠狠地抽打下来。后娘在灶台边不停地数落。弟妹们在边上做着鬼脸……

受尽屈辱的看牛小弟无处诉说，只有在那无人的山谷，他想起了早逝的母亲，禁不住放声大哭起来，回应他的只有杜鹃鸟轻柔的抚慰声："不哭，不哭！"尽管这抚慰声里充满了凄怨，也不啻是对看牛小弟莫大的安慰，给了他生活的勇气。日复一日，年复一年，看牛小弟在杜鹃鸟的叫声里终于长成了壮实的汉子，劳动的好把式。

又是一年的黄梅雨季时，山谷里雨雾弥漫，杜鹃鸟的催促声就响在耳畔："格公，格婆，秧长麦芽！"浓雾里传来了农人对耕牛的吆喝声，还隐隐传来了就像自己影子一样的看牛小弟的哭声……壮年男子不由得触景生情，产生了一吐为快的愿望，于是，山野里响起了中年男人高亢浑厚的歌声。

长歌当哭。

如泣如诉的歌声里有对亲娘的怀念："杜鹃鸟，叫落垟，看牛小弟哭亲娘……"歌声里有对父亲的诘问："问爹为啥心各样，那个不是爹爹生？杜鹃鸟，尾巴长，问爹为何心两

杜鹃鸟山歌

一

223

样？"歌声里有对后娘的埋怨："自己亲娘多少好，讨个晚娘硬心肠。"

《杜鹃鸟山歌》采用家乡常见的哭灵的腔调，蕴含着农人生活的艰辛，命运的坎坷，但却"哀而不伤"，唱出了农人们心底的愤懑，鞭挞了社会上贪婪、自私的品行，寄托了对未来生活的向往。朴素而直白的山歌通过一代代农人的口耳相传，流传范围越来越广。

我最早听到这首山歌是在雨雾迷蒙的插秧时节，唱歌的是村里的护林员根叔。根叔从小是个孤儿，童年时所经历的磨难比歌声里的看牛小弟有过之而无不及，从他口里吐出的每一个音符都蕴含着难以言说的伤感。根叔是一个好人，我们兄妹在集体的山上捡松果时，他不但没有训斥，反而帮我们挑了好长一段山路。

最近一次听到《杜鹃鸟山歌》是在市非遗中心举办的演唱会上，家乡的一位民间艺人投入的演唱把我带到了雨雾弥漫的插秧时节，但我觉得不如根叔的歌声那么富有感染力。

阳台二题

水葫芦

在我的印象里，水葫芦是喜欢漂泊的物种，更何况，它本来就是舶来品。

1884 年美国新奥尔良世界博览会上，水葫芦被誉为"美化世界的淡紫色花冠"。自此以后，它们就开始漂泊，被地处热带、亚热带地区的数十个国家引进。每到一地，其先是因观赏性强和净化水质的功能受到热宠，接着因泛滥成灾而被冷落，被遗弃，最后沦为真正的漂泊者。

水葫芦漂泊的姿态堪称优雅：平静的水面上，它落落大方；湍急的水流中，它也绝不会惊惶失措，最多也是采用侧身的姿势来维持平衡，让人想起了技艺高超的滑冰者。

与水葫芦结缘，是因我家阁楼外有一个 6 平方米左右的露天小平台，装修时没想好怎么利用，就一直搁置着。不料，通往落水管的小圆孔慢慢被尘土堵塞，一下雨，露台上就开始积水，足有 10 厘米深，成了一个小小的水池。不知什么时候开始，水中有泥土淤积处竟长出了几棵香蒲，一尘不染的绿，煞是好看。在几十米高的水泥阳台上冒出这么鲜活的生命，自然是令人欣喜的。要是翠绿的香蒲能够铺满小水池，肯定比普通的盆景要好看得多。尽管香蒲是水草，可也不能凭空长在水里，它需要泥土扎根。于是，我陆续从江边的空地上挖来几袋泥土，均匀地撒入水中。香蒲的繁殖能力很强，不久之后，水池里长满了一簇簇长剑般的叶子，虽然没有铺满整个水池，但给人的是一种不事雕琢的美。可是，好景不长，酷暑来临，池中的积水日渐减少，香蒲的叶子慢慢变黄，直至全部干枯。

每年初夏，香蒲都会重新发芽，盛夏时又被晒干。一年只有两三个月铺排着绿色，不免让人意犹未尽。

今年春日的一天，保安在小区门口拦住我，说楼下的住户让我把顶层的水管疏通一下，因为楼下刚在阳台上装了一个雨棚，一下雨，我家的水就从避水管溢出，落在他的雨棚上，噼噼啪啪直响。如果把小圆孔挖通，就意味着水池会消失。最后，我干脆把避水洞也给堵住。这样一来，水池的水位达到了 25 厘米，这样的储水量在江南地区足以应付一般的干旱了。儿子说可以养鱼了。可夏天水温太高，鱼肯定会被烫死。我们决定养些水葫芦。

把池中的香蒲全部清理掉，再从附近的一个水塘里捞来几十株水葫芦，零零散散地抛入池中，为的是水葫芦能够更快地铺满水池。

我推开窗门一看，这些以漂流著称的植物竟然秀起了绝技。它们三五成群地聚集在一起，或池边，或中央，让人想起了漂移的大陆。这些图案的布局堪称美观，难道它们深谙中国传统绘画"疏可走马，密不透风"的构图方法？水葫芦的生发能力虽然惊人，如果太过密集肯定影响繁殖，我又把它们重新布阵，尽可能均匀地排列起来。第三天，它们还是分成几个阵营聚居了。如此看来，水葫芦是喜欢群生的植物。

半个月后，透过水面，可以看到很多新抽出的白色根尖。我可以长时间近距离地观赏水葫芦了。它们一株株都绿得发亮，抓住一根叶柄一拉，竟然拉不动，原来根须已经牢牢地扎在池底的泥土里。它们开始过上稳定生活了！

稳定，才是生活的常态；漂泊，只在为了找到更合适的栖居之所。

水葫芦越长越精神，一个月后，它们铺遍了水面。一池翠绿，十分养眼。

一天早上，我发现翠绿的叶丛中竖起了一根花茎，上面有七八个粉色的花苞。一个小时后，这些花苞尽数绽放。俯身细看，这些花朵均由六片花瓣围绕而成，朝上方的一瓣十分奇特，四周是淡紫色的，中间蓝色，蓝色的中央是黄色的圆斑，像极了姑娘化上妆的眸子，故水葫芦的学名叫"凤眼蓝"。令人感到奇怪的是，这么娇嫩的花瓣背面长满密密的细毛。六根雄蕊，六根雌蕊，亭亭立于花瓣中间。水葫芦的花一到傍晚就凋谢了，花柄慢慢下垂，几天之后就会弯到水中，原来它的种子是在水中成熟的。

水葫芦的花期很长，从初夏一直开到深秋。它们的繁殖能力更是惊人，当横向发展没有余地时，干脆向空中发展，越长越高，越长越密，让我感到了恐慌，担心房子承受不了重量。

趁着天晴，我赶紧把落水管给疏通了。

玉　树

那年春日，同事从家里抱来两盆玉树：仿青花瓷的塑料花盆，挺拔饱满的茎干，墨绿色的叶片。

有了两盆玉树，绿意便充盈了整间屋子。

每天走进办公室里，我总要尽情享受充满生命活力的绿色，由衷地赞美几句。同事见我如此喜欢，竟豪爽地答应送我一盆。

我欣喜地把一盆玉树抱回了家。当时我住的是出租房，屋子里的陈设十分简单，仅有的这盆花草受到了无微不至的照料：时而浇水，时而施肥；时而搬到阳台上，时而搬到书桌上。玉树本来就是一种生命力极强的草本植物，在如此精心伺候下更是焕发了蓬勃的生机。灰褐色的茎明显加粗，表皮多处开裂，还露出了嫩绿色的茎肉。老叶渐渐变绿，变厚，新叶不断地长出来。我敢肯定地说，这盆玉树的生长速度已经达到了极致。清风拂过，玉树的叶片只是极有风度地微微颔首，好一派"玉树临风"之态。可是好景不长，一年过后，玉树枝叶的重量明显地超过了花盆和泥土的重量，如果放在阳台上就有被风吹翻的危险，于是，我更多地让它待在室内。时间一久，玉树笔挺的茎开始歪斜，翠绿的叶子也微微发黄。我多次向人请教，大家说这就是栽种玉树最大的难题。我感到十分惋惜，便把玉树遗弃在阳台的角落。

一天，发现玉树的根部竟长出了好几个嫩绿的新芽，我灵机一动：玉树的生长如此迅速，我何不将老茎剪掉呢？于是，我用剪刀剪去了粗壮的老茎。过了一段时日，一簇新芽开始快速地生长，不久，玉树又恢复了往日的神采。

两年过后，玉树又重蹈覆辙。

那时，我准备乔迁新居。我把有用的东西陆续搬走，最后只留下了这盆歪斜发黄的玉树在阳台的角落。

新房子更离不开绿色，我在花鸟市场买了一缸高大的室内花木放在客厅，感觉缺少一点衬托的东西，于是，想到了那盆被废弃的玉树。

我再次把玉树的老茎全部剪除，抱到了新居。不久，茶几上的一簇新绿与高大的富贵树相映成趣。

不料一年之后，高大的富贵树竟枯萎了，让人心疼了好一阵子，只好把大花缸搬到了阳台上。让一口大花缸闲置着怪可惜，我干脆把盆里的玉树移栽到了花缸里。没想到玉树竟摆脱了宿命，几年下来，它不再歪斜，不再发黄。茎长到了手臂般粗，一团翠绿密密层层的。

原来是花盆里有限的泥土束缚了玉树的生长。

多少泥土资源，养活多少生物，这是无法颠覆的真理。

在以后的日子里，我偶尔给玉树剪剪枝叶，为的是让它有一个端庄的造型。去年冬天，我突然发现，玉树的枝头缀了好几个花苞。

玉树竟然要开花啦！

春天来临，玉树洁白的小花开始绽放，花朵很小，但十几朵，二十几朵合成一簇便有了一种别样的美丽。芬芳的香气吸引了勤劳的小蜜蜂，它们在花丛间钻来钻去，嗡嗡嗡的声音宣告着自己的无限欣喜。

铁树千年难开花，玉树万年难开花，此语道出了玉树开花的不易。迎春开放的玉树花儿给我带来了无限惊喜，但也别有一番滋味在心头。如果当初随意地丢弃了，也就观赏不到玉树开花的情景了。

看来，没有十足的理由就不要轻言放弃，只要还有一分希望就该选择坚持。

母亲的哮喘病发作了，在台州医院重症监护室救治了一宿后，于第二天下午转到了普通病房，住到了呼吸内科36号床，虽然还离不开氧气瓶，但我们悬着的心总算落地了。

秋冬时节，是呼吸道疾病的高发期，床位非常紧张，连走廊上也住满了病人。与母亲同病房的是两个男病人，35号床的老朱和37号床的徐大爷。老朱今年56岁，肺部烂了一个洞，住院已将近一个星期。他说自己的病是30多年前落下的，是被人气的。老朱长得相貌堂堂，对社会热点问题分析得颇有道理，应该说在村子里也是个文化人，但至今还是孑然一身。他调侃说自己还是"童男"，如此说来，当年惹他气坏身体的是否是一位让他倾注了情感的女子呢？

老朱的家在一个"城中村"，邻居们都已经造好了新房，租金的收入一年也有好几万。他还住着两间位置较好的老房子，因为是单身汉，如果拆除老房子，按村里的规划只能建一间新房。他认为吃亏了，就一直拖着。由于不能干重活，老朱的经济状况一直不好，这次看病的钱还是侄子出的。老朱很乐观，一天到晚乐呵呵的，说自己能活到今天也知足了。他还经常跟37床的徐大爷开玩笑。确实，有老朱在，病房里的气氛就不那么沉闷。

徐大爷来自邻县的农村，由老伴陪着。夫妻俩都是勤劳的农民，将近70岁了还下地干活。徐大爷上半年就得病，但他不肯住院治疗，稍好时又闲不住，导致病情加重。

母亲的针挂完，已经深夜12点多了，我就在旁边的躺椅上抓紧时间休息。大概在凌晨四五点钟吧，我被一声声低沉的抽泣声惊醒了。原来，徐大爷的小腿和膝盖疼得厉害，几乎不能下地了，医生说这是化疗的正常反应，没有缓解疼痛的药物。显然，身体的疼痛，心理上的煎熬，让饱经风霜的徐大爷难以承受，他边抽泣边低声说："叫我以后怎样生活呀？"老伴一边不停地揉着他的小腿，一边柔声安慰："别哭！别哭！有我在，你不用愁！"这一幕，既让人动容，又让人伤感。

第二天一早，徐大爷的老伴打电话让儿子送来了一根拐杖。

随后的几个晚上，徐大爷还是疼得无法入眠。老伴不是帮他揉腿，就是扶着他在医院的走廊里来回走动，累了就在椅子上坐一会儿，她的眼睛都熬红了，但没有一句怨言。她说："年轻时几夜不合眼也没事，现在上了年纪，不行了。"

过了三天，老朱出院了，35床又住进了一位金大爷，金大爷也是一位农民，他说地里的红薯还没有挖完，重感冒导致了肺部感染。家人都很忙，办了小厂的儿子一把他送到医院就急匆匆地回去了。金大爷说自己是老病号，医院里的一切程序他都熟悉，没有人陪也能应付。夜里，我常常被朱大爷的咳嗽声惊醒，再加上徐大爷的呻吟声，想安稳睡觉确实是不可能了。

第五天，虽然徐大爷的腿还疼着，可医生还是让他出院回家里休养。这次，37床住进来的是一位40来岁的妇女。刚住院时，医生和护士担心她智残，因为她一走起路来就抽风，语言能力更差，简单的"谢谢"二字也要费尽力气才能说出来。后来熟悉后发现，她的智力是正常的，医生交代的吃药事宜都记得一清二楚，得到帮助总不忘说声"谢谢"。她有两个儿子，大儿子在重点中学的实验班读高三，小儿子还是小学二年级学生，每次考试都是双百。她丈夫是种植草莓的，没有时间在医院陪她，就交托大家多多照顾。遗憾的是她没有办农医保，从他们的一脸愁云可以看出，这次医疗费无疑又添了一笔沉重的负担。

第七天早晨，医生说我母亲中午可以出院了，我的心彻底放松了。走出住院部大楼，那棵高大古老的银杏树的叶子在深秋清晨的雾气中呈现出非常好看的水黄色。两位老太太提着尼龙纸袋，正在树下捡拾不时从树上落下的银杏果，两人还在比赛谁捡得多呢！哪里有"啪"的一声响，她们就小跑着过去。我从边上走过，正巧一颗银杏果落在脚边的水泥

一

233

地上，弹得老高，我一伸手便接住了。粉红色的果子满是皱褶，非常可爱，我顺手把它递给了赶过来的老太太。老人连声称谢，满是皱纹的脸乐得如同那颗银杏果。

是呀，健康的生命是多么美好！

我搀父亲上城墙

一

2015 年 11 月的一个周末，我正在参加儿子的家长会，忽然接到小叔打来的电话。他气喘吁吁地说："你爸又摔伤了，快，快点接他去医院！"

"伤到哪里？严重吗？"我的心不由得"咯噔"一下。一个多月前，父亲的头部摔伤，缝了十几针，伤口刚刚痊愈，怎么又摔伤了？

"你爸这次伤得不轻，他说腰部和臀部疼得厉害，人根本无法站立，现在还躺在路旁。"

我急忙向老师请假。

从城里到老家，起码有一个多小时车程，怎么办？

打电话给内弟，他说在家。我连忙让他去接父亲来医院。

儿子已经读高三，下个学期就要高考，为了给他营造一个安静的读书环境，我们放弃了好多兴趣与爱好。我也反复跟父母讲，让他们减少一些农活，在这一年里不让身体出事就是对我们最大的帮助。可是，事与愿违，偏偏在这节骨眼上，父亲的身体接二连三地出事。

到了家里，妻子已经做好了午饭。我把情况简单向她说了一下，并说这次情况很糟糕，父亲可能会瘫痪。我要往医院赶，妻子让我先吃饭。说事情已经出了，无论如何也要扛住，自己的身体可不能垮。

儿子从书房出来。我跟他说："爷爷又摔伤了，我和你妈这段时间一定会很忙，但这是我们的责任。你的责任是好好读书，一心一意应对高考。"儿子懂事地点点头。

父亲一辈子跟土地打交道，性格内敛、刚毅，轻易不愿给人添麻烦。一个月前，他的头部摔伤，连雪白的脑髓都看得见。缝针时，为了不影响脑细胞，不能用麻醉药。十几针，那是怎样钻心的疼痛啊！我连看一眼都不敢，可父亲硬是一声不吭。一旁的堂叔忍不住说："大哥这次受苦了！"我紧紧地握着父亲的手，任眼泪恣意地流淌。

二

等我赶到医院，内弟的车子也到了。父亲脸色苍白，一边不停地喊疼，一边还硬要我们把他送回家。我知道，他是怕给我们添麻烦，怕影响儿子高考。

医生简单看了一下伤情，断定是骨折，详情要通过仪器检查。挂号，付款，等候，上检查台……每检查一个项目，都是一次巨大的折磨。我了解父亲，他正在经受常人难以忍受的痛苦，肉体上的，精神上的。

小叔大略讲了父亲受伤的经过。

邻居上山砍柴回来，告诉父亲说我家杨梅山上一棵松树枯死了。父亲就决定去砍枯树。母亲担心父亲头上的伤口，不让去。可父亲硬说不碍事，如果砍不了就空手回来。到了山上，枯树很快被锯断，可树枝卡在旁边的树丛里怎么也下不来。父亲踩上斜倚的树干，想把那根卡住的树枝砍断。树干稍微一倾，人就摔了下来。父亲说树干离地最多一米，可屁股一落地就钻心地疼，人也站不起来了。

附近的山上没有人，父亲忍痛喊了几声。见没人答应，他知道再喊也没用，只能等到午饭后，母亲发现他还未回家，一定会叫人来找的。过了好久，他听到对面山上有砍树的声音，于是拼尽全力喊叫起来。对面山上的人终于听到了。他找到了摔成重伤的父亲，一边给小叔打电话，一边把父亲背到马路边上。

经过检查，父亲的盆骨断裂，但不需要手术。钻心的疼痛是由于大面积的经络和肌肉挫伤引起的。幸亏脊椎没有伤到，也就是说父亲不会瘫痪，还可以重新站起来，但是，必须较长时间躺在床上，成天都要有人照料。

两个妹妹远在外地，让她们回来长期照顾显然行不通。

最后我们决定，妻改成上夜班，白天由她照料。夜里，由我来照料。儿子，就只能靠他自己了。

父亲每天离不开止痛片，还不停地嚷着要回家。我知道，他的内心被自责深深地煎熬着。以他的性格，是不愿意吃喝拉撒都让人伺候的。

我成了一个晕头转向的陀螺，每天在单位和医院之间转个不停。几天下来，精力就明显不济了。于是，内心焦灼起来，真不知道接下来的日子该怎么过。

一天，我回家拿取衣物，偶尔走进书房，看到书桌上有一张条子，是儿子写的：现在不是悲伤的时候。或许，在关键时刻，人，总该有所担当吧，就像此时的父母，当然还有我。我一定要像巍然屹立的江南长城一样坚强伟岸，不惧风雨。

儿子的话语让我如梦初醒，我的脑海里浮现了逶迤在北固山上的古城墙。这座古老的城墙，从建成至今，经历了多少血雨腥风呀！可是，她还是顽强地屹立着，站成了一道古老的风景，站成了一种顽强的精神。与饱经风霜的城墙相比，眼前的一点困难又算得了什么呢？

古城墙离医院并不远。接下来的日子里，我进出医院都要绕道古城墙下。柔和的晨光里，古城墙是那么温婉；苍茫的暮色里，她又显得那么凝重。正是这股吸纳了上千年历史文化精华的温婉与凝重，渐渐抚平了我内心的浮躁。

三

我开始给病床上的父亲讲古城墙的故事。从顾景楼看到的万家灯火到白云楼上呼啸的风声;从城隍庙里那棵遍身沧桑的古樟到与城墙相关的故事与传说……

父亲的情绪明显地好多了。在人生最为灰暗的日子里,只有借助一定的媒介,才能让心绪重归安宁。

父亲曾经在十年前登上过古城墙。那是 2005 年的 5 月,修缮一新的城隍庙举行了开光仪式。头天晚上,幽静的城隍山热闹非凡,城隍庙里烛光通明,香烟袅袅,信众们都在虔诚地等待开光时辰的到来。开光那天晚上,城隍庙旁边的空地上搭起了戏台,准备连续唱几天大戏。前两夜,观众人山人海,十分拥挤。第三天开始就变得稀稀落落的,到场的只有一些上了年纪的人。于是,我就打电话给爱看戏的父母,让他们进城看戏。

第四天下午,母亲说要留在家里照看家畜,父亲就一个人过来了。那时,从老家来临海要先坐车到后山停车场,再改乘公交车进城。我跟父亲说好,到后山停车场接他。父亲下了车,我说:"我们可以先坐公交车进城,不过也要步行一大段路才能到家;要么直接走小路,穿过北固门,就是城隍山。"父亲一看北固山就在眼前,山脊上的古城墙时隐时现,就决定穿小路过来。走到那块刻有"至真妙道"巨岩边上,我们逗留了一段时间。不料,天一下子就阴暗下来,几滴豆大的雨点狠狠地砸在岩石上，发出"啪、啪"的响声。要下大雨了，我们急忙赶路。到了北固门，雨点就密集起来了。我们只好在城门下躲雨。雨越下越大，瓢泼似的。雨点在城门外的石板地上溅起高高的水花，树林里一片迷蒙。我们坐在门洞里的石凳上。父亲说："新修的城墙砌得真齐整。用这样的青砖砌成的城墙，就算风吹日晒雨淋，上千年都不成问题。"他说年轻时常去温岭、黄岩等地买小牛犊，往返都要经过江下街，看过灵江边的古城墙，很破烂，城头上都被附近的居民开辟成菜园，跟乡下年代久远的老房子没什么两样。

父亲的感觉没错，整修前的古城墙确实是破烂的，带给人一股难以言喻的沧桑感。20世纪80年代，我在临海求学。一天傍晚，我和几个同学一起登上了北固山，邂逅了古城墙。古城墙已经破烂不堪了，好多城砖凌乱地散落着，上面被墙体里散出的黄泥覆盖着。暮霭里，我仿佛置身于古战场，耳际回响着清脆的兵刃撞击声……

雨久久不肯停，我们到家时已经七八点钟了。雨太大，那天晚上的戏也无法唱。

第二天是周末，我陪着父亲游古城墙。我们从揽胜门拾级而上。父亲天天在田地里劳作，体力还好，没有感觉太吃力。来到顾景楼，他说城墙真高，是看风景的好地方。他兴奋地指出年轻时曾经去过的几个地方。父亲看得很仔细，每座城楼，他都要上去看看，每一处眼界开阔的地方，他都要停留一段时间。半天下来，父亲感慨："一户人家造一间房子都这么困难，要修筑这么长的城墙，该花费多少钱财和劳力呀？"

我说："只要全城的人劲往一处使，修筑一座城墙也是容易的。"

确实，台州府城墙从最初的建筑，到后来的一次次修葺，流传下来的都是军民一心、共御外敌的感人故事。

光阴荏苒，转眼已经过去了十年。其间，父亲先是忙着家里的农活，无暇攀爬古城墙。后来，父亲又担心自己体力不济，爬不了古城墙。我知道，父亲心里还是惦念着古城墙的，因为他曾经不止一次地念叨过。

四

我有点自责，相对我们而言，父亲受到的伤害是最为严重的。一个最有耐性的人，在身体和心理同时受到伤害时，也会变得烦躁。养病先养心，仅仅照料好生活是不够的。

选了一个合适的机会，我对父亲说："老爸，你要早点好起来，我们一起再去爬古城墙。"

父亲沉吟良久，说："那就试一试吧。"

在医院住了一段时日，医生说："这个伤好得慢，还是到家里养吧。都说伤筋动骨一百天，对于年轻人尚且如此，何况是一位古稀之年的老人。"

在家又休养了近两个月，父亲的病情稍有好转，每次扶他起来上厕所，他总要扶着墙壁走几步。看到父亲头上冒出的汗珠，我忍不住上前搀扶，可他不让，说："我要多走动走动，早点好起来。"

父亲虽然是一个读书不多的农民，但他在自己的生活经历中还是领悟了生活的真谛。他常跟我们讲："人活着，一定要有个盼头，否则，生活就如清汤寡水，一点滋味也没有。"自从决定去爬城墙之后，坚毅、刚强的父亲又回来了。父亲不会用合适的词汇和富含哲理的语言来表达心中的感受，只用平白的语言"去试一试，能不能再爬上古城墙"当作他的目标，其实，这已经够了。父亲心里明白，绵延了上千年的古城墙凝聚了一种让他无法言说的力量，正是这股力量增强了他战胜病痛的勇气和信心。

五

一件棘手的事情又摆在了眼前。年关将至，母亲说父亲的伤好起来了，她已经有能力照顾，想要把父亲接回家过年。父亲也动心了，毕竟离开老家已经几个月了。这样一来，我们陪父亲爬古城墙的计划又要付诸东流了。

父亲也面临艰难的抉择。

儿子已经放寒假，他说："我有一个两全其美的办法，我们先陪爷爷爬江南长城，再回老家过年，事情不就全解决了？"

"可是，爷爷的伤还没有好利索，爬不动呀！"

"爷爷已经能在平地上走几步了。我们背他上去就行！"

对，这还真是个办法！父亲的脸上也露出了笑容。

这是一个天气晴好的冬日，我们决定先带父亲到附近的理发店理发（父亲摔伤后就从没理过发）。出门前，父亲吃了一颗止痛片。理过发后，父亲显得精神多了。我把车子停在城隍山门口，扶着父亲下了车。儿子去售票处验了身份证。

我蹲下身子，想背起父亲。可父亲就是不愿意，硬要自己走，说："我自己慢点能走，你搀着点就行！"

我搀着父亲，随着他的脚步，慢慢地走过城隍山台门宽阔的门槛，走过翠竹掩映的鹅卵石铺成的小径，沿着钟楼和鼓楼之间的石阶一步一步走到城隍庙。在千年古樟边的石凳上，我们休息了片刻，接着一鼓作气登上了古城墙。

父亲让我把手放开，他双手扶着墙沿，开始独立行走。由于体力的消耗，父亲走得更慢了，但步履很坚定。儿子走在父亲的边上，做好随时搀扶的准备。我在身后紧跟着。

不时有游客从我们身边走过，先是诧异，接着，他们又投来饱含着敬佩的目光。

冬日和煦的阳光洒在古老的城墙上，手触摸上去，感觉到一股暖意。松鼠在城墙两旁那些落光了叶子的树枝上快活地跳跃着。一根根枝头都已经明显凸鼓起来，那是正在孕育的新芽。

我的背心微微冒着热汗。春天，马上就要来临了。

茶林·采茶女

一

　　家乡的老一辈人称茶叶为"茶散"，在他们心目中，茶叶就是一味药。繁重的劳作之余，免不了脚重，头晕，泡一碗浓茶喝下去，症状就会减轻，所以，每户人家都会备上一些"茶散"，以备不时之需。茶叶的功效在《神农本草经》里有记载："尝百草之滋味，水泉之甘苦，令民知所辟就，当此之时，日遇七十毒，得茶而解。""茶味苦，饮之使人益思，少卧，轻身，明目。"

　　如果自家的"茶散"用完了，要喝时就去邻居家要上一撮。这些茶叶来自山野间的野生茶树，春季采摘一些，放在铁锅上炒干，就可以泡茶，即便是清明前采摘的嫩芽，也算不上珍贵之物。

　　第一次泡"茶散"喝，口感苦，我有点不适应。大概药都是苦味的吧，喝了几次之后，又有了甘的味道。

村里也有成片的茶林，每年能采很多新鲜茶叶，社员们一担一担挑到茶厂去卖，是村集体的主要经济来源。

茶从野生到人工种植经过了漫长的历史过程。天台华顶有"葛仙茗圃"，临海盖竹山有"仙翁茶园"，这些均是三国时著名道学家葛玄植茶的遗址。

为什么道教人物会成为浙江境内有文字记载的植茶先行者？究其原因，是因为道教除悟道之外，比较注重炼丹、气功、医药和养生，故民间有"名医多羽客，寿星出道家"之说。葛玄学道大成后，擅长为人治病。

当茶在传播与文化层面发展到一定程度，需求量就开始提升，茶，自然就成了经济作物。

在果木类经济作物中，唯有植茶，当年就可以收回成本。

为了让山林能够创造出最大的效益，茶农必须在沟沟坎坎的山体上进行砌筑，这个过程虽然费力，但必不可少。

茶树生长快，春、夏、秋三季均可以采摘，即便是抽出的嫩芽一次次被掐断，可很多嫩芽还是逃脱了人们的眼睛，悄悄变成了老枝，茶农们借用锋利的剪刀制止它们的纵向生长。连续几年的整修，茶树的造型显得丰满，枝叶变得密不透风。

连绵苍翠的群山之中，偶尔出现一片齐整的茶林，不管面积大小，总会有效缓解视觉的疲劳。

随山势起伏的茶行带着生命的律动走进了人们的心里，

成了传统文化中一个审美符号。

《岁岁清明》是一部抗战题材电影，讲述国难当头时普通人的悲欢离合。影片以清明文化和茶文化为底色，把茶农生活描述得如诗如画。同时又以另一种极端冲突的形式，把中国人隐忍刚毅的风骨凸显得淋漓尽致，这是一曲捍卫民族尊严的生命赞歌，感人至深。

故事发生在西湖边上的紫云山。

这部影片的选景自然离不开高山上的茶林。茂密的树林，白墙黑瓦的小院，弯弯曲曲的青石板路，这些景物都无可厚非，但影片中古老茶园的选景还是不尽如人意，茶树看上去是没有几年的新茶，远远没有达到剧本的要求，那条溪涧的流水更是差强人意，缺少真实感。

要是把这部影片的部分取景地移到素有"台州香格里拉"之称的兰田山，艺术效果一定会更好。

兰田山又名峒峙山，其地形"四面环山，附岭巍巍，然如城郭之回旋，中央一片平壤，屋舍相接，其鸡犬相闻，俨若武陵溪上别开一小天地"。兰田山顶遍布着大片高山茶园，茶园里生长着一种古老的高山茶树——兰田藤茶。《临海林业特产志》记，藤茶是140年前从野生茶中选出的单株，这种茶树叶片狭长似柳叶，枝条柔软如藤，茶农们将藤茶从密林草丛中挖出来，进行人工栽植，并创制了名茶金翠奇兰。

深蓝的天空，浮游的云朵，古老的茶园边沿是参差的石块隔离出的小路，一切都显得古朴而静谧。那个状似葫芦的水库如同一个天湖镶嵌在坦荡的山顶平地间，占尽了高山景观的风情。

茶文化的集大成者当属羊岩山，先看地形，《嘉定赤城志》记载："在县北五十里，自麓至巅十余里，南瞻海门，北望华顶，如在目前，山顶石壁有石影似羊，又有石纹隐起似蛇，下有洞……"

1972 年，原河溪公社发动 13 个行政村派出劳力到杂草丛生的羊岩山上开辟茶林。以老场长朱立华为首的上百号人，告别家人，背着铺盖，扛着锄头进驻羊岩山。跟泥土打惯了交道的庄稼汉自然懂得，只要精心经营，羊岩山的土地是不会亏待他们的。当羊岩茶场取得不凡成绩的时候，老场长时常动情地谈起当年的情景：缺少口粮，他们在还没有长高的茶树边上种植红薯；缺少经费，他们就自己饲养牛羊，卖了钱添置开荒用具。无论酷暑寒冬，他们都睡在简陋的茅草棚里，饿了啃红薯，渴了饮山泉，每一个人都下定了不建好茶园不回家的决心。

经过数十年愚公移山般的砌筑，羊岩山茶场才形成了今天的规模。

沿着飘带似的盘山公路上山，你一定会发自内心地赞叹：羊岩人创造了一个人类巧妙利用自然、与自然和谐相处的奇迹。一道道优美的曲线律动在蜿蜒起伏的青山上。清凌凌的高山水库里倒映着碧蓝的天空，苍翠的茶林，绚烂的山花……清晨，山上云雾缭绕，茶林、凉亭、风车等建筑在云

雾中若隐若现，在山顶石壁上蛰伏了亿万斯年的白羊似乎在
云端飞腾。

二

砌筑茶林和植茶是男人的活，采茶则是女人的活，这是
约定俗成的，究其原因，无非是男女体力上的差别。因此，
采茶女子的工钱，大体是按略低于男劳力的工钱定位的，至
于一些心灵手巧的女子，其收入超过男子，也是不足为奇
的。采茶是细腻活，让男人去干，不管是茶的质量和数量，
很少能比得过女子的。因此，男人参与采茶的不多，他们宁
愿多流汗去干体力活，也不愿意夹杂在妇女中间去采茶。

采茶和制茶，都是费精力费时间的活儿，临海民间流传
着这样的话：

日里摘茶叶，夜里揉茶瘪，一揉揉到两更天，
眼眉毛上打死结。

这是茶农生活的真实写照。

小时，我跟随母亲采过茶。挎着小竹篮，一大早就来
到大横路冈茶林。暮春初阳亮丽的光芒从吊船岩上方照射下
来，茶叶上的露水不一会儿就干了。采了好多遍的茶树上找
不到完整的茶芽，只能一片叶子一片叶子地采。那年的茶叶

价格不错，村里就发动妇女们不断地采摘，工钱已由每斤4分增加到每斤6分，可上山采茶的人还是不多。一到茶林，大家就分散开来，这样比扎堆采效率更高。采茶绝不是轻松的活，一要有手指的速度，二要很长的劳动时间，采茶妇女几乎都是带着午饭上山的。

新采的茶叶散发着淡淡的清香，让人精神大振，我的小篮子不久就采满了，倒进大口袋后继续采。随着时间的推移，茶林的气温逐渐升高，阳光从头顶上直射下来，茶叶的清香中夹杂着浓烈的青柴气，让人感到饥渴难耐。村干部站在护林房边，拢着手朝茶林喊叫，让大家把采到的茶叶先过秤，免得被太阳晒蔫了，影响质量也影响重量。于是，三三两两的采茶人从一行行茶林间走出来，汇集到护林房。她们的头上戴着斗笠，脖子上挂着被汗水浸湿的毛巾。护林房边有一根竹筒，清澈的山泉在叮叮咚咚地流淌。大家放下茶叶袋，轮流去水边冲洗一番，咕咚咕咚喝上几口，再去给茶叶过秤。她们一边抱怨茶叶散了，摘不了多少斤两，一边拿出带来的冷饭填充肚子。不到半个小时，干部们就催促大家继续采茶，鲜茶叶要在傍晚前送到二十里外的茶厂，下午五点之前必须让几位社员把茶叶挑走。

清明前茶，谷雨前茶，虽然相差半个月，可品质却相差一大截，要是过了立夏，茶叶的价格很快跌落神坛，因此，采茶必须抢时间，劳动强度自然就加大了。

采茶女子，用自己的劳动架构了自然与生活的桥梁，她们的劳动成果伴着美妙的清香走进了人们的生活。

随着时代的变迁，采茶女的收入已经大大提高。这年春天，我来到羊岩山。茶林的春色依然迷人：碧绿的茶林，火焰似的映山红，星星点点的采茶女……为了提高采茶效率，茶场的管理人员把茶林分成无数小块，采茶者每天必须完成自己的定量。一位六十多岁的大娘，采茶动作十分娴熟，她的手指灵巧地在浑圆的茶树上跳跃着，仿佛是在快乐地舞蹈。她脸上的笑容像春光般灿烂，这样的笑容非常感染人。

大娘家就在羊岩山脚下，年年上山采茶，每年都能收入一两万，她已经有了近二十万的积蓄。自己挣的钱，要吃肉就去镇上割一块，过年时，给孙子压岁钱也用不着吝啬。更让她开心的是，茶场管吃还管住，自己采多采少，全是净收入。

春风中，有人在哼唱《采茶舞曲》：

溪水清清溪水长，
溪水两岸好呀么好风光。
哥哥呀，你上畈下畈勤插秧。
妹妹呀，你东山西山采茶忙。
插秧插得喜洋洋，
采茶采得心花放。
……

虽然不是专业的歌声，但吐字清晰，声音清亮，别有一番情味。走近一看，也是一位六十左右的采茶女，不过，采茶的动作却不怎么熟练。她是河北人，刚在教师的岗位上退休不久，坦言自己采茶不为了挣多少钱，结伴前来的五个人是出来旅游的。到了羊岩山，她们爱上了江南茶林的旖旎风光。正值茶场缺人，她们就当起了采茶女，体验一番从来没有经历过的采茶生活。

她说，茶场的夜色特别迷人，太阳能路灯散发出的光芒十分柔和，清冽的山风带着淡淡的茶香，夜空的星星似乎伸手可及，她们都"乐不思蜀"了。

茶林间走来了一位穿着旗袍的少女，撑着一把油布伞，步履缓慢，神情忧郁，高冷，颇具民国风范。远处，几位身穿汉服的女子，时而徜徉在石径上，时而步入茶林间扑蝶，她们无拘无束的嬉戏方式让我想起了古代女子热衷的游春。

办公室的盆花

借着办公室文化建设的东风，我们决定购置几盆花草。

年级组长刘老师联系了一位卖花草的老汉。老汉骑着三轮车，载着满车的花草来到了校园，把车上的盆花全部搬到地上，任我们挑选。老汉不枉侍弄了一辈子的花草，绿茵茵的一片让我们迷乱了双眼。

买些什么花草呢？一些办公室的老师眼疾手快，把修剪得非常精致的富贵竹和有着一个怪名字的"挠痒树"抱走了。我们办公室的老师知道这些花是很难养护的，觉得不如买些草本花卉，于是抱回了一盆君子兰、一盆吊兰和一盆水仙。

也许是同事们无暇在家里养花，也许是办公室陈设过于简单，几盆花草竟给我们增添了无限情趣。

先说水仙吧。几个饱满的孢子静卧在仿青花瓷的盘子里，周围铺着洁白的小石子。没过几天，嫩黄的叶片一天一个高度向上窜。我们劲头更足了，天天更换清水，一出太阳，就搬到阳光下，如此殷勤，为的是让它赶在寒假前开花。在大家的精心照料下，水仙很快长到了一尺来高，令人欣喜的是一个个花苞冒了出来，以更快的速度赶上并超越了绿叶。

元旦过后，水仙花如约绽放，雪白的花瓣，金黄的花蕊。花儿亭亭立于碧绿的叶丛中，如同凌波微步的仙子。课之余，我们围在它的周围观赏着，快乐着。开花后的水仙以更快的速度长高，带给我们生命的感动。有一天，刘老师按捺不住，把水仙抱进了教室，让孩子们观赏，习作。不料半天过后，水仙的叶子由于孩子们的"亲密接触"而变得凌乱……

黑底的盆子上镶嵌着红色的条纹，把墨绿色的君子兰衬托得如同一位古典美人。君子兰是典型的室内花草，叶片宽阔，厚重，几缕清风，几束透过窗玻璃的光线，便可充分进行光合作用。仔细观察，发现中间的嫩叶长势也是明显的。一个春日的早晨，我发现君子兰两片合着的嫩叶有些凸鼓，轻轻扒开一看，原来是一个花蕾，不由得欣喜万分。遗憾的是我们都孤陋寡闻，谁也说不清君子兰的花是何许形状何许颜色的。于是，等待中便多了几分迫切。

在曼妙的春光里，校园的迎春花、山茶花、玉兰花等相继开放又凋零，绿色开始充盈我们的视野。办公室的君子兰呢？它的花茎高到了近二尺，娇嫩，饱满，一掐定能流出水来，一碰定会"啪"地断成两截。大家相互提醒，整理本子的时候一定要小心，千万不要碰着。又待了一些时日，十来根花梗终于把花苞托出了两寸来长，隐约可见裹在花苞里的橙红。两三天后，第一朵花吐艳了。一个星期后，十来朵花欣然怒放。我们被君子兰花的美丽深深叹服，那绚丽的色彩，那舒展的气势，用"雍容华贵"来形容是最合适不过的。

张老师坦言："我对花卉向来不怎么喜爱，可对这盆君子兰却是例外，要是花期能长一些就好了。"

卢老师接着说："别担心，我在网上查过了，君子兰的花期有一个多月。"

一天中午，我和冯老师刚想去食堂吃饭。张老师在电话里急匆匆地说："快来办公室！君子兰被毁了！"我们疾步走进办公室，只见君子兰已经歪斜在盆沿上。原来，周老师把君子兰抱到教室让学生观赏，下课了，一个孩子争着把花搬回办公室。孩子没有把花盆放正，失去重心的君子兰几乎被连根拔起。大家都惋惜万分。周老师自责地说："我要是自己把花搬回来就好了。如果这盆花枯死就全是我的罪过。"大家连忙安慰。是的，怎么可以指责周老师呢？细想起来，同事们把最宝贵的知识、最美丽的青春都献给了孩子们，还会在乎一盆花吗？

最终，办公桌上只留那盆长在白色塑料盆里的吊兰，窗子前也少了一群群驻足张望的孩子。当我把目光久久地停留在吊兰上时，发现绿茵茵的吊兰其实早就开花了，闻一闻，米粒般大小的白色小花还散发着淡淡的清香。

对，我要告诉孩子们，在花的大家族里，除了水仙和君子兰这样美艳逼人的花卉，还有很多如吊兰一般不起眼的小花，它们同样用自己的美丽装点着我们生活的世界。

时光深处的村街

挨挨挤挤的民居，把石头砌成的村路挤成了一道缝。

肩挑背扛的农人，成群的牲畜，整天在逼仄而悠长的缝隙里往来不休。砌路的石块，被踩踏得光滑圆溜，像是涂了一层蜡。

人们习惯把这条横贯山村的石路称为"街"，确有贻笑大方之嫌，要是在"宜石地街"走两圈，你就会发现，这是一个使用频率颇高的词。

有人用它自夸："走遍'宜石地街'，没有一个人说我不是的。"

数落对方时，喜欢如此反诘："你敢站在'宜石地街'说这样的话？"

男人埋怨女人做饭慢："我'宜石地街'都转三圈了，饭还没有烧好，你是在做'九大碗'？"

村里人迎亲嫁女，定要放着炮仗，抬着嫁妆在"宜石地街"晃悠一圈，否则就有人道短："你家媳妇见不得人？你家女儿偷偷摸摸就嫁了？"

村子里的人没了，出丧时，抬着棺材在锣声与哭声中走过整条"街"，既是告别仪式，也代表着死者的体面。因为按照习俗，客死在外者尸体是不能进村的。

洋砻场

洋砻场就是村里的米面加工场，由村庙改造而成。走进洋砻场，机声隆隆，石级、墙壁都颤动不休，与人说话还得借助手势。带着浓浓香味的粉尘在空气里飞舞够了，才慢悠悠地沉到地面，依附在墙壁上，屋顶上。踩上一脚，留下一个明晰的脚印。几天不下雨，屋顶的黛瓦成了白瓦，像覆了一层银霜。在洋砻场忙碌一天的社员走出大门，衣服是白的，头发、胡子也是白的。尽管如此，洋砻场的活儿在社员眼里绝对是美差，避免了风吹日晒，减少了肩挑背扛，每天傍晚可以扫几斤粉末糠屑给家里的家禽家畜改善伙食。不过，碾米磨粉是个技术活，柴油机的性能也不怎么稳定，出点故障是家常便饭，没有金刚钻，还真揽不了瓷器活。

老式的柴油机外形像机器人，被牢牢地固定在屋子中央，一发动，就发出震耳的吼声，它先带动传动轴，再带动碾米机和磨粉机，繁忙时甚至还要连接上小钢磨。超负荷的运作往往持续不了多久，有时机器越转越慢，最后"哼哧，哼哧"喘上几声便没了气。发动柴油机非常费力，只见超叔摆好马步，左手按着气门，右手摇动摇手，速度逐渐加快，适时放开气门，抽出摇手，烟管冒出浓烟，柴油机发动成功！如一次不成，就得重来，连续几次就把超叔累得直喘粗气。

柴油机靠水散热，北面的墙里筑了一个四四方方的大水池，两根手臂般大小的水管连接着机器，一发动，水就开始循环，半天下来，水池上方蒸汽缭绕，手插入池中，竟如探汤。

白天，柴油机忙着碾米磨面，晚上，还得承担发电照明的重任。发电机在东面的一个小隔间里，传动皮带从一个方形的孔隙伸进板壁。隔间的门一天到晚关着，大有"车间重地"的意味。我透过板壁上方的栅栏看到里面的总电闸和几个分电闸。

"宜石地街"的每一个拐角处，竖起了一根或两根电线杆，木头的，靠顶部有金属的横杆，两根银色的电线为村民们诠释着平行的概念，无数根裹着红色黄色绝缘层的电线，编织成一张彩色的网，把神奇的电流输送到"宜石地街"的每一户人家。有了电，黄昏的"宜石地街"灯光闪烁，走家串户方便了不少。

褐色的麻雀，乌黑的家燕，三五成群地站在纤细的电线上。

木头在户外的寿命没有几年，村里就地取材，把花岗岩凿成一根根长条石做电线杆，不怕风，不怕雨，可谓一劳永逸。直到现在，"宜石地街"的一些老房子边上还竖着一两根当年的石杆。

一年夏天，洋耆场添置了一台加工米面的机器，发电机房外的南墙根筑了一个大锅灶。锅灶是超叔的一个亲戚筑的，与农户家的构造不同，引得全村人围观。灶膛里的柴爿一点燃，熊熊的火焰马上化作一条长长的火龙，从第一口锅开始，一直舔舐到第三口锅，余烟再从第三口锅后面的烟囱窜上去。要是把灶口的小铁门一关，火龙就变得异常凶猛，呼呼的火焰声很快换来了蒸笼里嗤嗤冒出的蒸汽。

加工米面的程序颇为繁杂，先把大米浸湿到一定程度，再磨成米浆，然后灌入一个个纱袋，堆叠起来，上面还要压上石头，这是头天晚上必须完成的工序。第二天一大早，把一袋袋含水量适度的米粉放入机器，碾压成一个个年糕般的粉坨，排列在蒸笼里，用大火蒸熟，趁烫放入碾面机碾成细细的米面。刚碾出的米面滚烫滚烫的，一根根粘在一起，叫"面生"，是我至今还念想的一种美味。把"面生"按一定长度剪断，放入凉水几秒钟，一根根细细的米面就散开了。

加工米面要好多人手，村里的四个生产队每天必须出两个壮劳力，生产队内，则采取轮流的办法。

那天轮到父亲做米面，他不同意我去洋耆场，可一大早我还是去了。刚刚蒸熟的面团被一个个放进碾面机，屋子里蒸汽弥漫，米香扑鼻，让人直流口水！绍攀叔公握着一把大剪刀一截一截地剪着，父亲把剪好的米面放在凉水里一浸，就如浣洗的白纱，在水中展现出漂亮的姿势。

不知什么时候，绍攀叔公塞给我一截一寸来长的"面生"，我没有说声谢谢就跑出了洋砻场大门……

大房道地

岗头殿东边，有一座规模宏大的四合院，人们习惯称这幢房子为"大房道地"。高大的台门由条石架成，上面雕刻着精美的图案，门楣上"云霞霁景"四个阳刻大字尤其引人注目。台门西边有市政府立的"梁佩书故居"石碑。梁佩书从小练就了一身过硬的武艺。当时，清政府横征暴敛，老百姓怨声载道，富有正义感的梁佩书振臂一呼，应者就达数百人。这样，"书大王"名号就传开了，他的事迹被编成戏文，在民间演出，深受百姓欢迎。

出了个"书大王"，民风自然朝着剽悍方向发展，村子里尚武之风盛行，迄今还保存着不少石锁、石墩等习武器材。到了"保"字辈，村子里出了三个名人，分别是我的曾祖父、长人和哑巴。曾祖父长得人高马大，以口才见长；长人比一般人高出一头，善使一条铁链；哑巴力大无穷，人又机灵，惯使一条楠木扁担。三人联手可谓文武皆备，虽然不及"书大王"的名声，也算名噪一方。

过年前夕，村子里的男人都会挑着一担垂面去天台县城卖，再买回必需的年货。途中的至界岭山高林密，常有盗匪出没。那一天，哑巴与十余人结伴去卖垂面，大家提心吊胆，生怕遇上盗匪。到了至界岭，只听一阵呐喊，一伙盗匪从密林中钻了出来，喝令放下垂面走人。看着强盗手中闪着寒光的刀枪，大伙只好照他们说的办。可是，哑巴却不依，他哇哇大叫起来，抢起扁担直往强盗身上劈过去，一下子就伤了五六个。盗匪们眼看不是对手，只好退走，眼巴巴地看着人们把垂面挑走。

因为山林的边界问题，村里和山下的一个大村子引发了纠纷。村民们借着地利，常去存在纷争的山上砍树砍柴。大村的人吃了亏自然不肯轻易罢休，扬言只要看到我们村有人从他们村路过，一定给打断腿。

村民们下山只好绕道而行。

有一天，曾祖父下山有急事，直接经过那个村子吧，说不定真的会挨打；绕道走吧，赶不上时间。最后，曾祖父决定约上长人与哑巴直接过那个村子。大村的人没有防备，三人从街上走过去了。

回程时，街道上空无一人，两旁的门窗都虚掩着，里边人头攒动。见此情形，三人知道已经没有退路，做好了拼命的打算。哑巴挥着又宽又长的楠木扁担开路，长人舞着呼呼作响的铁链殿后。没想到，躲在屋子里的人竟被三人的英雄豪气吓住，没有一个人敢出来拦截。

到了"绍"字辈，尚武之风渐止，崇文成了新的追求，不少人家把孩子送到县城读书。引领这股潮流的，还是住在大房道地的佩书后人。因此，"绍"字辈出了几个文化人，对后代有较大的影响。

读小学时，东厢房里住着一个有趣的老人，叫绍停，自小读书，疏于农活，在人们眼中就是个迂腐的书呆子。他写得一手好字，会讲《说岳》《三国》《水浒》。下雨天，他家就挤满了听故事的人。绍停老人短发直竖，面容清癯，看上去有点严肃，但讲起故事就像说评书一样有声有色。他儿子在天台一所中学教书，平时很少回家。绍停做不来农活，经济来源是帮人诵经。谁家死了人，做七、烧纸牌等都要念上几天，收入还是蛮可观的，更何况收了钱是一个人花。人们得了野味什么的，总是提到他家里来，他就来者不拒。有一次，我和同伴挖了一棵肥硕的竹笋，抱到了他家，一过秤，该给我们一角三分钱，他就多给了我们两分。

初中时，同学梁濛住在大房道地的东南角，他非常用功，一天到晚坐在二楼的窗台边专注地读书。第一次来到他家楼上，确实给了我无限的神秘感。家具器物摆放井然有序，楼板上没有一片垃圾，板壁边，一个简易的书架摆了一排排齐整的书。北边板壁上挂着一张先祖的遗像，黑白的，我一直搞不清是素描还是摄影。内间我从来没有进去过，因为门旁有一块漆黑的木牌，上面写着白色楷书"闲人莫入"四字。

漫长的暑假，我们或聊天，或阅读，生活惬意而美好。梁濛的父亲和一个哥哥都是医生，后来，他也走上了从医之路，诊所就开在大房道地。家庭的传统和少年时代的大量阅读，梁濛在文学上有较高的修养。他写了不少诗，发表在文学刊物和报纸副刊上。虽然暂居山村，可胸中有丘壑，我在堂前板壁上看到他用粉笔书写的《将进酒》，确实受到了鼓舞和鞭策。几年后，大房道地的住户越来越少，除梁濛外，还有一两个老妇人。

天井的西北角摆着一个磨损严重的青石臼，里面积着清清的檐水。东南角有一个小小的花坛，栽着一株高大的栀子花，叶子绿得发亮。初夏时节，洁白的栀子花开满了枝头，散发着馥郁的芬芳。

剃头篓

"宜石地街"东头，住着一个剃头匠，年过花甲，头发花白，除了生产队里正常出工时间，总是提着一个装着剃头装备的竹篓子，沿"街"给人剃头。时间久了，大家就叫他"剃头篓"。

剃头篓孤身一人，但身板硬朗。他的脸上总是挂着笑容，要是遇到有小孩不愿剃头的，就好言相劝："剃了头就不会长虱子，头也不会发痒。"

孩子们最怕的就是虱子、蚂蟥、蠓等咬人的东西。一些骄横的小孩不买账，他就板起脸吓唬："头再转动剪断耳朵可别怪我！"

如此一来，再没哪个孩子敢不老实的。

剃头篓长得呆头呆脑，不知道手艺是怎么学会的。可能山村人们对剃头的要求不高，剪短头发刮光胡子就行。有了剃头工具，自然便可熟能生巧了，更何况剃头篓收费低廉。

剃头篓在"街"边的哪个堂前一摆下剃头摊，四周就会围起一群人。不剃头也过来扯扯闲话，打发个时间。

剃头篓父母早亡，但给他留下了两间木房和一套剃头工具。他年轻时最大的愿望就是娶一个媳妇，于是经常托人做媒。问其要求，说只要坐着撒尿的就行。这是流传在"宜石地街"的一句老话，说的是找媳妇没什么要求，只要女的都行。尽管如此，还是没有姑娘愿意嫁给他。看到剃头篓娶亲心切，几个后生时常借做媒的名义讹他一顿吃的，到时候又推说姑娘不同意。次数多了，剃头篓不愿再上当，后生们便玩起了更损的花样。

一天夜晚，他们把一位面容清秀、体形娇小的后生扮作姑娘，带到剃头篓家让他过目，"姑娘"当面答应愿意嫁他。剃头篓自然高兴，又倾其所有招待后生们。快要"洞房"时，"姑娘"却笑着跑下了楼梯，其他人也跟着一哄而散。

从此，剃头篓再也没有请人说过媳妇。

有人说，剃头篓有一个陋习，对长得特别好的蔬菜瓜果情有独钟。看到人家地里娇嫩水灵的蔬菜瓜果，他会乘人不备把最好的摘走。蔬菜瓜果，对于村里人来说，并不金贵，摘就摘了，就当送给他也行，可村里的一帮青年总会捉弄他，趁机敲他一顿面干酒。后来，对于村里的瓜果他再也不下手了。要是赶集的路上看到特别诱人的瓜果，他会念叨个不停，甚至半夜三更赶几十里路去偷。这样，后生们又有了捉弄他的好机会，看到剃头篓夜里出门了，他们就等候在"宜石地街"上。剃头篓一进村，他们就来个人赃俱获。为了不被更多人知道，剃头篓只好答应请他们吃一顿。

有一年，生产队里的水牛产下了一头牛犊，牛栏太小，牛犊竟被母牛不小心压死了。村里的老人们都认为吃牛肉是罪过的，后生们想吃也不敢买，何况十元钱在当时来说也是一个大数目。于是，他们就怂恿剃头篓买。剃头篓买了牛犊，忙碌了一天，晚上，后生们避开家里老人，到他家饱餐了一顿。

后来，剃头篓老了，剃不动头了，村里人你一升我一碗地接济他。剃头篓死后，人们按照习俗，吹吹打打地抬着棺材从"宜石地街"的东头走到西头，再走向坟地，送丧的队伍排得很长。

巾子山南麓的青葱年华

一

1986 年 8 月，我接到了临海师范学校录取通知书。那年代，教师的薪酬不高，社会地位低。

有亲友问："怎么就报了师范呢？"

父母说："可以填报别的学校试试的。"

我默然。那年录取政策是师范优先，如果填报了师范志愿，即便分数挺高，也只能读师范了，明知道这样的规则，为什么就不敢冒一回险呢？

报到那天，父亲挑着一个笨重的樟木箱子走在前面。山路崎岖，父亲的步履缓慢、沉重，一如我的心情。辗转到达学校时，寝室里只有我的床位空着了。

学生宿舍是一幢五层楼，男生住低层，女生住高层。一年级男生寝室在一楼，我住南面的十人间，叠床，整个楼层就一个公共卫生间，不过，相比读初中时的住宿条件，堪称天地之别了。

　　台州地区当时有三所中等师范学校，学校所在县招收的学生每年都在本县师范就读，其他县市录取的师范生每年轮流到其中一所师范就读。我们班同学来自临海、仙居、三门，还有一位来自玉环，属代培性质。

　　简单地交流后，我发现大部分男同学对就读师范专业是不满意的。第一周的始业教育，校领导不止一次地强调，学校目标是培养合格的农村小学教师，大家对自己的前途就更加失去了信心。刚从农村学校出来，乡村教师的生活境况历历在目，几十年教龄的教师工资还不足以养家糊口，只得耕种着两块"责任田"。我初中的化学老师，毕业于杭大，妻子是农村的，他在学校上好课之后骑行十余公里路回家干田里的活，经常走进教室还卷着裤腿。老师心态好，他时常调侃似的说："做人首先要勤劳，吃的用的全靠双手种出来的。"

　　生活单调，找对象难，引发的颓丧心理如同幽谷里的雾岚，在长达三年的时间里，一直缭绕在大家的心间，时不时地被激活，就像身体上的瘙痒，察觉到了就浑身难受。

　　所幸的是，临海师范学校坐落在巾子山南麓，风景优美。

　　有道是"天下名山僧占多"。小小的巾子山，保留下来的古刹竟有十余处之多。唐代诗人任翻曾经借宿的巾子山禅寺已经废圮，我们循着他的诗句探寻，还是依稀找到了古寺的残迹。

坐落在半山腰的天宁寺、三元宫、上兜率寺的香火还很旺。

校园的所在地，是下兜率寺的遗址，新建的水泥建筑已经掩盖了寺院的残垣，唯有那棵高耸的古樟，用自己历尽沧桑的身体，向人们述说着曾经的过往。郭建利老师在长诗《古樟之歌》里，深情地讲述了老樟树的经历，让我们对巾子山南麓的这棵生长了数百年的古樟树产生了景仰之情。

山脚宿舍通往教学楼和食堂的石级，就在老樟树下经过，石级的东边，有一幢四层楼的教工宿舍。石级的西边是混凝土浇灌的斜坡，是学校搬运物品的通道。电动辘轳就安装在古樟北面教学楼底层东头的传达室外。

住传达室的是一对老年夫妇。食堂员工天天去菜场买菜，电动机就响个不停，只见老许师傅手把三轮车龙头，一只脚踩踏板，身体直立，很是威风。见此情景，我总是提心吊胆，斜坡这么陡，万一铁索上的铁钩没勾牢，结果必定是人车俱毁。不过，把控电动辘轳的两位老人总是危坐于座椅上，神情自若地操纵着开关，我悬着的心也就缓缓放下了。最大的主教学楼就在古樟边上。樟树向西横斜的几根巨枝与楼房靠得太近了，站在三楼和四楼的走廊上，伸伸手就可以触摸到叶子。

樟树的叶子一年四季都是碧绿的，枝干上爬满各种蕨类植物和青苔，看上一眼，葱茏的绿意就沁入心底，久久挥之不去。

二

学校里将近退休的老教师和刚工作的年轻教师居多。班主任先是教书法课的陈金方老师，后来换成了教语法的马章长老师。陈老师的书法飘逸潇洒，让人羡慕，在他的指导下，我学会了书法的入门知识。读一年级时，陈老师结婚了，给全班同学分了喜糖。几个月后，大家让他谈谈婚后感受。陈老师满脸幸福，可也无法具体表达，只说妻子不管多晚，都要等着他回家。

马老师高大魁梧，一张典型的国字脸，一对大眼睛，十分英俊。马老师师范毕业后在哲商小学工作，几年后考入浙江教育学院，毕业后到了师范学校任教，这样的经历与机会让我们十分向往。马老师为人谦和，说听他的课不必正襟危坐，喜欢就听，觉得无聊大可趴下睡觉，或许也是对自己课堂的自信吧。马老师说生活需要变通，就像他祖父茶杯盖子上的"吉祥如意"四个字，不管从哪个字开始读，都能读出同样的含义。生活中亦不乏如此奥妙，工资涨了，物价涨得更快，他和爱人拿出一人工资作生活费，吃得还不如两年前好，于是就改变买菜的方法，似乎又有了一定程度的改善。

教文选的郭建利老师刚从浙师大毕业，我们是他带的第一届学生。郭老师读大学时就开始写长篇小说，大学有老师甚至给他特权：不用听课，专心写作。虽然长篇小说没有写成，名声却传出去了，年轻同事都称呼他"郭作"。郭老师文学修养深，待人真诚，具有知识分子的良知和正直，将近大学毕业时，政府部门来校选拔写作能力强的毕业生给领导当秘书，郭老师在推荐名列，可他却一口回绝，大有"不为五斗米折腰"的气概。渐渐地，郭老师的博学让我们十分钦佩。他能够用两个星期上《孔雀东南飞》，用一个月时间讲《荷塘月色》，花两个星期指导我们欣赏《七剑下天山》。他推荐我们买短小精悍的"五角丛书"和体现大学生成长历程的《心路》，推荐我们读《话说长江》的解说词。结合当时电视剧的热播，他指导我们读《西游记》《红楼梦》。三年下来，他在课堂上和我们一起欣赏名作，悉心指导我们写作。在毕业前夕的一节课上，郭老师满脸愧疚地说："三年来，我一直想在刊物上发表作品，给大家一些启发与激励，可是未能如愿……"

教《代数与几何》的蔡恒照老师，教了我们一年就退休了。他的课朴实严谨，就像给高中生上课一样，还不断地鼓励我们，读好了可以继续考师范大学，无疑是给失落的心灵点燃了一盏明灯。

我从新华书店买来一套高中文言文全解，且认认真真地读了起来。

教心理学的王晋尧老师和教生物的蔡元光老师都是江西人，他们是新中国的第一代大学生，一毕业就响应党的号召，甘愿离开家乡到祖国最需要的地方工作。

王老师毕业于华东师范大学，学的不是心理学专业，但因为心理学老师缺乏，他就毛遂自荐，钻研起心理学来了。王老师普通话带着浓重的乡音，刚听他的课时非常吃力，一半要靠猜，但听久了感觉蛮有味道的。将近退休，王老师觉得身体还硬朗，向学校申请延期。学校的政策是"一刀切"，王老师没办法，多次向同学表达过自己的无奈之情。

蔡老师毕业于江西师范大学，原先读的是考古专业，他觉得文物冷冰冰的，没有温度，没有情感，就申请转到师范专业。蔡老师高度负责的精神与谨小慎微的做事风格让他在教生殖知识时显得如临大敌。学生正是情窦初开的年龄，一听到生理知识就会莫名发笑，蔡老师以为同学笑他讲过火了，就从包里掏出参考书籍，说明所引用的知识来自某本书的某页某行，不料，同学们的笑声更响了。蔡老师涨红了脸，还是一本正经地解释着。

蔡老师爱好民乐，洞箫吹得很好。上课前，他偶尔坐在教室的风琴前，弹奏一曲悠扬的《良宵》，迎来了同学们的阵阵掌声。

三十年后初夏的一个上午，我在巾子山的石径上散步，浓浓的新绿遮挡了炽烈的阳光，清风在林中穿越，带来了阵阵清凉。这时，林中传来悠扬的笛声，是老年人手握播放器的乐声，还有高声的谈话声，我觉得耳熟。走过去一看，原来是蔡老师和几位老人坐在石凳上边听音乐边聊天。寒暄了几句，九十高龄的蔡老师居然认出了我，他还重述着当年经常讲的那句话："你们这一届，是我任教过的感情最深的一届。"

我们美术老师换了三个，最早是金训老师，刚从浙江美院毕业，语言幽默风趣，他先上鉴赏课，让我们对美术这门学科有简单的了解，再指导画石膏圆球，让我们明白基本功的重要性。过了一个月，金老师就去了国外留学。接任的是张虹老师，张老师五十多岁，油光发亮的头顶上覆着几根稀疏的长发，两只眼睛炯炯有神。他自学成才，先在文化馆工作，后来调到了我们学校。张老师生活坎坷，妻子来自农村，比他要小好多岁，女儿还在读小学一年级。过了一个学期，传来了一个噩耗，张老师突发脑出血身亡。我们唏嘘了好久。

几个星期后，校园里来了一个似曾熟悉的身影，我们以为是金训老师回来了，仔细一看，却发现这位老师身材比金训老师高一点，略瘦。这是新来的陈虹老师。他和金训老师是美院同学，毕业时分配到了黄岩师范。两年多的时间里，我跟着陈老师学习素描，学习水粉画，学习中国画，学习剪纸，受益匪浅。他带我们到巾子山上写生，去群艺馆看画展。

那年秋天，三位国内版画界的泰斗张怀江、赵延年、赵宗藻到临海群艺馆举行版画展，赵延年、赵宗藻两位教授还亲临现场，与临海美术界的同道们面对面交流。陈老师把我们全班同学带到了现场，那场交流会整整进行了一个下午，我是为数不多的听完整场交流会的人，大师分享的艺术创作道路上的点点滴滴，至今还深深地印在我的脑海里。几年之后，陈老师调到了台州群艺馆工作，后来，他担任台州书画院院长，再后来，他调到了浙江画院任专职画师。

教音乐的朱学玲老师是我的同乡，她教课时吐字特别清晰，普通话标准，完全跳出了乡音的羁绊。她说自己是结婚后考上的音乐学院，比她小几岁的同学们整天逼着她讲男女间的那些事，搞得她怪不好意思的。在师范学校教艺术类课程，没两把刷子还真没法应付，朱老师自然有这方面的优势，教唱每一首歌曲时都会亮上一两句，尤其是唱美声，真是余音绕梁呀。

吴一庸老师，经历坎坷，原先是某所大学里的音乐老师，搞运动时下放到农村，才华一直得不到施展。吴老师乐观开朗，钢琴技艺造诣很深，年轻时获过国内钢琴大赛的奖项。有一天朱老师请假，吴老师来代课。同学们早就听过他的名声，一致要求他露一手。吴老师也不推辞，弹起了他的拿手好戏《小放牛》。经过了一两年的音乐熏陶，我们的鉴赏水平有一定的提高，欢快的旋律，娴熟的技巧，我们听得入神。吴老师的头发全掉光了，走路的脚步很慢，给人老态龙钟的感觉，他的两只手胖乎乎的，可一按在键盘上，就变得灵巧、柔滑，着实让人惊叹。

陈霄虹老师读的是浙江音乐学院作曲专业，他为学校乐队谱写了一首民乐合奏曲《灵江赞》，并亲自指导排练，我有幸是乐队里的笛子吹奏者，陈老师不但在节奏方面给我认真地讲解，还指导了我不少吹奏技巧。毕业晚会时，乐队上台演奏《灵江赞》，陈老师任指挥，当时的情景历历在目。陈老师的新婚妻子也住在学校宿舍，人长得漂亮，气质高雅，这是同学们公认的。我毕业之后，听说她不顾陈老师的反对，一意要去国外留学。陈老师整天神情恍惚，直至住进了医院。

退休的蒋文韵老师住在最高一幢教学楼楼梯台的小房间里，蒋老师是外地人，单身，长得精瘦精瘦，戴着一副眼镜，平时不苟言笑，很少和人交谈，脾气有点古怪。那幢教学楼西头的一楼二楼是学校的图书馆和阅览室，下雨的日子，蒋老师无法去山上，就在图书馆窗外的走廊打太极拳，一招一式，颇见功力。有一位同学身体出问题，想通过练太极拳来改善睡眠质量，蒋老师竟爽快地答应教他。蒋老师寝室的墙上挂着一幅墨竹图，苍劲，洒脱。得知是他自己的作品后，我感觉就像是蒋老师的自画像。蒋老师最擅长的还是书法，他练的是赵佶的瘦金体，多次为学校书法社的同学们作讲座。在林间的空地上打打拳，在陋室里与书画为伴，确实有点隐者意味。后来，蒋老师在揽胜门脚下的银山花园买了一套住房，我在东湖边的林荫道上遇见过他，略胖了一些，身体笔挺，绝不像一位八十多岁的老人。晚年，一位学妹照顾着他的生活。住银山花园的同事描述过蒋老师临终前的点滴，他走得安详。

上完了课，没有住校的老师们或走下石级，骑上自行车，在小巷的拐角处按几下车铃，很快就消失在我们的视野中；或提着一个袋子，结伴登上校园边的石阶，翻过巾子山步行回家。那些城里没有住房的，就带着家眷蜗居在教师宿舍里。学校的寝室显然不够，未婚的年轻老师只能两人拼一个寝室。

作为一所中等师范学校，校园确实小了点，美术教室、音乐实验综合楼，都是在我就读的三年里建造的。不过，小有小的好处，老师、学生同在精致的校园里上课、生活，抬头不见低头见。尤其是晚饭后的那段时光，三五成群的师生聚在古樟下花坛旁，天南海北地聊着，这是最美的第二课堂。

20 世纪 80 年代，是值得很多人回忆的年代，农村的改革已经初见成效，农民增产增收，乡村广阔的田野让人们看到了无限的希望。在意识形态方面，改革开放的观念通过几年的论证探究，已经取得了不少突破，文学、艺术的空前繁荣就是最好的佐证。

回想起来，老师的教课都是认真的，有些课堂虽然不那么严谨，但却绚丽多姿，时常让我想起抗战时期的西南联大。事实也证明，临海师范开放包容的教学风格不仅培养了大量优秀的小学教师，也培养了一批政界、商界、艺术界的人才。

三

受当时社会思潮以及校园氛围的影响，大部分同学对写作、音乐、体育、美术、书法、演讲与朗诵等技能孜孜以求，大有不成名不成家誓不罢休之架势。

刚入校时，大家的普通话是五彩的，带着浓重的乡音，教语基的梅晓珍老师从每一个声母、每一个韵母的发音教起，直到熟读那张大大的音节表，单调、机械的练习枯燥无味，可那些具有语言天赋的同学马上脱颖而出，可以参加朗诵、演讲比赛了。

学校对推广普通话工作非常重视，每年九月份都要进行推普月的启动仪式，每次都有老师和同学代表上台发言。有一次发言的教师代表是一个不会讲普通话的老教师，他说："我的普通话是彩色的，校长要我讲几句，我就讲几句……"台下哄堂大笑。因为他讲的话根本不是普通话，也不是方言，这或许就是他所说的彩色普通话吧。笑归笑，效果也是明显的，大家都知道了学好普通话的重要性。

那几年，临师的校长走马灯似的换，我一年级时是李学畴，他的普通话很不准，学校管理较为松懈，高年级的同学集会时竟然会起哄，让人大跌眼镜。一年之后，他就调到地区供销社去了。

第二年来了赵子云校长，他的办事效率很高，很快就在老师和同学之中建立了威信，可是，一年不到就调走了，大家有点失望。

接任的是来自杜桥中学的周汝强校长，我上一届同学的毕业晚会时，周校长刚到任。他上台演唱了一首《毕业歌》，穿着中山装，身体站得笔直，歌声洪亮而深情，钢琴伴奏是吴一庸老师。

礼堂里响起了雷鸣般的掌声。

我听到耳边有人说："周校长的位置坐稳了！"

临近毕业时，我找过一次周校长。听说杜桥中学让周校长在当年的毕业生中物色一名美术老师，有同学鼓励我去周校长那里自荐，说不定有机会。去中学任专职美术老师，我没有自信。可他们一再怂恿，简直就要翻脸了，我终于下定决心去找周校长，就当锻炼自己的勇气吧。那天傍晚，我敲开了周校长寝室的木门，屋里光线比较暗，还没有开灯，周校长一边忙乎什么，一边听我说话，随后问了几个问题，说如有机会到时通知。我就如释重负般出来了。

四

刚入学时，同学们的穿着打扮与"彩色普通话"是类似的，五花八门，带着各地的乡土味。大家都知道，一个人要想快速融入城市，就得从"头"开始，从穿着打扮入手。这种带着青春冲动的欲望迫使大家把家里带来的零花钱中的大部分用于购买衣服和鞋袜。有些人，天生就是时髦的引领者，他们似乎是在一夜之间发生了蜕变，并成为周围人羡慕与模仿的对象。一群人结伴穿行在巾山路、回浦路、赤城路，几乎每个周末都要走一遍第一、第二、第三百货商店，小商品市场的服装款式新，不过要讨价还价，大家似乎还不适应。当有人在哪个摊位谈妥了合适的价格，大家就跟着买。只要是街上流行的元素，校园里很快就风行起来。运动服是最为广泛的，适合各种场合，打理也方便，牛仔裤也是必备的，尤其受不喜欢洗衣服的男生青睐，西裤越紧越好。一天下午，传达室的大妈看到几位女生穿着绷得紧紧的西裤，蹬着细细的高跟鞋，走石级时必须侧身，才能缓慢地移动脚步，她笑得眼泪都出来了，说："现在的年轻人真看不懂，为何要穿这样的裤子！"她的天台腔话语特别幽默，几位女生不好意思地笑了。白裤子搭红衬衫，是那个夏天最为流行的，看上去确实晃眼，可并非每个人都驾驭得了。那天，我的钢笔出水不畅，就习惯性地甩了几下，没想到竟甩在后桌张文玲的白裤子上，当时我们都没发现，过了几分钟，她才示意我，挺不好意思的，后来也没问洗干净了没有。男生流行烫头发，一烫起来，背影就更分不清男女了。烫头发，红衬衫白裤子，我心里是羡慕的，可都没有胆量尝试，也算是遗憾吧。

形象美是男女择偶的首要条件，第二当属才艺，至少在那个时候临师的校园里是这样的。每晚入睡前躺在床上的那段时间，大家最先畅谈的是校园中盛行的"君住灵江头，我

巾子山南麓的青葱年华

一

277

住灵江尾"的友情，后来，一见钟情、初吻、约会就成了交谈的主题，几位漂亮女孩的名字每晚都会被提及好多次，直至进入美好的梦境。异性相吸的力量是无比强大的，尽管学校有不允许谈恋爱的规定，可那些被丘比特之箭射中的男女还是偷偷摸摸地开始约会，学校发现后自然是严肃处理。单相思，那更是普遍现象。

问世间，情是何物，直教生死相许？

大家唏嘘、感叹一阵子，最终还是回归继续追寻的道路。琼瑶的爱情小说开始压过金庸、梁羽生的武侠小说，成了阅读主流。时常有人在寝室的走廊或公共卫生间，放声歌唱：

> 绿草苍苍，白雾茫茫，
> 有位佳人，在水一方。
> 绿草萋萋，白雾迷离，
> 有位佳人，靠水而居。
> 我愿逆流而上，依偎在她身旁……

五

20世纪80年代的临海，还是原汁原味的古城。

出校园向江边走几十步，古老的城门还完整地保存着，城墙内外，居民的房子倚墙而建，密密麻麻。江下街两旁大都是三层高的木板房，潮湿的石板街，阳光从高高的檐角照射下来，街道显得特别幽深。

我一直在想，要是江下街的老建筑一直保存到现在，那它的旅游价值该有多大呢？这并非我一个人的看法，有一位全国知名的作家参观了紫阳古街后也提出了这样的看法。

灵江潮涨潮落，载满货物的船只来来往往。江边有供大船停靠的码头，也有供居民们洗刷的埠头。灵江的水涨潮时浑黄一片，退潮时水流清清。安装自来水前，江下街的居民直接到江里提水饮用。夏季发洪水时，有经验者只要听听江水的咆哮声就能作出是否要去高处躲避洪水的决定，人们的智慧真是无穷啊！灵江的洪水自古以来都是可怕的，有一年秋，天降暴雨，小巷里的积水平大腿深，站在巾子山远眺，犹如一片汪洋大海。

东湖是我们经常光临的地方。清代俞曲园在《春在堂随笔》中写道：杭州有西湖，台州有东湖。东湖之胜，小西湖也。东湖分前后湖，桥、廊相连，亭、榭点缀，古迹众多，是休闲的好去处。

刚入学不久，全班同学一起登过云峰，那张合影很多同学至今还珍藏着。周末时去花鼓岩走山林，骑车去牛头山、马头山。在龙潭吞野炊，我在竹林里捡到几张特别大的笋衣，竟然能把身子给裹住。周末，三四个同学一起去狮子山水库，小巧、古朴的海瑞祠还肩负路廊的功能。狮子山水库谷底的山上有一个村子叫大岭头，那里的小学就叫"大岭头小学"，青砖、黛瓦，大门上方有一个凸起的大红色五角星。校园虽然地处山冈，但地势平坦，山涧里引来的一股清水在墙根静静地流淌，水沟边上栽着几棵水杉，已经和屋顶差不多高了。有一年的国庆假期，我故地重游，大岭头的村民们都已经搬到了山下，村庄变成了种满猕猴桃的果园，大岭头小学的建筑还在，那几棵水杉，已经比柱子还要粗了，墙上的标语、五角星已经褪了色，房子则成了村民暂放猕猴桃的地方。每年的柴古唐斯越野赛时，这里是一个驿站。

六

20世纪80年代不会骑自行车，就像今天不会开汽车，出行就会受限。一次同乡会组织了游龙潭岙活动。一位同乡学妹想搭我的车前往，可我自己也不会骑车，还要搭别人的车，确实有点难堪。怎么学骑车呢？这个问题困扰了我好久。

机会终于来了，那天我从街上回校，走到巾山茶馆前，看到操场上有一个人在练习自行车，我不禁好奇是谁竟然把自行车扛上了山，仔细一看，原来是我同村的朋友绍设。他让我一起练车，他三圈，我三圈，如此轮流。当年，绍设高中毕业已有几年，且考上了大石供电所的长期合同工，那段时间在临海参加为期半年的培训。大石供电所那年新招收了4人，他们就住在巾子山北坡防空洞顶上市电力公司房子里。

当时，那几座房子是我眼中别墅级别的存在，我很想去里面看看，可铁门总是紧闭着。绍设带我进入了陡坡上的水泥洋房，我认识了他的三个伙伴，他们的培训任务不重，白天去培训中心上课，晚上就在房里打扑克。每到星期六，他们就骑车回家，几个星期后，绍设也随他们骑车回家了。有好几个周末，他把钥匙给了我，说晚上可以住在那里。我一个人在那里住过几夜的，那么大的房子，就我一个人，夜晚的空气里弥漫着无边的寂静，有点让人受不了。白天则刚好，那个小院子铺着细细的沙子，粗糙的墙下摆着几盆兰花，伸展着葱绿的叶子。

台州府城文化旅游区创 5A 级景区开始后，那几幢房子被拆除建成了公园。

周末，我们大都会看一场电影，或者看歌舞团的演出。负责订票的是生活指导赵胜老师，他行伍出身，冬天穿着笔挺的呢军服，夏天穿着军绿色的短袖。他经常在操场一隅的"健美园"练习单杠和双杠，一出汗，就脱掉上衣，露出了他引以为傲的肌肉，宽宽的肩膀，轮廓分明的腹肌，组成了健美的倒三角形，女生见了总会偷偷地瞄上几眼。看电影订学生团体票几角钱就够了，歌舞演出的票价最少也要两块，看多了就有点心疼，担心经费用完了连电影也没得看了。赵胜说："电影，你们在乡下还可以看到，可歌舞团，乡下就看不到了，所以，有机会就多看。"说得我们挺伤感的。

七

二十世纪八九十年代，是写信的年代，上午第一节下课，好多人倚在栏杆上等待，一看到身穿深绿色制服的邮递员从石级走上来，就快步走向传达室。不管你走得多块，置放信件的窗台边早已经围了一群人，翻到自己的信件，总是充满惊喜；没有的，就再翻一遍，带点失望，嘴上还会喃喃自语："怎么还没寄到呢？明天总该到了！"

信件来往频繁，大家买邮票时总是几十张几十张的买，邮票也种类繁多，不少同学爱上了集邮。我也因此懂得了邮票有普通邮票、纪念邮票、特殊邮票之分，普通邮票是没有收藏价值的，宿舍边上小卖部卖的都是普通邮票，大家就去赤城路的邮电局买。那里的邮票齐全，还有专门的邮票陈列室，家里经济宽裕的同学干脆把当年发行的邮票合集整本买回来收藏，如今应该增值不少了。

夜自修时，很多人趴在课桌上奋笔疾书，神情专注，丝毫不受旁人的影响。我给初中的科任老师写过信，这是礼貌性的问候，一般是收不到回信的；给要好的同学和发小写信，这些信寄出后，就会扳着手指计算回信的日子；偶尔给家里写信，但不多；还给我的二叔、四叔和堂叔写过一两封信，第一次回信时，他们每人在信封里夹了 5 元钱。山村的农民，没有什么经济收入，5 元钱在当时是大钱了，我非常过意不去。他们的文化程度不高，但回信都是自己写的，一双双握惯了锄头和镰刀的手写起字来肯定是不顺手的，信不长，字歪歪扭扭的，还有好几个错别字，但饱含亲情。堂婶回信中有一句话："收到你的来信，割草时想着也高兴。"我不禁泪目了。

第一个学期开学不久，大概是十月份吧，我的70多岁的奶奶和村里的几位老太太一起，来到天宁寺拜佛，夜晚就住在寺里。那天傍晚，一位同乡学姐领着一位白发苍苍的老人来到我的寝室，一看，原来是我的奶奶。我非常惊喜，奶奶从手提的布袋里拿出一袋油纸包裹着的大烧饼，说是礼过佛的，让我分给寝室的同学每人一个，剩下的让我放在箱子里。她还掏出一块香皂，说是长辈喝喜酒拿回的新娘的回礼。这是奶奶唯一的一次来临海，我心里明白，奶奶是借着拜佛的由头专门来看望我的。

小叔那时在海南做油漆，那时他和婶子已经确立了关系，每年进出门时都要在临海逗留。婶子在望江门外的台州毛巾厂上班，在紫阳街（那时叫劳动路）边上老房子里有一个住处。我三年级时的寒假，他们准备结婚，到大街上买衣裤及录音机等用品，我就帮着提东西，他们很大度，买风衣和皮鞋时都要给我买。我很不好意思，就拒绝了。

那年五月的一个晚上，赵胜老师在教室窗口喊我。我走到走廊，看到了发小阿权，他穿着破烂的衣服。阿权在舟山学油漆，不幸得了疥疮，全身痒得难受，师父就让他一个人回家。师父还带着自己的两个儿子，阿权承包了洗衣服等活儿，每天还要被数落。生活的艰辛，在他的穿着和神情上一览无余，我开始庆幸自己当初能够考上师范，能够享受到国家不菲的助学金，能够每天坐在窗明几净的教室里读书。疥疮传染性极强，阿权不愿在我的寝室留宿，他说就在巾子山的长凳上休息，第二天一早就回家。我把他带到山上的一条石凳边，他让我回寝室休息，自己拿出几件衣服当枕头和被子。那晚我很为他担心，睡不稳觉，第二天一早就赶到山上，把他送到车站，给他买了一碗三鲜面。

接下来的几年，阿权没有出门学艺，在家帮助父亲干农活，他钻研过药材种植、家禽养殖等技术，不过都没有付诸行动。期间，他托我买过电子手表、笛子。我教他吹笛子的基本技巧后，他就每天苦练，阿权是有艺术天赋的，练了一个学期，村里人就听不出是我的还是他的笛音了。他的父亲和大哥认为吹笛子是不务正业，他只能出门干活时带上笛子，在山谷里吹。悠扬的笛声传到邻村，赢得了村民们的夸赞。在家待了一段时间，阿权又去宁波做油漆，这一次是单打独斗，反而挣到了不少钱，给我买过几本画册。

初中同学梁濛，在人事局职业培训中心的食堂学烧饭，有自己单独的一间寝室，我去他那里吃过饭，还住过几夜。

八

读了近三年的师范，待要上讲台了，每个人都开始紧张起来。我们实习的学校是临海名校哲商小学，经过自由组合之后，我和葛周兴、林成东、李文珍、陈慧泱一组，算是音体美配备齐全的一组。我分到上的第一课是《我爱故乡的杨梅》，邻组的秦选强也上这一课，他家住在花园区的小溪村，离学校不远。他和小学的班主任老师约好，去那边试教，因有两个平行班，我也跟着一起去，前一天晚上就住在他家里。他的一个读黄岩农校的同学也来了，三个人就挤在一张床上。

第二天，我们来到学校上课，面对四年级的小学生，后边也没有老师听课，我还是紧张得语无伦次，备的一节课内容十五分钟就讲完了，只得从头再讲一遍。幸亏有了那次试教，我正式上的第一堂课才没有出丑。那天，临师的副校长恰好到来巡查听课，于是，哲商小学的教导主任与好几位同学都过来听课。教室后面坐满了人，看下去黑压压的一片，尽管紧张，可我还是顺利地讲完课，并且还颇受好评。

实习结束后，分别的事项就提上了日程。

每一位科任老师在最后一堂课，都免不了回顾与期望，同学之间开始填写毕业留言册。三年的师范学习就要结束了，我不禁感到无限的留恋。我还没有听够老师们课堂上夹杂的各种白搭，还没有走遍临海的大街小巷以及近郊的风景名胜，还想继续和同学们一起看歌舞团，看电影，还想继续在美术教室里对着洁白的石膏像静静地写生，还想遇上心仪的女孩，轰轰烈烈地谈一场恋爱……

无奈的是这一切都在那场被称为毕业茶话会的晚会中彻底结束了。那一晚，我喝了两瓶啤酒，这是我喝酒最多的一次，几位同学在边上耳语："小梁喝醉了！"

第二天上午，梁濛从他的食堂里借来了三轮车，帮我把那个装满了被褥和衣物的大箱子送到了车站，梁蒙的车技不太熟练，脚步笨拙而谨慎，我的心情同样沉重，一如我入校的那一天。

九

若干年后，临海师范完成了自己的历史使命，并入了台州学院。作为临师的一员，我深感无奈和惋惜，正如原临师的校办主任林伟老师在一次讲座中所说的："我们学校被大鱼吃了。"

临师的校舍曾先后租给一所美术学校和职业中学，几年之后，他们也都陆续搬离。

空无一人的校园很快被疯长的野草和杂木所占据。

每每站在巾子山上俯瞰，那种"近乡情更怯"的情感总是紧紧地拉扯住我，让我一次又一次打消了进入校园的冲动。

可是，我的心中总有一种隐忧，担心这些建筑会被无情地拆除，到那时，我的青春记忆就会因为失去附着物而被彻底冲淡。

我还是选择再次踏入校园。厚实的铁门，沉重的铁锁，正门是无法进入的。沿着校园四周的铁栅栏寻找，发现一些可以进入的缺口都被重新固定了。好不容易发现东边厕所外的几根铁丝锈断了，我爬上一人多高的石墙，钻进了铁丝网。

　　古樟树下厚积的落叶，锈迹斑斑的电动辘轳，破败的楼房，操场和花坛上枯黄的野草，化作浓重的腐朽气息快疾地向我扑来，摆出胜利者的姿态挑衅着我。伤感无情地占据了我的心。我开始艰难地找寻，找寻曾经的过往。

　　终于明白，三年的师范生活奠定了生活的根基，绘就了生命的底色，我永远无法挣脱她的羁绊。终于明白，我当初选择师范并没有错，乡村教师的生活或许是一项浪漫而又最能接近自然的一种生活，是最适合我心性的一种生活。

　　最终，我只能无奈地离开校园，只能用问候来抚平此时的心绪：

　　你好，为我无私地遮挡了三年风雨的古樟树！

　　你好，我的清幽宁静的校园！

　　你好，我敬爱的老师，还有食堂的师傅，传达室的大爷、大妈，宿管老伯！

　　你好，我亲爱的同学，还有学长、学姐、学弟、学妹们！

　　你好，我的美丽的巾子山！

　　你好，我的巾子山南麓的青葱年华！